세상의 모든 잠

세상의 모든 잠

김문주 소설집

도화

세상의 모든 잠

초판 1쇄인쇄 2017년 8월 7일
초판 1쇄발행 2017년 8월 10일

저 자 김문주
발행인 박지연
발행처 도서출판 도화
등 록 2013년 11월 19일 제2013- 000124호

주 소 서울시 송파구 중대로34길 9- 3
전 화 02) 3012- 1030
팩 스 02) 3012- 1031
전자우편 dohwa1030@daum.net
인 쇄 (주)현문

ISBN ㅣ 979- 11- 86644- 35- 5 *03810

정가 12,000원

도화道化, fool는
고정적인 질서에 대한 익살맞은 비판자,
고정화된 사고의 틀을 해체한다는 뜻입니다.

차례

깊은 그늘의 집

아버지의 신음소리가 들린다. 진통제를 먹을 시간이 지나지 않았는데도 아버지는 그녀가 자기 곁에 오는 기척이 있으면 더 고통스러워했다. 방문을 열자 매캐한 연기 냄새가 확 풍겼다. 향은 사그라지고 없다. 그녀는 향을 피워 향로에 반듯하게 꽂는다. 정신을 맑게 하고 몸의 양기를 돋운다며 아버지는 말기암의 선고를 받기 전부터 청운향을 즐겨 피우곤 했다.

　- 와송瓦松은 아직 못 구했나 보구나.

　백태가 낀 눈으로 흘깃 그녀를 바라보는 아버지의 눈에 조바심이 가득하다.

　- 아직 전화가 없어요.

　오래된 기와지붕에서 9월 초에 채취한 와송이 항암 효과가 좋다는 것을 알고 며칠 전 사람을 풀었다. 아버지는 식탐하는 아이처럼 약초를 탐한다.

 - 녹즙을 가져올게요.

대답하는 대신 아버지는 눈을 감는다. 움푹 꺼진 눈언저리에
얼룩처럼 검푸른 기가 돌아 있다. 아버지의 몸에서 나는 역한 체
취와 향냄새에 그녀는 숨이 막힌다. 문을 닫고 나온 그녀는 참았
던 숨을 길게 내쉰다.

냉장고에서 씻어 놓은 채소를 꺼낸다. 신선한 과일, 유기 재배
한 채소, 무농약의 곡식. 공기만 빼면 그에게 공급되는 것은 모두
신선했다. 그녀가 아버지의 집으로 와서 병시중을 들기 시작한
후부터 아버지가 가장 많이 사용하는 말은 신선한 것이냐? 믿을
만하냐? 하는 것이었다.

창으로 들어온 햇빛이 야채들의 잎맥을 환히 드러낸다. 그녀
는 샐러리 줄기를 꺾어 향기를 맡는다. 푸른 잎사귀와 연둣빛 줄
기들은 아직도 산소를 내뿜는 것처럼 보인다.

쥬스기의 둥근 입구에 짧게 자른 신선초와 케일을 밀어 넣는
다. 컵에 푸르죽죽한 즙이 고인다. 그녀는 자주색의 비트 조각을
들고 컵을 들여다본다. 컵은 검푸른 이끼와 수초로 뒤덮인 썩은
웅덩이처럼 보인다. 그녀는 눈을 꾹 감는다. 늘 되풀이되는 환각
이다. 그녀는 고개를 흔들고 비트 조각을 넣는다. 투명한 플라스
틱 용기 벽으로 비트가 붉은 살점처럼 흩뿌려진다. 구역질을 억
지로 참느라고 그녀는 이마를 찡그린다. 녹즙 위로 핏물처럼 비

트즙이 뚝뚝 떨어진다. 집안을 떠돌고 있는 환자가 뿜어내는 썩은 입김이 녹즙에 용해되어 버린 것일까. 아니면 이미 죽음으로 치닫고 있는 사람에게로 가야 하는 식물들은 제 스스로 변성을 해 버린 것일까. 그녀는 컵의 즙을 뒤섞는다. 독성이 강한 약초즙처럼 검붉다. 아버지에게 컵을 가지고 가는 그녀의 발걸음은 독약을 든 사람처럼 은밀하고 느리다.

드릴과 망치소리가 멈추었다. 정적이 내려앉는다. 그녀는 이층의 창문 앞에 서서 자신의 집과 대각선을 이루는 집 짓는 곳을 바라본다. 오랫동안 비어있던 공터에 포크레인이 와서 순식간에 땅을 고르고 노란 레미콘이 시멘트를 쏟아붓고 간 뒤로 벌써 이층의 벽이 세워졌다. 인부가 공사장 주변에 호스로 물을 뿌리고 있다. 옅어진 저녁 해의 잔광이 뿜어져 내리는 물줄기에 반사되어 반짝이고 있다. 구릿빛으로 그을린 굵은 팔뚝에 시선이 멈춘다. 그녀의 내부 깊은 곳에서 떨리는 물살이 빠르게 퍼져 간다. 늘 물을 뿌리고 연장을 정리하는 그는 인부들 중 나이가 가장 어리다. 소음이 끊어지면 그녀는 늘 창문 뒤에 숨어 젊은 인부를 바라본다. 민첩한 몸놀림과 간혹 드러나는 흰 이와 단단한 가슴팍을……. 인부가 수건으로 땀을 닦으며 그녀 집의 창문을 올려다본다. 그녀는 재빨리 커튼 뒤로 몸을 숨긴다. 데일 듯이 뜨거웠던 인부의 체온이 손끝에 불을 지핀다.

그가 부상을 당한 것은 이층을 올리려고 가로, 세로로 촘촘히 세워진 쇠막대기에 낙진을 방지하기 위해 검은 비닐 천을 둘러 치던 날이었다. 한 아름이 넘는 너비의 천둥치를 어깨에 메고 곡예 하듯 위태롭게 쇠막대기 위로 걸음을 떼어놓던 그가 발을 헛딛고 기우뚱했다. 훔쳐보고 있던 그녀가 야트막한 비명을 지르는 것과 동시에 그의 오른손이 재빠르게 쇠막대기를 움켜잡는 것이 보였다. 잠시 후, 초인종이 울렸다. 앞가슴에 흐르는 피를 수건으로 누른 인부가 대문 앞에 서 있었다.

- 저, 죄송하지만 소독약이 없을까요? 일요일이어서 약국이 문을 닫았어요.

가까이서 본 그의 눈빛이 의외로 맑다.

- 병원에 가지 않아도 괜찮겠어요?

- 살갗이 조금 긁혔을 뿐인걸요.

그녀가 약상자를 가져오자 그가 러닝셔츠를 가슴 위로 걷어 올렸다. 겨드랑이부터 늑골까지 벌겋게 긁힌 상처가 드러났다. 상처에 과산화수소를 붓자 흰 거품이 일었다. 아, 하는 신음에 그녀의 손이 움츠러들었다. 수포들이 사그라지는 것을 기다렸다가 약 솜으로 물기를 닦고 연고를 발랐다. 눈 밑에서 그의 늑골과 복부가 오르내렸다. 그의 몸에서 품어져 나오는 후끈한 열기와 땀냄새 속에서 희미하게 나무의 수액 같은 체취가 맡아졌다. 익숙한 체취다. 의식 속에서 지워버린 승우를 그녀의 오감은 미세한 것까지 기억해 낸다. 마음 깊숙한 곳에서 몸을 뒤척이던 승우의 기억이 거센 파도처럼 물비늘을 번쩍이며 달려왔다.

- 정원을 잘 가꾸셨네요.

그녀는 가까스로 흐트러진 마음을 수습했다. 나무들이 우거진 정원 한가운데 들어앉은 이층 목조 주택을 바라보며 그가 고른 치아를 드러내며 웃었다. 정원의 나무들을 가꾸는 것은 아버지의 단 하나 뿐인 취미였다. 그러나 이제 정원은 아버지가 손을 대지 못한 동안 함부로 뻗은 나뭇가지들과 웃자란 잡초들이 뒤엉겨 있다.

- 집이 낡았죠?

그렇게 말하면서 그녀는 씁쓸하게 웃었다. 밤이 깊어 정적이 내려앉으면 서서히 부식되는 퇴락한 집의 몸부림이 느껴졌다. 아버지의 몸을 갉아먹는 암세포가 시간이 흐를수록 기승을 부리듯이 집은 보이지 않는 누군가의 손에 허물어져 가고 있다는 느낌을 지울 수가 없다.

맑은 피아노 소리가 그녀의 뇌수에 차갑게 부딪친다. 아버지가 그녀를 부르는 벨에서 나는 소리다. 음악이 울리면 몸을 움직이는 자동인형처럼 그녀의 발이 아래층으로 내려가는 계단 쪽으로 움직인다. 그녀는 삐걱거리는 계단을 내려간다.

아버지는 그녀가 들어가도 책에서 눈을 떼지 않는다. 정신과학 잡지에 실린 『암의 발생과 소멸의 원리』라는 제목의 글을 매일 되풀이해서 읽고 있다. 암세포의 핵 둘레에 적혈구의 헤모글로빈이 고스란히 남게 되는 과정을 몇 컷으로 담은 사진이 눈에 들어온다. 암세포가 산소를 파괴하는 속도가 늦추어진다면, 다시 정상세포로 되돌아올 수 있다는 것은 아버지에게 가슴 부푼 희소식이었다.

2년 전, 아버지가 병원을 찾았을 때에는 이미 절제수술도 할 수 없을 정도로 암세포가 전립선에 퍼져, 뼈에까지 전이되어 있었다. 아버지는 말기암이라고? 틀림없이 오진이다, 라고 길길이 뛰었다. 오진이 아니라는 것이 확인된 후, 아버지의 눈빛은 절대로 죽지 않을 테다, 라는 결기로 번들거렸다. 분노가 거품처럼 끓어 넘쳐 버리고 난 검고 단단한 광채를 뿜어내는 눈. 그 눈과 마주치면, 그녀는 검불처럼 마른 몸으로 담 벽에 기대앉은 노인이 퀭한 눈으로 자신을 지그시 바라보는 것을 느끼곤 했다.

노인을 처음 본 것은 늦은 봄의 오후였다. 아버지가 병원에 가려고 준비한 차로 걸어가고 있을 때 앞집 담에 기대 서 있던 노인이 "살인자"라고 부르짖으며 들고 있던 지팡이로 어깻죽지를 후려칠 듯 달려왔다. 운전기사가 재빨리 노인을 막았다. 아버지는 별 미친놈 다 보겠구나, 라고 한 마디 했을 뿐 담담한 얼굴로 차를 탔다. 노인은 한여름이 될 때까지 담 밑에 자리를 깔고 앉아 아버지가 밖에 나오기를 기다렸다. 아버지는 바깥출입을 단념했다.

신문 사회면에 노인이 담 앞에 쭈그리고 앉아 있는 사진이 '20여 년 만에 생의 명암이 뒤바뀐 두 사람'이라는 제목과 함께 실렸다. 그때조차 아버지는 여론은 반딧불 같은 것이야. 어느 순간 일제히 불을 켜는 것처럼 서로에게 편승하고 확산되는 속성이 있지. 그러다 또 한순간에 일제히 불을 끄고 어두워진단 말씀이야, 라고 말했다. 불은 쉽게 꺼지지 않았다. 병색이 완연했던 노인이 죽고 고문 기술자의 배후 인물로 지목된 아버지는 소환 조사를 받았다. 옛날의 권력자들이 더 이상 울타리가 되지 못한 것이 확연해졌다.

- 광혜원에 언제 가기로 했니?

고개를 돌려 그녀를 보는 아버지의 눈이 번들거린다.

- 내일 2시에 예약이 되어 있어요.

- 3주나 기다렸으니 틀림없이 효험이 있을 게다.

한방병원의 환자가 그토록 밀리는 것은 무언가 비약秘藥이 있을 것이라는 것이 아버지의 주장이다.

그녀는 암세포와 적혈구가 어지럽게 섞여 있는 현란한 색의 칼라 도판에서 눈을 뗀다. 죽이고 죽는 격렬한 전투는 머지않아 널브러진 시체와 검은 연기로 가득하게 될 것이다. 문을 닫기도 전에 죽어 가는 사람이 마지막 혼을 내뿜는 것 같은 아버지의 신음이 새어 나온다. 그녀가 자기 방으로 올라갈 때마다 아버지의 신음소리는 더 간절하고 격렬하다.

술병을 들고 이층으로 올라가는 그녀의 뒷덜미를 물어뜯듯이 아버지가 컹 하고 헛기침을 했다. 처음에 술이 점점 느는구나, 라고 못마땅한 듯이 말하던 아버지가 이제는 침묵한다. 그녀는 밤마다 홀짝홀짝 술을 마셨다. 지하실에는 유리 항아리에 담아둔 열 가지가 넘는 과실주들이 있다. 그녀가 집으로 돌아왔을 때 아버지는 내가 재미로 담은 것인데 약으로 조금씩 마셔라, 라고 말했다. 술들은 놀랄 만큼 맛이 깊고 향기가 진했다. 입속에 머금으면 술 향기가 온몸으로 퍼져갔다. 오랫동안 닫혀 있던 컴컴하고 음습한 지하실로 내려갈 때마다 그녀는 술이 금지된 이교도의 여인처럼 두려움과 매혹의 상반된 감정에 휩싸이곤 했다. 이제는 중독된 사람처럼 술을 마시지 않으면 잠들 수 없다.

술은 메마르고 찬 그녀의 혈관에 서서히 불을 지핀다. 푸르스름한 밤하늘에 깨어진 사금파리조각 같은 별들이 희미하게 흔들린다. 그녀는 창틀에 이마를 대고 외등의 불빛 속에서 흔들리는 후박나무 잎사귀를 바라본다. 흔들리는 잎사귀가 그녀의 온몸의 구석구석을 간질이듯 자극한다. 오랫동안 잠자고 있던 감각들이 함성을 지른다. 자신의 손가락 끝을 흡반처럼 빨아들일 것 같던 인부의 부드러운 살갗의 감촉이 그녀가 간신히 봉합해 놓았던 기억을 뜯어 헤친다.

승우의 고른 숨소리가 들린다. 그가 벗은 몸으로 누워 잠자는 여름날의 저녁이다. 그는 끊임없이 잤다. 밥을 먹고 섹스를 하고 또 잤다. 도피 중에 모자랐던 잠으로 그는 혼곤히 빠져들어 가곤 했다. 기분 좋게 쭉 뻗은 사지四肢, 막 자른 들풀과 같은 체취를 뿜어내는 그의 몸은 신기했다. 땀에 젖은 목덜미, 규칙적으로 오르락거리던 배, 둥글게 파인 배꼽의 오목한 곳으로 흘러 들어가던 가느다란 땀줄기, 아랫도리의 검은 숲속에 맺혀 있던 땀방울, 그를 깨우려고 배 위에 얼음조각을 놓아도 그는 꿈틀대며 손을 휘젓는 듯하다가 다시 잠들어 버리곤 했다. 서향으로 난 창문으로 후박나무를 지나온 금빛 햇살이 그의 배 위에 그림자무늬를 만들고 얼음이 녹은 물방울을 투명하게 빛나게 했다. 그때 그녀는 스물한 살이었다.

그녀는 잔 가득히 술을 부어 마신다. 온몸에 불길이 퍼져간다. 승우가 아버지의 지위를 알고 난 후, 한동안 갈피를 못 잡고 방황하던 그가 그녀를 찾아와서 말했다. 집을 나와, 그럴 수 있지? 그녀는 고개를 저었다. 그는 모르는 것일까? 그녀가 집을 나간다면 그가 아버지의 표적이 된다는 것을. 결연한 표정으로 그녀를 응시하던 승우의 얼굴이 참혹하게 일그러졌다. 퍼런 불길이 일렁이는 눈으로 그녀를 쏘아보던 그가 말했다. 그런 인간 옆에서 어떻게 숨을 쉴 수 있니?

한 땀 한 땀 죽을 힘을 다해 봉합했다고 생각한 기억은 결국 자신의 등판에 새겨 놓은 문신처럼 지울 수도 떼어낼 수도 없다.

바늘이 살갗을 찌를 때마다 고통에 이를 악문다. 바늘을 들고 모양을 새기는 사람의 지극한 몰입, 그리고 둘이 함께 나누는 한순간의 환희. 그는 알까? 문신을 받은 사람만이 그 고통과 환희를 절대로 잊지 못한다는 것을.

그녀와 결별하면서 승우는 말했다. 너의 아버지 때문에 나에게 흠집을 만들고 싶지 않아. 나는 끝까지 민중 곁에 있을 거야. 그는 냉정하게 돌아섰다. 변혁의 주체가 분산되고 소멸되어버린 후, 그의 주변 동지들이 서둘러 중앙으로 결집했다가 점차 기회주의적인 모습을 보일 때 그도 국회의원의 보좌관이 되어 정치판에 뛰어들었다.

그녀는 창틀에 대고 있던 이마를 힘주어 꽉 누른다. 이마가 찢어지는 듯한 통증이 왔다. 멀리 보이는 인적이 끊어진 차도에 불빛 하나가 비명처럼 사라져간다.

화로 속의 소나무 장작이 불꽃을 튀기면서 타오른다. 소나무가 타는 은은한 향기가 마당에 가득하다. 신 새벽에 아버지의 수하였던 사람이 와송을 가지고 왔을 때부터 아버지는 목욕을 하고 새 옷을 갈아입었다. 그녀는 아버지가 보는 앞에서 빗자루 자국이 나도록 마당을 쓸고 창고에서 붉은빛이 도는 소나무 장작을 꺼내왔다. 소나무의 맑은 기운이 약에 배어들어야 한다고 준비해 두었던 것이다. 아버지가 장작개비 하나를 조심스레 들어 불길을 돋운다. 화로 위에 약탕기를 얹고 차반에 깨끗하게 닦아 놓은 약재들을 넣는다. 사향, 녹용, 우황, 와송, 느릅나무 껍질, 인진쑥, 질경이, 산수유, 오름 덩굴을 차례로 넣는 아버지는 제관 祭官처럼 엄숙하다.

늘 시름시름 앓던 어머니의 약을 달일 때만큼은 외할머니의 표정도 차분하게 가라앉아 있었다. 외갓집 뒤뜰의 적요를 깨트리는 것은 늘 어머니의 기침소리였다. 약을 마시던 어머니가 앞가슴을 움켜쥐며 기침을 할 때마다 입가에 흘러내리던 붉은 피, 앙상하고 흰 앞가슴에 잎맥처럼 퍼져있던 푸른 핏줄기가 그녀의 눈 속을 스쳐 간다.

그녀는 불길 너머로 아버지의 대꼬치처럼 마른 몸과 저승꽃으로 뒤덮인 손을 바라본다. 아버지는 네모나게 자른 흰 화선지로 약탕기를 덮고 가장자리를 어루만지듯 누른다. 김이 서린 화선지가 젖어들며 약이 끓는다. 아버지의 욕망이 펄펄 끓는다. 회생의 비약이 만들어진다.

어머니가 죽고 난 뒤, 외할머니는 뒷산에서 어머니의 옷을 태웠다. 검은 얼룩을 만들며 옷을 먹어 들어가던 불길. 꺼이꺼이 목 놓아 울던 외할머니가 소매 끝으로 눈물을 닦으면서 내뱉던 "죽일 놈." 승천하지 못하는 어머니의 혼처럼 어린 그녀의 머리 위를 감돌던 연기.

- 역시 적송이라야 해. 향기가 그만이구나.

숨을 크게 들이마시며 아버지가 말했다. 비죽이 벌어진 입술에 흐뭇한 미소가 번지고 있다. 그러나 소나무의 맑은 기운은 아버지의 혼탁한 자장磁場에 빨려들어 흔적도 없이 사라질 것이다. 그녀는 장작개비 하나를 불길 위에 얹는다. 사방으로 불티가 날리고 연기가 피어오른다. 그녀는 장작개비 하나를 불길 속에 또 얹는다.

- 그러다가 불을 꺼뜨리겠구나. 불길을 한결같이 맞추어야 약성분이 잘 우러나오는 법이다.

아버지가 그을린 장작개비를 꺼내고 불길을 조절한다. 그을린 장작에서 가느다란 연기가 피어오른다. 연기를 바라보는 그녀의 이마에 진땀이 솟고 숨을 몰아쉰다.

귀 울음처럼 그녀를 괴롭히던 노인의 떨리는 목소리가 들린다.

그날 밤, 나는 자네 아버지가 보는 앞에서 전기 고문을 받았어. 전압이 얼마나 세었는지 땀구멍으로 연기가 났어, 연기가……

노인은 목이 잠겨 더 말을 잇지 못했다. 그녀는 점점 숨이 가빠진다. 아버지가 못마땅한 눈빛으로 그녀를 흘깃거린다.

그녀는 타오르는 장작더미를 뚫어지게 들여다본다. 이 불꽃 속에 손가락을 집어넣는다면… 손가락은… 그런 생각에 그녀는 몸을 떤다. 그녀의 손이 멈칫거린다. 떨리는 손이 불꽃 속으로 뻗는다. 순간 아버지의 손이 그녀의 손목을 낚아챈다. 무서운 악력이다.

- 무슨 짓이야? 불에 덴 것처럼 고통스러운 건 없다.

불빛에 드러난 그녀의 눈꺼풀이 파르르 떨려온다. 그녀는 아버지의 눈을 쏘아본다. 의심쩍은 눈빛으로 그녀를 바라보던 아버지의 눈에 점점 두려움이 가득해진다.

- 너는 그 정신 나간 노인네의 말을 믿는 게냐?

아버지가 목이 꽉 잠긴 목소리로 묻는다. 그녀는 대답하지 않는다.

- 나는 들어가마.

돌아서서 황급히 현관 쪽으로 걸어가던 아버지의 어깨가 기우뚱했다. 한 손으로 나무 등걸을 짚고 잠시 서 있다 다시 걸어간다.

보름 전, 그녀는 아버지를 모시고 있던 사람에게서 증인으로 채택이 되었다는 전화를 받았다. 그는 한동안 뜸을 들이다 말했다. 정말 죄송합니다. 애를 썼지만 어쩔 수가 없었습니다. 곧 통지서가 갈 겁니다. 아버지의 전립선특이항원치가 가파르게 오르기 시작했다. 그때 아버지에게 쑥뜸을 권한 것은 그녀였다. 호르몬 분비를 억제하는 약을 타러 병원에 갔다가 아버지와 같은 병을 앓고 있던 환자가 효험을 보았다는 말을 듣고서였다. 아버지는 반색을 했다.

쑥뜸을 뜨는 것은 쌀알 크기부터 점점 양을 늘려야 했지만 아버지는 그걸 못 참겠냐. 좀 더 큰 것부터 하자, 면서 팥알만 한 크기로 빚어 놓은 쑥을 가리켰다. 지도해 주는 사람이 중완中脘에 쑥을 놓자 쑥 연기가 가느다랗게 피어올랐다. 아버지의 얼굴이 벌겋게 상기되고 꽉 사려문 입술이 떨렸다. 쑥이 반쯤 타들어 갔을 때 아버지가 갑자기 몸을 일으켜 배 위의 쑥을 손으로 확 밀쳤다. 까만 재가 흰 요 위에 흩뿌려졌다. 순간, 노인의 떨리는 목소리가 그녀의 가슴을 헤집고 들어왔다. 자네 아버지라는 사람이 어떤 인간인지 아는가? 이빨이 두 개나 나가고 무릎뼈가 허옇게 드러난 나를 일으켜 의자에 앉히더니 손수건을 꺼내 피를 닦아주면서 심하게 다루었다고 부하들을 야단치더군. 담배를 꺼내 불을 붙여 주면서 은근한 말투로 물었지. 북한에서 무슨 지령을 받았느냐고, 자금은 누구에게 전해 주었느냐고, 바른대로 말해주면 내일이라도 풀어주겠다고 했지. 나는 육촌 형이 조총련 간부인지도 몰랐고, 재일교포 유학생에게 돈을 전해준 것이 아니라, 선산에 묻힌 증조부의 묘소에 비석을 세우는 것에 쓰였다고 했지. 나는 절대로 간첩 노릇 한 적 없다고, 제발 살려 달라고 울면서 애원했어. 그런 나를 바라보던 자네 아버지가 피우던 담배로 내 손등을 지지더군. 내 눈을 쏘아보면서 말이지. 자네는 살이 타는 냄새를 맡아 본 적이 있나?

아버지가 쑥뜸 뜨는 것을 보지 못했더라면 노인의 말은 그녀의 의식 밑바닥에 앙금처럼 가라앉아 있었을 것이다. 그날 이후, 노인의 말은 의식의 수면 위로 솟구쳐 올라와 출렁거렸다.

아침에 아버지는 악몽을 꾸느라 잠을 설쳤다고 불평을 한다. 아버지가 처음으로 꿈을 꾸었다는 말을 듣지만 꿈 내용을 묻지 않는다. 죽음이 얼마 남지 않은 사람은 자기에게 덮쳐오는 운명에 감응하는 모양이다. 검푸른 기가 한층 짙어진 푸석푸석한 얼굴로 망설이는 듯, 호소하는 듯한 시선으로 그녀를 바라본다.

그녀는 갓 끓인 현미죽을 사발에 담아 식탁 위에 놓는다. 그들은 말없이 식사를 한다. 때때로 그녀는 굴비의 부드러운 뱃살을 떼어내 아버지의 앞 접시에 놓는다. 아버지는 젓가락을 들었다가 그냥 놓는다. 아버지의 앙상한 몸은 뼈 위에 누리끼리한 물소 가죽을 씌워 놓은 것 같다. 어디에 부딪치지 않아도 팔과 다리에 불그죽죽한 혈반이 생긴다. 아버지의 시선은 자꾸 시계에 가서 머문다. 시계의 빨간 침이 끊임없이 동심원을 그린다.

드디어 아버지가 못 참겠다는 듯이 수저를 탁, 소리 나게 놓는다. 식탁 유리에 부딪치는 마찰음이 그녀의 팽팽하게 당겨진 신경 줄에 부딪친다.

- 현미죽은 깔깔해서 싫구나. 내일은 녹두죽을 끓여라.

괜한 트집이다. 광혜원에 가는 날, 늦장을 부리는 그녀가 못마땅한 것이다. 그녀는 수저를 놓고 욕실로 간다. 거울에 비친 얼굴을 바라본다. 눈시울 아래의 검은 그늘이 두드러져 보이는 마른 얼굴, 엷은 기미가 퍼져 있는 피부, 불면으로 붉게 충혈된 눈이 그녀를 쏘아보고 있다. 두려운 듯 원망하듯 아버지를 쏘아보던 눈물범벅이 된 어머니의 눈도 붉었다. 흐느끼던 어머니의 입에서 짐승만도 못해, 인간이 아니야, 라는 말이 새어 나오는 순간 찰싹, 하고 아버지가 어머니의 뺨을 쳤다. 흰 뺨에 선명하게 뻘건 손자국이 났다. 어린 그녀는 두 손으로 얼굴을 가렸다. 그녀는 살갗 속에 깊이 배인 아버지의 얼룩을 지우듯 차가운 수돗물을 틀어 얼굴을 씻는다.

　- 언제 떠날 거냐?

　그녀가 설거지하는 모습을 지켜보던 아버지가 묻는다. 그녀는 대답하지 않는다. 아버지의 눈에는 노여움과 애원이 뒤섞여있다. 밑으로 처진 입 가장자리에 굵게 패인 주름이 실룩거린다.

　옷을 꺼내려고 옷장 서랍을 열던 그녀는 소스라친다. 개미가 흰 속옷 위를 기어 다니고 있다. 창틀을 줄지어 기어가는 개미 떼들은 늘 보아왔지만 옷장까지 침범할 줄은 몰랐다. 장마가 끝날 무렵부터 부쩍 개미가 들끓고 눅눅한 곰팡내가 났다. 집안 곳곳에 습기를 제거하는 약이나 소나무 숯을 놓아두었지만 소용이 없다. 장롱 뒤나 싱크대 뒤쪽에 시퍼런 곰팡이가 핀 것이 틀림없다. 몸을 휘감고 있는 습습한 냄새들을 지우려고 그녀는 정성 들여 샤워를 한다.

인천에 있는 한방병원은 생각보다 한산했다. 환자들이 모두 예약시간에 맞춰 오는 모양이다.

그녀가 준비해간 의사의 소견서와 MRT- OM21(파동기기) 분석표를 뒤적이던 의사가 말한다.

- 곧 격심한 통증이 올 겁니다. 몇 달도 힘든 상황입니다. 심한 충격을 받는다면 그것도 장담할 수 없군요.

예견한 일이었다. 대학 병원의 주치의도 같은 내용을 말했었다.

- 와송을 넣은 탕약을 드시는 데 효험이 있겠지요?

스스로도 미련하다는 생각을 하면서 그녀는 묻는다. 의사는 굵은 뿔테 안경 속의 눈을 끔벅이면서 말한다.

- 희소가치와 약효가 비례하는 것은 아니잖습니까? 통증을 다소 줄일 수는 있겠지요.

암세포를 일순에 제거할 신비한 약초란 사람들의 염원이 만들어 내는 것일 뿐이다. 환자를 진료하지 않으면 약을 줄 수 없다는 의사에게 간청해 그녀는 한약을 택배로 부쳐 줄 것을 부탁하고 일어선다. 약을 짓지 않으면 아버지는 절망하고 그녀를 나무랄 것이 틀림없다.

그녀는 습기 찬 바람이 부는 거리를 타박타박 걷는다. 시끄럽고 질척한 좁은 골목길을 지난다. 비릿한 생선 냄새와 해초 냄새가 난다. 발걸음이 자주 왔던 어시장으로 향한 것이다. 아버지는 생선을 좋아한다. 싱싱한 회도 좋아하지만 여름철에는 칼집을 넣어 숯불에 구운 생선을 더 좋아했었다. 그녀는 시장 속으로 발걸음을 옮긴다. 검푸른 등과 은빛 뱃살이 빛나는 참 숭어를 그녀는 물끄러미 바라본다. 곱게 늙은 할머니가 고무 함지박에서 펄떡이는 농어를 흥정한다. 도마 위에 놓인 농어가 필사적으로 파닥일 때마다 비늘의 광채가 번쩍인다. 숨 가쁘게 할딱이는 선홍색의 아가미가 내려치려고 치켜든 생선 장수의 칼날과 대치되는 몇 초의 정적. 그녀는 고개를 돌리고 걸음을 옮긴다. 죽음이 깃들이는 순간, 사람은 그것을 감지할까. 아버지처럼 생에 집착이 강한 사람은 격심한 공포에 사로잡힐 것이다. 그것은 끝이 있다. 그러나 눈자위가 허옇게 드러난 눈, 억눌린 비명으로 뒤틀리는 사지, 그녀를 붙잡으려고 허우적거리는 아버지의 팔이 그녀에게 달려드는 시간은 끝이 없을 것이다.

그녀는 저녁 늦게까지 부두 근처의 횟집에서 혼자 낙조를 바라보며 소주와 회를 먹었다.

아버지의 손길이 미치지 않는 낯선 곳에 정착하려고 할 때마다 아버지는 부하 직원에게 미행을 시켰다. 자신이 마련한 맞선 상대가 싫다는 딸의 뺨을 후려치던 아버지와의 싸움이 끝난 것은 그녀가 삼십이 넘어서였다. 2년 전, 외갓집 부근의 중학교에서 지리교사로 근무하던 그녀를 찾아온 아버지는 내가 암이라는데 너는 한가롭게 이러고 있을 테냐, 하고 윽박질렀다. 종합병원을 순례하면서 아버지는 네가 나를 돌보았으면 이 지경이 되지는 않았을 게다, 하고 뼈아픈 소리를 했다.

전등불빛에 눈이 부시고 남자들의 힐끔거리는 시선이 따가워 횟집을 나왔을 때는 이미 어두워져 있다.

집은 어둠 속에 잠겨있다. 아버지는 밤늦게 돌아오는 딸에게 집안의 불을 모두 끄는 것으로 시위를 한다. 하늘은 비가 곧 쏟아질 것처럼 검은 구름에 뒤덮여 있다. 검은 구름이 연기처럼 풀풀 날리며 집 주변을 에워싸고 있다. 나무들이 미친 듯이 흔들린다. 현관문이 삐걱이고 창틀이 틀어지고 유리창들이 부서져 내린다. 지붕이 주저앉고 벽이 허물어진다. 그녀는 눈을 꾹 감는다. 소리 하나 없이 집이 폭삭 무너지는 환영은 외출에서 집으로 돌아올 때마다 되풀이된다. 마른번개 치는 소리와 번쩍이는 섬광이 그녀의 환영을 밀어낸다. 빗방울이 후두둑 떨어지더니 순식간에 장대비가 쏟아진다. 엄청난 폭우다. 그녀는 떨리는 손으로 지갑을 열어 대문 열쇠를 찾는다. 순간, 갑자기 눈앞이 환해진다. 거실과 현관과 정원의 외등이 한꺼번에 켜진 것이다. 온몸의 촉수를 곤두세워 딸을 기다리던 아버지의 예리한 감각이 그녀의 행동보다 빠르다.

한밤, 아버지가 잠을 이루지 못하고 뒤척이는 소리를 듣다가 잠이 들었던가. 가위에 눌린 아버지의 헐떡거리는 가쁜 숨소리가 들린다. 죽음의 너울이 한 겹씩 내려앉는 사람의 가위눌림은 갈수록 격렬해질 것이다. 그녀는 아버지의 손을 잡는다. 손은 얼음처럼 차다.

- 물 좀 다오.

- 꿈을 꾸셨어요? 아버지.

- 으응.

긍정도 부정도 아닌 애매한 목소리다. 그녀는 물에 적신 타월로 땀에 젖은 얼굴과 등을 닦아준다.

- 아버님이 검은 우산을 쓰고 가시는데 내가 그만 받아쓰고 말았구나.

꿈속에서의 두려움이 가시지 않은 목소리다.

- 검은 우산을 쓰는 꿈을 꾸면 죽는다고 했다. 그런 데다 받아쓰고 보니, 아버님이 아니었다.

- 그럼, 누구였어요.

- 으응, 글쎄… 분명치가 않구나.

목울대에서 빠져나온 말을 다시 삼킨 듯한 목소리다. 눈구멍 속에 깊숙이 들어가 있는 뿌연 눈이 그녀의 눈치를 살핀다. 안광이 매서워 부하들도 그 앞에 서면 움츠러든다고 했던 아버지는 딸에게 버림받는 것을 겁내는 병든 노인일 뿐이다. 그녀는 안타까운 마음으로 나직하게 말한다.

- 주무세요. 아버지.

아버지는 대답하지 않는다. 힘없이 감은 눈꺼풀을 조금 올린다. 흐릿한 눈빛이 그녀를 바라보다 힘없이 감긴다. 가지 마라. 애야, 내가 잠들어도 가지 마. 눈빛은 그렇게 애원한다.

그녀는 나비가 수 놓인 비단 이불을 덮어 준다. 아버지는 오리털 이불은 가벼워서 싫다. 목화솜처럼 포근하게 내리누르는 맛이 있어야지, 하고 불평을 했다. 청색, 초록, 노랑, 분홍, 연두색으로 수 놓인 나비는 날개를 활짝 펼치고 있다. 맞선을 보고 온 날, 이불 집에서 배달된 혼수이불이다. 한 번도 누구와 같이 덮어 보지 못했던 이불을 그녀는 살며시 쓰다듬는다. 아버지의 손이 주춤거리며 그녀의 손을 더듬어 쥔다. 차고 메마른 감촉. 눈물이 어룽진 그녀의 눈 속으로 나비 떼들이 난다. 어린 그녀가 포충망을 들고 나비를 잡으려고 뛰어다닌다. 외갓집의 뜰엔 나비가 많았다. 나팔꽃 넝쿨에도 작약 꽃에도 장독대 뒤의 접시꽃에도. 나풀대는 나비는 어린 그녀보다 빠르다. 지친 그녀가 와락 울음을 터뜨린다. 크고 따뜻한 손이 그녀의 손목을 잡는다. 어느새 아버지는 노랑나비를 쥐고 있다. 자 조심해라, 놓치지 말고. 그녀는 연약하게 파닥거리는 날개를 잡는다. 한없이 부드러운 감촉. 그녀는 그 나비를 어떻게 했는지 기억하지 못한다. 양쪽 날개에 압정을 꽂아 잠자리들과 함께 표본을 했을까. 아니면 그만 놓쳐 버렸는지 모를 일이다. 기억하는 것은 아버지의 따뜻한 손의 감촉과 그녀의 손가락 끝에 묻어난 나비의 분이 금빛 가루처럼 반짝이던 광경이었다.

밤새도록 비가 쏟아진 모양이다. 부엌 쪽의 덧문이 덜컹거리는 소리를 잠결에 듣긴 했지만 유리가 깨어지는 소리는 듣지 못했다고 생각하며 그녀는 깨어진 유리조각을 빗자루로 쓸어 담는다. 부엌 천장과 벽 사이로 가느다란 물줄기가 흘러내린다. 지붕이 새는 것이 틀림없다. 가을이 지나고 겨울이 되어 눈이 쌓인다면 지붕이 견딜 수 있을까.

녹두죽으로 숟가락을 가져가던 아버지의 시선이 유리가 깨어진 덧문에 가서 멎는다.

- 사람을 불러서 집수리를 해야 되겠어요.

죽을 떠든 숟가락을 멈추고 아버지는 가늘게 뜬 눈으로 그녀의 얼굴을 바라본다. 눈 속에 희미한 빛이 돋아났다 사라진다.

- 그냥 둬라.

신음처럼 낮은 목소리로 아버지가 말한다. 죽을 입에 물고 있다가 조금씩 삼킬 때마다 목덜미의 주름이 힘없이 움직인다.

- 매스꺼워 못 먹겠구나. 현미죽을 미음처럼 끓여서 마시는 게 낫겠다.

아버지는 죽을 반 남긴다. 아버지는 자신이 먹는 음식에 대해서 까탈이 심했다. 죽이 묽고 된 것, 녹즙을 마실 때에도 신선초의 양이 지나쳐서 쓰다거나 한 가지 야채가 빠져도 금방 알아낸다. 처음 같이 살게 되었을 때 아버지는 식사를 하다가 된장국이 너무 짜다고, 곰국에 기름이 뜬다고, 생선을 너무 태웠다는 등등의 이유로 수저를 소리 나게 놓곤 했었다. 시간이 흐른 후 그녀는 아버지의 거친 행동이 병든 몸을 의탁하게 된 미안한 마음을 감추기 위한 어설픈 몸짓이라는 것을 알았다.

커튼 뒤에 앉아 목 깊숙이 진한 커피 향을 들여 마신다. 오후가 되면서 간밤의 폭우가 거짓처럼 느껴질 정도로 햇빛이 쨍쨍하다. 그녀는 다 마셔 버린 커피잔을 들고 망연히 집 짓는 곳을 바라본다.

어제 아침, 레미콘 차의 꽁무니에 높은 사다리가 연결되고 그 끝에서 굵고 긴 통이 내려왔다. 레미콘의 몸체가 빙글빙글 돌면서 통에서 반죽된 시멘트가 쏟아졌다. 칠, 팔 명의 인부들이 잽싸게 연장으로 면을 골랐다. 이십 분도 채 되지 않아서 사다리를 떼어낸 레미콘이 떠나고 면이 고르게 다듬어진 바닥에 청년이 노란 고무호스로 불을 뿌리는 것을 지켜보았는데 벌써 2층의 창틀이 세 개나 있었다. 러닝셔츠만 입은 인부가 굵은 나무 막대에 망치로 못을 박고 있다. 땀에 젖은 어깨와 팔의 근육이 탐스럽다.

늦가을이 되면 집은 완성되고 창문마다 커튼이 쳐지겠지. 어쩌면 부엌 쪽의 창문에는 흰 레이스 커튼이 바람에 흔들리고 이층의 창문에서 서툰 바이올린 소리나 반복되는 피아노의 단조로운 음이 흘러나올 것이다. 때때로 아이들의 해맑은 웃음소리와 서로 다투고 우는 소리와 달래는 여자의 다정한 목소리도 들리겠지……. 어두워지면 정원의 외등이 켜지고 남자가 놀고 있는 아이들을 불러들이는 소리와 함께 고기 굽는 냄새도 풍겨 올 것이다. 아이들을 재운 뒤 황홀한 눈빛으로 남자를 바라보는 여자를 남자는 가슴을 열어 깊은 포옹을 하겠지. 생각을 이어가던 그녀가 전화벨소리에 흠칫 놀란다.

침울한 목소리가 들린다. 증인으로 채택이 된 것을 알려 주었던 사람이다.

- 애를 썼지만 어쩔 수가 없었습니다. 5시쯤 사람이 통지서를 가지고 갈 겁니다.

잠시 침묵하던 그가 단호한 목소리로 말한다.

- 출두 일은 모레입니다. 아버님을 병원에 입원시키는 것이 어떨까요? 저희도 그쪽이 편합니다.

- 그러고 싶지 않아요. 미리 전화 주셔서 고마워요. 먼저 끊겠습니다.

짐작한 일이지만 날카로운 유리조각에 베인 것처럼 가슴에 통증이 왔다.

창밖은 먹빛이다. 그녀는 불길한 정적에 휩싸여, 겹겹이 쌓이는 어둠을 바라본다. 아버지는 기척이 없다. 아버지는 오늘 밤에도 악몽에 시달릴 것이다. 그녀는 길게 한숨을 내쉬며 아버지의 방문을 연다. 아버지는 잠들어있다. 감은 눈꺼풀 속의 안구가 심하게 움직이고 푹 꺼진 눈 밑은 퍼런 기운이 더 느껴진다. 여위고 말라붙은 살갗은 뼈 위에 얇은 명주 천을 덧씌워 놓은 것처럼 보인다. 그녀가 깨운 것처럼 아버지의 감긴 눈이 번쩍 뜨인다. 열에 들뜬 눈이 섬뜩하게 번득인다. 아버지는 그녀의 뒤쪽 어딘가를 집어삼킬 듯이 노려본다. 숨결이 점점 가빠진다. 목에서 나는 크르릉 하는 소리는 마치 터져 나오지 못한 비명 소리 같다. 그녀가 바닥에 떨어져 있는 약병을 집는다. 한 알도 남아 있지 않다. 그녀의 다리가 후들후들 떨린다. 그녀는 아버지의 팔을 잡고 흔든다. 아버지가 그녀의 손을 꽉 움켜쥔다. 홉뜬 눈, 그것은 흰 빛이다. 그녀는 떨리는 손으로 아버지의 손에서 자신의 손을 가까스로 빼낸다. 그녀는 뒷걸음질 쳐 방을 빠져나온다. 거실 마루에 넘실거리는 어둠이 무서운 기세로 그녀를 덮친다. 그녀는 휘청거리는 걸음으로 현관문을 연다. 하늘은 별 한 점 없이 캄캄하다. 얼마나 지났을까. 차가운 밤의 냉기에 그녀는 후드득 몸을 떤다. 밤의 깃이 들추어지고 푸르스름한 새벽빛이 흘러든다. 밤이 소리 없이 지나가고 있다.

호두나무 숲으로 가는 두 갈래 길

탁자 위의 휴대폰이 부르르 떤다. 푸른빛을 뿜어내는 폴더의 숫자들이 파편처럼 눈 속을 파고든다. 아내의 실종사건을 담당한 이 형사다. 거북한 이야기를 말해야 하는 사람의 불편한 기색이 역력한 헛기침소리가 들리고 그가 말한다. 부인으로 짐작되는 시신을 건져 냈습니다. 확인하시겠습니까? 순간, 보름 전에 보았던 시신의 모습이, 산 그림자가 비친 수면에서 날카로운 빛으로 반짝이던 물비늘과 흰 천 밖으로 비어져 나온 발, 이미 발가락의 형체를 알 수 없는 퍼렇고 뭉툭한 덩어리가 떠오른다. 이 형사가 말한 장소는 아내의 옛집에서 거의 500m 떨어진 저수지였다. 저수지는 절대 아닙니다. 아내의 집 앞에 있는 호수라고요. 이 형사가 한동안 망설이다 다시 말했다. 왜 꼭 그 호수에서 자살했다고 단정하십니까? 교통사고나 어딘가에서 생활하고 계실 수도 있지 않을까요? 실종신고를 받고 조사하다 보면 스스로 잠적한 경우도 많습니다.

아내가 결국 호수에서 죽음을 맞이했을 것이라는 추측, 아니 거의 확신에 가까운 생각이 든 것은 장인의 장례를 치르고 난 석양 무렵, 골분 한 줌을 호수에 뿌리고 나서 했던 말을 또렷하게 기억하기 때문이었다. 붉은 구름이 호수에 비치고 금빛 물비늘이 일렁이는 호수를 바라보는 아내의 얼굴은 핏기 하나 없고 이마에는 푸른 정맥이 가늘게 돋아 있었다. 붉은 구름이 수면에 비쳐 호수와 하늘은 거대한 구리 원반처럼 타오르고 있었다.

- 마치 죽음으로 가는 길을 내듯 아름다워요. 호수로 걸어 들어가면 저 빛에 감싸여 죽음 속으로 평화롭게 흔적도 없이 스며들어 갈 것 같아요. 누군가 죽은 사람의 혼이 육신을 떠나는 순간 눈이 부실만큼 환한 빛을 본다고 하는데, 아마 그런 빛에 감싸인 듯한 느낌일 것 같아요.

눈을 가늘게 뜨고 호수를 바라보는 아내의 눈시울에 황홀한 빛이 어려 있었다.

- 아버지는 아주 편안하게 돌아가셨을 거예요.

장인은 밤낚시를 하다 실족사했다. 근처에 있던 낚시꾼이 바로 건졌는데도 폐에 물이 차 이틀 후 숨졌다. 아내는 장인이 미끄러진 것이 아니라 달빛에 취해 스스로 물속으로 걸어 들어갔다고 믿는 눈치였다. 지나치게 술을 좋아하는 장인은 몇 년 전부터 치매기운이 있었는데 상실된 기억을 행복했던 시절들에 대한 환상으로 보충하는 증세를 보였다. 장모와 호수에서 보트놀이를 했다거나, 낚싯대를 들고 집으로 오는 길에 노래를 불렀는데 저녁 이내에 잠긴 호수 안쪽에서 후렴구를 따라 부르는 장모의 목소리가 반가워 계속 노래를 불렀다거나, 집 근처에 있는 절에서 연등을 달았는데 밤이 되어 일주문에서 인근 마을까지 연등에 불을 켜고 집으로 돌아왔다거나, 팔뚝만 한 월척을 낚았는데 장모와 나란히 선 모습을 아내가 사진을 찍었다거나, 하는 등이었다. 모두 수십 년 전에 세상을 버린 장모와의 추억을 회상하는 장면들이어서 일찍 세상을 버린 아내에 대한 애달픈 마음이 녹아 있었다.

장모가 죽은 것은 아내가 여섯 살 때였다고 했다. 아내의 집을 처음으로 찾아가던 날 호수 가를 거닐며 아내는 아득한 눈빛으로 말했다.

- 어릴 때는 어머니의 혼이 호수에 잠겨 있다고 생각했어요.

장인의 말에 의하면 엄마를 부르며 우는 어린 딸에게 어머니의 몸은 땅속에 묻혀있지만 마음은 호수에 잠들어 있다고 말했다고 했다. 그 이후부터 거짓말처럼 더 보채지 않고 낚시를 하는 아버지 곁에서 아내는 들꽃을 꺾어 호수에 뿌리며 놀더라고 했다. 낚시광인 장인이 어린 딸과 같이 있을 시간을 확보하려고 둘러댄 것이겠지만 아름다운 호수가 빚어내는 몽환적인 풍경들이 어린 시절의 이야기와 조합되어 은연중 그런 믿음이 생겨난 모양이었다. 아내의 호수에 대한 애착과 죽음에 대한 친화력은 이미 그때부터 형성돼 있었을 것이다. 장인은 바리톤 가수로 오페라무대까지 진출할 만큼 실력이 있었지만 같이 활동하던 장모가 세상을 뜬 후 고향인 호수부근의 도시에서 음악교사로 지냈다. 집안에는 늘 음악이 흐를 뿐, 세상과의 교류가 거의 없는 장인의 은둔자 적인 면모가 그에게는 기이해 보이기까지 했다. 아내도 마찬가지여서 떠들썩한 부부동반 모임에 가는 것을 싫어했고 큰 맘 먹고 사준 목걸이나 명품 백 같은 것을 반기지 않았다. 그것은 정신의 결벽증 같은 것이 아닌, 어린 시절부터 자연과 대화하듯 살아오면서 몸에 밴 순연함인 듯했다.

장인과 아내에게는 노을빛에 물든 호수와 하늘이 경계가 없듯이 삶과 죽음, 현실과 환상의 구분이 없었다. 그것은 그들만의 삶의 방식이었다.

아내는 그 호수를 늘 그리워하며 말했다.

- 물가에 있으면 마음이 편안해져요. 호수의 물을 바라보고 있으면 언젠가는 삶의 비의秘意를 한 겹, 한 겹, 풀어 갈 수 있을 것 같은 느낌이 들어요.

그러나 그는 그 호수의 물빛을 바라보면 어떻게 마음이 깊어지는지 알 수 없었다.

지금 그에게는 아내가 호수의 밑바닥 어딘가에 참혹한 모습으로 누워 있는 환영이 어른거릴 뿐이었다. 땀에 흠뻑 젖은 몸을 일으켜 방문을 열고 나온다. 부엌 쪽으로 걸어가자 눈에 바늘이 꽂히는 듯한 날카로운 아픔이 느껴진다. 싱크대에 반사된 저녁 해의 빛줄기가 눈을 찌른 것이다. 한 줄기의 빛도 그의 시신경에 닿는 순간 무수한 바늘이 된다. 처음, 햇빛에 눈이 부시고 눈물이 나는 증상이 계속되었을 때 안과 의사는 말했다. 각막이 메말라 있어서 그렇습니다. 노화가 진행되는 거지요. 눈의 상태는 점점 심각해져서 햇빛이 약한 아침 일찍 출근하고 밤이 늦어 퇴근을 해야만 견딜 수 있었다. 컴퓨터 작업을 할 때마다 홍채 안쪽에서 콕콕 찌르는 듯한 통증이 느껴졌다. 때로는 순식간에 모니터의 숫자들이 사방으로 흩어져 버리는 환영을 보곤 했다. 그 바람에 인수 합병 전문가인 클라이언트가 의뢰한 회계자료를 약속날짜에 넘기지 못해 은밀히 후배의 도움을 받아 간신히 해결한 것이 여러 번이었다.

사무실의 창에 블라인드를 달았고 거실 창으로 들어오는 햇빛도 견디지 못해 두꺼운 커튼으로 교체했다. 첨단 장비를 갖춘 종합병원에서 다시 검사를 했다. 눈의 망막과 시신경 그리고 뇌의 시각피질까지도 정상이었다. 혹시 신경정신과 치료를 받으면 어떨까요? 라고 의사가 말했을 때 뇌리를 스친 것은 피투성이가 된 딸아이였다. 저절로 끙하는 신음소리가 나왔다. 의사는 과로나 스트레스 때문에 올 수도 있으니까 당분간 회사업무를 쉬어

보라고 말했다. 현관 로비에 서서 그는 쏟아지는 폭우를 한동안 바라보았다. 신세를 졌던 후배와의 술자리에서 탐색하는 눈초리로 무슨 문제가 있느냐며 은근히 물어오던 후배의 얼굴이 떠올랐다. 지나가는 말처럼 가장 했지만 눈빛은 먹이를 본 승냥이처럼 집요하고 날카로웠다. 후배와 헤어진 며칠 후, 조찬 미팅을 했던 클라이언트도 헤어질 때 오십이 넘어보니까 알겠더군. 사십이 넘으면 바짝 몸에 신경을 써야 해. 특히 간이나 폐는 자주 진단을 받아보고 말이야, 하며 어깨를 가볍게 툭툭 두드렸다. 위로인지, 어떤 경고성 몸짓인지 잘 분간이 되지 않아 묘하게 불쾌한 기분이 들었다. 언뜻 후배가 일을 맡긴 것을 과장해서 주변에 흘리고 다닌 것 같은 생각이 들어 화가 치밀었다. 그로부터 일주일후, 클라이언트가 의뢰한 회계자료를 도와주었던 후배는 기업의 인수 자료를 클라이언트의 경쟁 회사에 간부로 있는 사촌 형에게 흘렸고 결국 인수는 결렬되었다. 클라이언트는 불같이 화를 냈다. 정보관리에 허술한 것은 치명적인 결함이었다. 소리 없이 소문이 번진 모양인지 일거리가 급격히 줄어들었다. 인간 속에는 무수한 얼굴이 숨어 있다가 적절한 타임에 출현해서 상대편의 뒤통수를 치고 얼굴 안 깊숙한 곳으로 재빨리 숨어버린다. 분노와 억울함에 머리 위로 피가 솟구칠 때마다 그는 냉소 지으며 혼잣말을 했다. 티끌 하나 없이 맑고 깊어 보이던 아내조차도 십여 년을 같이 지낸 자신에게 한마디 말도 없이 집을 나간 마당에

후배의 배신쯤이야 흔하고 당연한 일일 뿐이라고.

드디어 해가 진다. 그는 밖으로 나와 공원을 향해 걷는다. 땅거미가 내려앉고 아이들이 집으로 돌아간 공원은 적막해져 간다. 아이의 손을 잡고 어둑해진 공원을 가로질러 부산히 걸어가는 여자의 모습을 망연히 바라본다.

교통사고가 나던 날 오후, 그는 잊고 나온 서류를 가지러 집에 들렀다. 아내는 아이와 교보문고에 책과 CD를 사려고 외출할 준비를 하고 있었다. 교보문고까지 태워다 주려고 같이 아파트를 나섰는데 아내가 문득 휴대폰을 두고 온 것이 생각났다고 했다. 딸애와 화단 앞에 서서 아내를 기다리는데 교복을 입은 소녀가 현관문을 열고 우편함으로 다가서는 것이 보였다. 소녀는 그의 집 호수가 적인 우편함에서 우편물을 뒤적이다 봉투 하나를 책가방 속에 넣었다. 그가 재빨리 달려가서 말했다. 너 누구니? 왜 남의 집 우편물에 손을 대지? 이리 줘봐, 하며 소녀의 팔을 잡았다. 소녀는 하얗게 질린 얼굴로 저에게 온 편지예요, 하며 황급히 그를 밀치며 현관 밖으로 뛰어나갔다. 그도 뒤따라 현관문을 나서는 순간, 엄마가 왜 안 와, 하며 그에게로 오던 딸애를 소녀가 넘어뜨리며 쏜살같이 도망가고 후진하던 택배 자동차가 아이의 몸을 덮치는 것이 보였다.

그날 이후, 아내는 넋이 나간 사람처럼 무감각해졌다. 퇴근해 돌아오면 아내는 불도 켜지 않은 거실 소파에 멍하니 앉아 있곤 했다. 밥을 해 먹은 흔적도 없고 밥을 먹었는지도 잊어버리고 있었다. 그는 되도록 일찍 돌아와 아내를 데리고 나가서 늦은 저녁을 먹었다.

입시 학원들이 모여 있는 큰 도로를 지나자 이탈리안 레스토랑이 보인다. 포장마차에서 소주를 마셨을 때나 와인 바에서 밤늦게까지 술을 마셨을 때도 마지막 코스는 늘 이 지점이었다.

아내가 집을 나가기 전날 밤, 이곳에서 저녁식사를 했다. 레스토랑 안으로 들어서자 낯익은 웨이터가 난감한 표정으로 말한다. 그 테이블에는 이미 손님이 있습니다, 옆 좌석으로 모실까요? 그는 고개를 끄덕인다. 같은 걸로 드시겠습니까? 그는 신음처럼 음, 하며 의자에 앉는다. 식탁에 놓인 새우와 가리비를 넣은 카르보나라 스파게티 접시 위에 조명등의 불빛이 엃힌다. 덜 삶은 것 같은 우둘우둘한 면이 입속을 굴러다니다 간신히 삼켜진다. 자신이 허겁지겁 흉한 모습으로 음식을 먹었던가. 음식을 먹는 모습에서 굶주린 동물의 야수성을 느낀 것일까?, 그런 생각들이 끊임없이 오간다. 스파게티를 먹던 자신의 모습이 어떠했기에 아내의 얼굴이 마치 유령이라도 본 것처럼 새파랗게 질려 포크를 쥔 손이 부들부들 떨렸던 걸까.

아내의 눈자위에 돋은 붉은 실핏줄의 무늬, 홍채에 비친 자신의 일그러진 얼굴, 아내가 면발이 감긴 포크를 떨어트려 흰 식탁보에 면발이 어지럽게 흩어진 것을 되풀이해 생각하다 자리에서 일어난다.

*

집을 나오던 날, 하늘은 무연히 맑았다. 법연사 아래의 숲길에서 택시를 내려 언덕길을 올라가기 시작했다. 멀리서 사시예불을 알리는 범종소리가 은은히 울려 퍼지는 소리가 들려오자, 새벽 어스름 속에서 잠든 남편의 곁을 빠져나올 때 가슴을 옥죄어 오던 통증이 잦아들었다.

사람의 얼굴이 썩어들어 가는 환영을 본다는 이야기를 하면 노스님은 어떤 태도를 보이실까. 대학시절 방학마다 참선지도를 했을 때처럼 죽비를 들어내 등허리를 후려치실까. 아니면 자애로운 눈빛으로 차를 내려 주실까. 그런 생각이 떠오르자 연둣빛 물이 담긴 찻잔을 두 손으로 감싸 안은 것처럼 마음이 따뜻해졌다.

아이를 잃고 난 후, 법연사를 찾았을 때 노스님은 연緣이 다한 게야. 내생에는 영靈이 더 정화되어 지혜가 밝은 아이로 태어날 걸세. 죽은 아이에게 집착을 하면 영이 자꾸 돌아보게 되는 법이니 마음을 비워야 하네, 라고 말했다. 그 말이 위로가 되긴 했지만 하루하루가 캄캄한 우물 속에 갇혀 있는 것 같이 괴로웠다. 죽은 아이의 보드라운 살갗의 감촉과 분홍빛 뺨이 눈에 어른거렸다. 그럴 때마다 시집의 전통대로 선산에 매장을 한 아이의 무덤에 갔다가 돌아오곤 했다. 아이의 얼굴은 악몽에서 깨어날 때마다 어두운 방 안에서, 눈부신 햇살 속에서, 식탁 위에 놓인 과자 그릇에서 기다렸다는 듯 떠올랐다. 수면제가 없으면 잠들지 못했다.

눈에 보이는 사람들의 몸이 썩어들어 가는 환영을 보게 된 것은 우연히 9시 뉴스를 보고 있을 때였다. 뉴스를 진행하는 앵커가 말했다. 시신은 참혹하게 부패되어 형체를 알아볼 수 없었습니다. 그 말을 듣는 순간 그녀는 마시고 있던 홍차 찻잔을 떨어뜨렸다. 그즈음의 어느 날, 퇴근한 남편이 그녀의 얼굴을 한동안 바라보다 눈물이 고인 얼굴로 애원했다. 당신, 나를 위해 살아 줄 수는 없니? 그리고 그가 나를 끌다시피 데리고 간 곳이 스파게티 전문점이었다. 남편은 해물스파게티를 주문했고 그녀는 크림소스 스파게티를 먹었다. 반쯤 접시를 비우고 나서 무심코 사람들을 바라보았다. 순간 그들의 얼굴이 모두 썩어들어 가고 있었다. 뺨에서 라면 발처럼 흘러내리는 살점들, 코와 눈이, 눈썹과 입이 해체되는 모습이 보였다. 구더기가 들끓고 고름이 흘러내리는 손으로 장미꽃 무늬가 촘촘히 그려진 접시의 면을 포크로 감아 올려 입으로 가져가는 기괴한 모습을 ……

그녀는 치미는 욕지기 때문에 화장실로 들어가 손을 씻고 거울을 보았다. 순간 자신의 얼굴도 … 그녀는 토하고 또 토했다. 남편이 화장실 앞에서 그녀를 기다렸다. 그런데 남편의 얼굴도 순식간에 … 남편을 보는 것이 무서웠다.

적송이 늘어선 숲길 너머 일주문이 보인다. 절의 주지스님과 친분이 있던 아버지와 자주 찾아왔었고 초파일이 가까워 질 때면 밤이 늦도록 연등을 만들어 연꽃과 불탑, 동자승의 얼굴을 그려 넣는 작업을 했던 곳이었다. 그럴 때면 나이든 할머니보살이 연잎밥을 쪄서 나누어주었는데 주지스님은 늘 아버지 몫까지 챙겨 주었다.

결혼을 하기 전까지는 틈나는 대로 대적광전을 찾았다. 언제나 꽃살문을 열면 일순에 다가오는 어둠과 고요함, 촛불을 켜고 향을 사르면 타오르는 촛불에 비쳐 불상과 광배光背가 자금색으로 빛났다. 그 은은한 빛에는 긴 세월동안 수많은 사람들이 혼신을 다해 길어 올린 기원들이 묵연히 깃들어 있는 듯했다. 비로자나불 앞에 앉아 무릎을 꿇고 두 손을 가슴 앞에 모으면 비로자나불의 환한 빛이 자신을 비춰주는 것 같아 마음이 아늑했다. 법당에 들어가면 남편의 얼굴이 썩어들어 가는 환영도 사라질 것이다. 그녀는 걸음을 빨리한다.

법연사의 일주문을 지나자 하늘을 향해 선명한 곡선을 그리며 드리워진 건물의 기와지붕이 보인다. 절 마당에 들어섰을 때 어딘지 모르게 스산한 느낌이 든다. 기와지붕 뒤로 나무들이 거뭇거뭇하고 무언가 알 수 없는 검은 파편들이 마당에 흩어져 있다. 대적광전으로 가는 돌계단을 중간쯤 올라가자 대적광전 건물을 검은 천으로 둘러싸 놓은 것이 보인다. 장엄하고 아름다웠던 절간이 제 모습을 잃고 섬뜩한 어둠을 품은 채 그녀를 내려다보고 있다. 지장전 쪽에서 행자가 다기를 들고 내려오고 있다. 노스님은 편안하시지요? 라고 묻자 고개를 숙이고 잠시 침묵하던 행자가 낮은 목소리로 말한다. 열흘 전에 열반하셨습니다. 대적광전에 불이 나서 노심초사하시다 쓰러지셨거든요. 스스로 곡기를 끊으시고 편히 가셨습니다. 순간 그의 얼굴이 순식간에 썩어들어 간다. 보살님, 하고 그가 불렀지만 그녀는 등을 돌리고 절 마당을 가로질러 계단을 뛰어 내려간다.

그녀는 갔던 길을 되짚어 소나무 숲을 걸어 나온다. 갈 곳이 아무 데도 없다. 남편은 자신이 태어난 호수 위의 옛집을 아버지가 세상을 뜬 후 팔았다. 주식투자로 많은 빚을 졌다고 했다. 불안하게 떨리는 목소리나 휑한 눈빛을 바라보다 마지못해 동의하기는 했지만 남편의 마음이 그토록 황폐해지는 것이 두렵기만 했다. 집을 판 후 다시 찾았을 때 옛집은 '배나무 집'이라는 매운탕 집으로 변했고 아버지가 가꾸었던 정원수들과 담장 둘레의 과실수들은 베어지고 화단과 텃밭은 주차장으로 되어 있었다. 그녀는 호수로 가는 버스를 탄다.

한낮의 호수는 적막하다. 낚시하는 사람들도 보트를 탄 사람들도 보이지 않는다. 잡목 숲의 그림자가 비친 호수의 한가운데로 흰 구름이 떠 있을 뿐이다. 남편이 호수에 유골을 뿌리는 것이 금지되어 있다고 했었지만 한 줌이라도 이 호수에 뿌리고 싶었다. 그랬다면 아이가 흔적 없이 사라졌다는 두려움은 덜 하지 않았을까? 이곳에 앉아 아이의 혼을 부르면 물속 깊은 곳에서 아이가 들을 수 있었겠지.

아이의 얼굴이, 커다란 눈망울이 그녀를 마주 본다. 푸른 눈자위와 분홍빛 뺨이 너무 선연해서 그녀는 눈을 꾹 감는다. 오직 아이와 아버지의 사진을 볼 때만 몸이 썩어들어 가는 환영이 보이지 않았다.

호숫가의 나무그늘에 앉아 물비늘이 반짝이는 수면 위에서 흔들리는 산 그림자를 바라보는 동안 지난 기억들이 사라지고, 아이의 따뜻한 볼의 감촉과 투명한 물방울이 튀기는 듯 맑은 웃음소리도 아득해진다. 대적광전이 불타버리고 노스님이 갑작스레 세상을 떠난 것도, 아이가 죽기 전날, 어머니의 사진에 이마를 대고 어깨를 들썩이던 아버지의 뒷모습이 눈에 어른거린 것도, 아버지가 어머니를 그리워하며 불렀던 마태수난곡 중 '나의 하느님, 눈물을 흘리며 기도하는 나를 불쌍히 여기소서'의 노래가 귀에서 맴돌던 것도, 음질이 떨어지긴 했지만 LP판이 있는데도 굳이 그날 새로 녹음된 CD를 사려고 아이와 외출을 한 것도, 남편의 얼굴마저도 흉측하게 변한 것도 모두 죽음의 손짓처럼 보인다. 자신의 삶을 거두어야 한다는 것, 죽음에 맞설 것이 아무것도 남아 있지 않다는 것을 깨닫는다.

호수에 붉은빛이 어린다. 해가 기울어 붉게 타오르던 수면 위에 떠 있던 산 그림자가 서서히 지워지는 것을 보는 동안, 썩어들어 가던 남편의 얼굴도, 아이의 해맑은 미소, 그 부드러운 숨결조차 희미해진다. 삶이란 산 그림자처럼 환幻일까. 그녀는 호수가 자신을 천천히 끌어당기고 있는 것을 느낀다. 호수의 수면이 검푸른 빛으로 변하면서 별들이 돋아나고 건너편의 검은 숲 위로 은빛 달이 떠오른다. 그녀는 천천히 물속으로 걸어 들어간다. 다리와 가슴에 수초들이 휘감겨 온다. 순간 별빛이 와르르 흔들린다.

*

호수 아래의 흙길에 차를 세운다. 몇 사람이 풀밭에서 서성이며 사진을 찍는 모습이 보이지만 그들에게로 발걸음이 떨어지지 않는다. 고속도로 휴게소에서 이 형사와 통화를 했을 때 들은 내용이라면 호수에서 건져낸 시신은 아내가 아닌 것 같았지만 그는 망설이지 않고 차를 몰았다. 가쁜 숨을 내쉬면서 수면을 바라보는 그에게 이 형사가 다가와 말한다. 보지 않는 것이 좋겠습니다만.

그가 천천히 풀밭으로 발걸음을 옮기자 이 형사가 들것의 천을 벗겨낸다. 아내가 아니었다. 이 형사가 수첩에 무언가를 기록하고 나서 그를 바라보며 말한다. 또 헛걸음을 하셨군요. 짧은 일별이었지만 아내를 물속에 뛰어들어 죽게 만들었을지도 모르는 잔인한 사내라는 것을 짐작한다는 차가운 눈빛이다. 그들이 탄 차가 사라지고 난 뒤 그는 차에 기대서서 담배를 꺼내 피운다.

호수는 저녁 이내에 잠겨든다. 수면 위에 희미하게 떠 있던 산 그림자가 지워진다. 적막하고 음산한 기운이 내려앉은 수면은 마치 검고 끈끈한 흡반처럼 보인다. 연기처럼 풀풀 날리던 구름 사이로 초승달이 떴다. 날카로운 사금파리 조각 같은 달의 모서리가 이마를 겨누고 있는 느낌이 들어 그는 몸이 부르르 떨린다.

아내가 사라지던 날, 퇴근 후 캄캄한 집으로 들어왔을 때는 법연사에 갔으려니 했다. 아이가 죽고 난 후부터는 자주 찾아갔기 때문이었다. 새파랗게 질려 자신을 쳐다보던 아내의 섬뜩한 눈빛이 가슴을 무겁게 내리눌렀지만, 그는 며칠 지나면 돌아오리라고 생각했다. 토요일이 되어 아내를 데리러 간 법연사에서 노스님이 열반한 것을 안 아내가 도망치듯 뛰어가더라는 말을 듣자 불길한 생각이 꾸역꾸역 밀려들기 시작했다. 아내처럼 보이는 여자가 호수 쪽으로 올라갔다는 구멍가게 주인의 말이 그녀의 행방을 추리해 볼 수 있는 것의 전부였다.

아이의 장례를 치르기 전날 밤이었다. 죽은 아이를 선산에 매장하겠다는 그의 말에 탈진해 누워있던 아내가 소스라쳐 일어나 앉으며 말했다. 호수에 뿌릴 거예요. 그래야 그 애가 내 곁에 살아요. 아버지가 돌아가셨을 때도 한 줌은 호수에 뿌렸잖아요. 열에 들뜬 눈빛이 기이한 광채를 뿜어내고 있었다. 아이의 골분을 호수에 뿌린다면 아내는 호수를 더 빈번하게 찾을 것이다. 장인이 죽은 아내의 영혼을 만나기 위해 물속으로 뛰어들었던 것처럼 아내 또한 그러지 말라는 보장이 없었다. 호수에서 뼛가루를 뿌리는 것은 환경문제로 금지되어 있다고, 한밤중에 몰래 보트를 타고 호수 한가운데로 가서 골분을 뿌리는 어리석은 짓은 하고 싶지 않다고 그는 잘라 말했다.

- 장인어른 때와는 달라. 호수의 오염수치가 점점 오르고 있다고 환경전문가들의 말이 ……

그의 말이 끝나기도 전에 아내가 말을 막았다. 관자놀이에서 푸른 핏줄이 팔딱였다.

- 오염수치라고? 숫자! 당신의 유일한 무기 말인가요? 당신의 머리는 1에서 9 라는 숫자로 꽉 채워져 있어요. 그 무엇도 비집고 들어갈 수가 없다고요. 당신이 경매로 산 이 집! 나는 너무 힘들었어요. 이 집에 살았던 사람들의 원한이 뼛속으로 스며드는 것 같았어요. 전에 살던 소녀가 우편물을 찾으러 왔을 때 아빠회사가 파산하고 집도 경매에 넘어갔다고 하는 걸 들었어요. 그 뒤로도 그 애는 기다리는 편지가 있다고 몇 번인가 더 왔어요. 그 후 나는 그 애가 우리 집을 배회하는 것 같은 느낌이 들어 얼마나 괴로웠는지 알아요? 그날 당신이 그 애에게 좀 더 부드럽게 대해 주었더라면 … 그랬더라면 ……

목이 멘 아내가 말을 멈추고 신음소리를 냈다. 미안하다고, 잘
못했다고 말을 했지만 그 말은 아내에게 들리지 않는 듯했다. 아
내가 떨리는 목소리로 말을 이었다.

- 당신은 한 번이라도 0이라는 숫자의 의미를 생각해 본 적이
있어요? 0은 제로가 아니라 모든 것을 다 품고 있는 무한한 것이
라고요. 당신은 아버지와 내가 환영놀이에 빠져 있다고 비웃지
만 인간에게 환상이, 신화적인 세계가 없다면 세상은 모래바람이
부는 사막과 같을 거예요.

- 현실을 좀 직시하고 살아야지. 경매로 넘어가는 집이 어디
이 집뿐이오. 그 문제와는 다르지 않소. 그리고 모든 장례 절차
는 매장장으로 해서 선산에 묻기로 다 준비가 되어 있지 않소. 지
금 화장으로 변경하고 싶어도 예약하지 않으면 할 수가 없어. 더
욱이 호수는 흘러가는 강물처럼 정화작용을 못 하지 않아.

- 당신 입에서 정화라는 말이 나와요? 이 세상을 오염시키는
건 당신 같은 사람들이에요. 온갖 편법을 다 써서 세금을 줄이고,
중소기업의 뒷덜미를 쳐서 그들이 땀 흘려 키운 터전을 빼앗는
건 당신들 아니냐고요.

그는 관자놀이에서 푸른 정맥이 팔딱이는 모습으로 자신을 쏘
아보는 아내를 한동안 바라보았다. 한 번도 그의 직업이나 사회
현실에 관심을 보인 적이 없던 아내였다.

- 그건 자본의 논리요. 합법적인 일이고 내 직업이지 않소. 여

보, 현실은 환상도 꿈도 아니야. 자 좀 누워요. 눈을 좀 붙여야지. 내일 장지까지 가야 하지 않소.

- 나는 모든 것을 참고 있는데 … 내 아이의 영혼을 따뜻하게 잠들게 해 주고 싶다는데, 당신은 그것이 그렇게 어려워요?

아내는 베개에 얼굴을 묻고 흐느꼈다. 그는 아내의 어깨를 감싸 안았다. 아내가 차갑게 그의 손을 걷어냈다.

호수 아래에 세워 둔 차에 시동을 건다. 흙길을 벗어나자 곧 국도가 나타나고 네온사인을 밝힌 상점들이 늘어선 왼쪽 도로변에 주유소가 보인다. 문득 차에 휘발유가 얼마 남지 않았다는 생각이 든다. 그는 왼쪽으로 핸들을 튼다. 순간 끼익, 하는 굉음과 둔중한 물체가 와 부딪친다. 차에서 내려 난감한 얼굴로 엉거주춤 서 있는 그에게 중년남자가 다가온다. 당신 정신이 있어? 왜 좌회전 깜빡이도 켜지 않고 갑자기 돌리는 거요? 중년남자가 탄 체어맨의 창유리가 부서져 내렸고 운전석의 차 문이 움푹 찌그러져 있다. 그는 머리를 숙이면서 거듭 사과를 했다. 정말 죄송합니다. 배상을 해드리겠습니다. 한동안 붉어진 얼굴로 거친 숨을 내쉬던 차 주인이 한숨을 내쉬면서 말한다.

- 지금 내가 꼭 가야 될 곳이 있단 말이요. 차는 저쪽 주유소에 대놓고 나중에 고쳐야겠소. 시간이 없으니 우선 나를 그곳까지 데려다주시오.

차 주인은 작은 기업체를 운영하는데 위빠사나 수행을 하는 명상센터로 가는 중이라고 했다. 대개 회사일이 끝나는 금요일 밤에 가서 자유롭게 명상을 하고 돌아온다고 했다. 자신은 회계사라고 말하자 참 골치 아픈 직업이군요, 하는 차 주인의 얼굴에 언뜻 냉소가 떠오르는 것 같다. 기업체를 운영하는 사람이 명상이라니, 바쁜 시간을 투자할 그 무엇이 있다는 것일까.

- 명상을 하면 무엇을 얻습니까?

- 회계사로 일하시는 분이라 역시 대차대조표의 범주를 벗어나지 못하시는군요. 그럼 묻겠습니다. 혹시 자기 안에 감추어진 낯선 존재들이 늘 자신을 기웃거린다는 느낌을 가져본 적이 없습니까? 아니면 부지불식간에 출몰해서 자신의 숨통을 조르는 괴물 같은 존재를 대면한 적이 없습니까?

- ······.

- 얻는 것은 아무것도 없습니다. 다만 마음속에 숨겨져 있는 것을 발견하는 것이지요. 넘쳐나는 욕망과 집착에 묶인 마음을 풀어내는 것뿐입니다.

- 그래서 마음이 평화로워지는 건가요?

- 하하, 마음이 그렇게 간단하다면 무슨 문제가 있겠습니까?

차 주인이 그를 물끄러미 바라보다 입을 연다.

- 수염도 깎지 않은 모습으로 평일 오후에 넋을 놓고 운전하시는 걸 보면 당신도 꽤 힘든 일이 있는 것 같군요.

차 주인은 한동안 침묵하더니 말을 이어간다.

- 나는 어려운 경전의 말씀도 선승의 고차원적인 법문에 대해서도 문외한이오. 혹시 도움이 될지 모르니 내 이야기를 들려주겠소. 십여 년 전에 생산직 직원 스물세 사람을 정리 해고한 적이 있습니다. 파산위기까지는 아니었지만 주가가 바닥을 쳤고 배당금이 줄어든 투자자들의 압력을 견디기가 어려웠지요. 노조가 파업하겠다는 경고를 보냈지만 간신히 무마가 되었소. 그런데 몇 달 후에 노동자 한 명이 자살을 했습니다. 봉투에 위로금을 넣어 영안실을 찾아갔지요. 해고노동자들이 영안실 입구를 막아섰소.

차 주인의 이야기가 마음에 와닿지 않았다. 그런 일쯤 현실 속에서 수없이 겪는 일이 아닌가. 그 이야기가 마음의 평화와 무슨 상관인가. 한동안 창밖을 내다보고 있던 차 주인이 다시 입을 열었다.

- 바로 그때였소. 고등학교 교복을 입은 채 팔에 삼베 완장을 찬 상주가 나와서 말했소. 막지 마세요. 조용히 조문하고 가시게 해 주십시오. 울어서 부은 눈꺼풀 속의 눈에서 슬픔과 자존심을 지키려는 안간힘이 느껴졌습니다. 국화 한 송이를 영정 앞에 놓고 절을 했지요. 사진 속의 낯익은 얼굴은 미소를 띠고 있었소. 그의 아내가 오열하는 소리가 귀를 울려댔습니다. 상주와 맞절을 하고 일어서는데 그 청년이 향로 앞에 놓은 조의금 봉투를 두 손으로 내밀며 말했습니다. 이 봉투 도로 가져가십시오. 사람들

이 숨죽이며 우리를 지켜보고 있었소. 노조위원장이 청년의 팔을 잡으며 말했지요. 왜 이러나, 어머니와 동생 생각도 해야지. 내년이면 대학도 가야 될게 아닌가? 청년이 고개를 저었소. 아버지는 저에게 더없이 소중하고 귀한 분입니다. 아버지의 목숨값을 돈으로 받는 불효를 저지르고 싶지 않습니다. 제가 이 봉투를 받는 순간, 사장님 마음은 가벼워지시겠지요. 그 대신 제 영혼은 더 한층 무거워집니다. 청년의 눈에서 뿜어져 나오는 파르스름한 불꽃이 내 가슴을 깊숙이 찔러왔습니다. 나는 그 눈길을 받아내지 못하고 고개를 떨구고 말았지요. 겨우 제 아들 또래의 청년이었는데 말입니다. 봉투를 다시 호주머니에 넣을 수밖에 없었지요.

　- 용기 있는 청년이군요. 그런 순수함도 사회에 나오면 점차 오염되기 마련 아닙니까?

　차 주인은 아무 대답 없이 휴우 한숨을 내쉬었다. 골똘한 생각에 잠겨있던 차 주인이 나지막하게 말했다.

　- 집에 돌아와 스키장으로 떠나려고 하는 아들애와 마주쳤습니다. 스키장비를 들고 제 어머니와 용돈으로 말다툼을 하고 있는 아들의 얼굴 위로 청년의 의연한 모습이 겹쳐지더군요. 그만 난생처음으로 아들애의 뺨따귀를 올려 부치고 말았습니다. 스키장비를 마루에 내동댕이치며 씩씩거리는 아들애를 아내가 겨우 달래서 내보내더군요. 다음 날 아들애는 스키를 타다 사고를 당

했습니다. 병원으로 달려가는 몇 시간이 지옥이었습니다. 결국 다리를 절단해야 했지요. 인과는 그토록 매서웠소.

- 우연일 수도 있지 않습니까?

- 아니오. 그건 법Dharma이었소. 우주의 질서 같은 거창한 것이 아닌 내 안에서 벌어지고 있는 모든 현상 말이오. 내가 영안실에서 그 청년의 눈과 마주치지 않았다면 탐욕에 눈이 어두운 자신의 모습을 바로 보지 못했을 것이고 아들에게 손찌검을 하지 않았겠지요. 불구가 된 아들을 볼 때마다 이토록 죄책감에 시달리지는 않았을 것이오. 당신에게 말해주고 싶소. 수행에서 얻는 것이 있다면 그건 다른 사람들의 고통에 같이 감응할 수 있는 마음자리를 되찾는 것이라고 말입니다.

차가 울창한 호두나무 숲길로 들어선다. 차 문을 열자 맑은 공기와 개울물 흐르는 소리가 들린다. 야트막한 고갯마루을 넘자 산 아래 현대식으로 지은 흰색의 2층 건물이 보인다. 주차장에 차 주인을 내려주고 흰 건물의 계단을 올라가자 '명상 홀'이라고 쓰인 문이 보인다. 그는 문을 살짝 밀어본다. 대여섯 명의 사람들이 눈을 감고 둥근 원 모양으로 둘러앉아 있다. 명상 홀은 물속처럼 고요했다. 그는 홀린 듯 그들의 모습을 바라본다. 목적지를 향해 질주해야 하는 삶의 저편에 이런 고요함도 있었던가.

뜰 아래의 계단으로 내려간다. 환히 불이 켜진 사무실 안에서 남자직원이 컴퓨터 화면을 들여다보고 있는 것이 보인다. 그는 문을 열고 들어가서 나직한 목소리로 묻는다. 명상을 배울 수 있습니까? 직원이 의자에서 일어나며 말한다. 네, 그럼요. 집중수련 때만 스님이 오시기 때문에 지금은 법사님이 지도해 주실 겁니다.

필요한 수속을 끝내고 방을 배정 받고 나자 해가 기울기 시작한다. 직원은 수련기간 동안 오후 불식이어서 저녁식사는 없고 간단한 음료와 과일만 먹는다고 알려준다. 그는 식당으로 가서 커피를 마신다. 차 주인이 토마토 한 개와 삶은 감자 하나를 집으며 그에게 말한다.

- 속이 비면 명상하는 데 방해를 받습니다. 선생님이 따로 지도하시겠지만 호흡에 집중하려면 스스로 좋은 조건을 만들어 주어야 합니다.

- 제가 잘할 수 있을지 모르겠습니다.

- 아무것도 애쓸 필요가 없습니다. 그냥 자신 속에서 무엇이 나오는지 지켜보시면 됩니다. 아마 오래된 집의 벽면처럼 마음에 그어진 수많은 균열이 보일 겁니다. 그곳에 켜켜이 앉은 시커먼 때를 빼내는 작업이라고 생각하십시오.

그는 감자를 깐 껍질을 식당 앞의 풀섶에 던져 넣고 보험회사에 휴대폰으로 전화를 건다. 주유소에 세워둔 체어맨과 앞범퍼가 찌그러진 자신의 차도 수리해줄 것을 부탁하고 명상센터의 주소를 메시지로 보낸다.

그는 지도해 주는 법사에게 수행을 해본 적이 없다고 말한다. 삼십 대로 보이는 법사는 위빠사나의 수행법에 대한 이론적인 설명과 좌선과 경행의 방법을 차근차근 설명해준다.

*

─ 환자분, 눈을 떠보세요. 제 말소리가 들리면 손가락을 움직여보세요.

수런거리는 소리와 불빛이 어른거린다. 다리에 부드럽게 휘감기던 물의 감촉 대신 등에 딱딱한 감촉과 가슴께에 심한 통증이 느껴진다. 그녀는 가늘게 눈을 뜬다. 자신의 코에 플라스틱 튜브가, 팔에는 링거 주삿바늘이 연결되어 있다. 흰 가운을 입은 중년의 의사와 젊은 인턴 몇 명과 간호사가 자신의 침대 옆에 늘어선 것이 보인다. 내가 왜 여기에 있을까. 푸른 달빛에 감싸여 부드러운 물속에 녹아드는 듯한 평화로움에서 내동댕이쳐진 것 같다. 늘어선 사람들이 마치 자신의 삶을 제멋대로 유린한 것 같아 화가 나서 견딜 수 없다. 그녀는 다시 눈을 꾹 감는다. 의사가 청진기로 그녀의 폐와 심장을 청진하고 난 뒤 포켓 램프로 그녀의 망막을 검사한다.

─ 물을 많이 마셔서 폐에 손상이 많이 갔어요. 위험한 정도는 아니고 치료받으면 좋아집니다. 지금 진정제를 맞고 있어요. 약은 조절할 거고 당분간은 죽을 드시게 될 겁니다.

의사는 젊은 인턴에게 복잡한 약 이름을 말하고 무언가를 지시한다. 의사들이 우르르 나가자 간호사가 묻는다. 생년월일, 주소, 주민등록번호를. 그녀는 대답도 하지 않고 눈도 뜨지 않는다.

그녀의 말 없는 투쟁이 시작됐다. 팔에서 주삿바늘을 뽑고 약과 식사를 거부하고, 환자복을 입은 채 병원을 빠져나가려고 몸부림을 쳤다. 양손을 침대에 벨트로 결박당하고 미음이 코에 연결된 튜브로 들어왔다.

왜 죽으면 안 되나요? 왜 내가 살아야 하지요?

그렇게 말하고 싶은데 소리는 목울대를 넘어오지 않고 가슴에서 웅웅 거린다. 그녀는 정신과 병동으로 옮겨진다. 정신과 병동은 일반병실보다 시설이 좋고 아늑하다. 무엇보다 창밖으로 정원수가 늘어서 있는 뜰과 담 뒤쪽으로 울창한 숲이 보이는 것이 다행이다. 처방된 약을 먹고 심리검사와 정신과 의사와의 면담이 거듭되는 동안 그들은 그녀의 이야기를 꼼꼼히 챠트에 기록한다. 담당의인 닥터 신은 말했다. 아이를 잃은 절망감과 호수에 뼈 한 줌 뿌리지 못한 것, 옛집을 잃어버린 것, 남편에 대한 분노 같은 현실 속에서 인정하지 못한 여러 심층적인 요인들이 사람이 썩어간다는 환영으로 나타난 것이라고 했다.

코에 연결된 튜브를 빼고 죽을 먹게 된 날, 부모의 이혼 후 자폐증에 걸린 소녀가 옆 침대를 쓰게 되었다. 이름이 회수인 소녀는 벽을 향해 돌아누워 꼼짝도 하지 않다가 밤이 되면 혼자 숨죽여 흐느껴 울기만 했다. 침대에 누워 그 소리를 듣고 있노라면 죽은 아이의 얼굴이 떠올라 가슴이 미어지는 듯했다. 어느 날 밤, 베개에 얼굴을 묻고 울고 있는 그녀의 등에 누군가의 손이 살며시 얹히고 그 손이 부드럽게 등을 쓸어내리는 것을 느낀다. 고개를 들자 눈물이 그렁그렁한 희수의 눈과 마주친다. 그녀는 몸을 일으켜 희수를 와락 껴안는다. 다음부터 희수는 그녀가 묻는 말에 조금씩 대답을 했고 눈을 맞추기 시작한다. 같이 산책을 할 때면 어깨를 기대오거나 팔을 껴안을 때도 있다. 레지던트가 그녀와 희수에게 음악, 미술치료에 대한 설명과 함께 명상치료를 할 때 일어나는 혈압, 심장박동수, 뇌파의 변화, 호르몬분비에 대한 여러 데이터들을 보여준다.

그녀를 담당하는 닥터 신이 먼저 만다라Mandala를 그려보는 것이 좋을 것 같다고 말한다. 흰 종이 위에 커다란 원을 그린 뒤, 그 안쪽에 자신이 원하는 대로 형태를 잡고 채색을 하는 방법이었다.

— 원圓은 우리의 의식에 커다란 감동과 균형을 가져다줍니다. 모든 분열된 정신을 통합하는 마음속의 기능을 뜻하지요. 원이나 구球가 인간의 영혼, 인간마음의 전체, 또 핵심으로 비유되는 것도 그 때문입니다.

어디서부터 형태를 잡아가야 할지 막막해하자 닥터 신은 탁자 위에 놓인 연필, 크레파스, 수채화물감, 포스터 칼라, 붓, 물통에서 무엇이든지 골라 쓰라며 말한다.

- 무엇이나 생각나는 대로 그려 보십시오. 어떤 형태를 잡으려 한다거나 예술적인 효과를 염두에 둘 필요는 전혀 없습니다. 붓에 마음에 드는 색을 묻혀 마음 가는 대로 칠하셔도 좋습니다.

도화지 위에 드로잉 연필을 들고 앉는다. 그러나 손은 어디에 묶여 있는 것처럼 꼼짝도 하지 않고 시간이 흐를수록 손에 땀이 배어나기 시작한다. 닥터 신이 슬며시 일어나 자리를 뜬다. 그녀는 연필을 던져버리고 의자에서 일어나고 싶은 충동과 싸우면서 커다란 타원형을 그리고 중심에 길게 선을 그었다. 팔이 움직이면서 가는 선들과 원들이 생기고 형태가 잡혀가자 그녀는 훅 숨을 멈추었다. 미간의 주름, 비스듬히 눈을 떠서 누군가를 바라보는 시선, 입매가 뒤틀린 얼굴은 남편의 모습과 비슷했다.

개인 면담시간에 닥터 신에게 그림을 가져가서 말한다.

- 그림 그리는 것이 너무 고통스러워요.

- 자신의 그림자를 인정하는 것은 괴로운 일이지요. 분노나 절망이 가슴 속에 깊이 박혀 있다고 느끼지만 사실은 물 위의 그림자처럼 실체가 없는 것입니다.

- 그림 그리는 것은 그만두고 싶어요.

- 그러시지요. 형태가 그려져 있는 만다라에 채색만 하시는 것도 좋겠지만 우선 명화들을 감상하시는 것이 어떻겠습니까? 중

앙에 예수님이 계시고 제자들이 둘러앉아 있는 '최후의 만찬'을 바라볼 때 고요하고 평화스러운 감동을 느끼게 되지 않습니까?

- 모르겠어요. 나는 … 무언가를 생각하는 것조차 괴로워요.

목소리의 톤이 급격히 올라간 것에 놀라 그녀는 말을 멈춘다. 자신의 감정이 조절되지 않는 것에 화가 났고 부끄럽다. 면담을 그만 두고 일어나고 싶다. 차를 한 잔 마실까요? 하며 그가 카모마일 허브티가 든 유리 포트를 들어 찻잔에 따른 뒤 그녀 앞에 놓고 자신의 찻잔에도 따른다. 차를 한 모금 마시고 나서 그는 그녀를 부드럽게 응시한 뒤 나직한 목소리로 말한다.

- 고통에 자신을 맡기는 것보다, 자신을 깊이 이해하고 사랑하게 되는 것이 더 낫지 않겠습니까?

그가 일어나서 오디오에 CD를 넣는다. 바흐의 '무반주 바이올린 파르티타'의 맑고 아름다운 선율이 나지막하게 흘러나온다. 투명하게 맑은 바이올린의 음조가 따뜻한 숨결처럼 희미하게 파동 치며 그녀를 에워싼다. 무언가 형언할 수 없는 슬픔이 밀려들기 시작한다. 몸이 떨리고 눈물이 고여든다. 그녀를 바라보던 닥터 신이 다른 음악으로 CD를 바꾼다. 바이올린의 오블리가토가 흐르고 비탄에 젖은 알토의 노래가 가슴을 헤집는다.

하느님이여, 제 눈물을 보시고
저를 불쌍히 여기소서!
당신 앞에 아프게 통곡하는

내 이 심장과 이 눈을 보소서

불쌍히 여기소서!

불쌍히 여기소서!

- 이 음반을 사려고 나가려다 … 제가 … 불행을 불러온 것 같아 견딜 수가 없어요.

울음이 터져 나온다. 그녀가 입을 막고 자리에서 일어나자 그가 알고 있다는 듯 고개를 끄덕이며 말한다.

- 참으려고 애쓰지 말고 마음껏 우십시오. 애도의 시간이 충분할수록 더 깊이 안정되니까요.

그는 찻잔을 들고 일어나 등을 돌리고 서서 창문 밖을 바라본다. 그녀는 탁자 위에 엎드려 목 놓아 운다. 그녀의 흐느낌이 잦아들자 그가 부드럽게 말을 이어간다.

- 엘리자베스 퀴블러 로스라는 정신의학자가 죽었을 때 그의 가족과 지인들이 봉투에서 나비 한 마리를 하늘로 날려 보내는 의식을 했습니다. 번데기로서의 삶을 떠나 나비로서의 영혼의 삶을 시작한다고 했던 고인의 뜻을 기린 것이지요. 인간의 영혼은 계속 진화를 거듭하고 현생의 삶은 더 성숙한 영혼으로 거듭나기 위한 학습의 장이라는 거지요. C. G. Yung도 성배聖杯연구를 끝내지 못하고 죽은 아내가 죽어서도 영혼의 성숙을 위해 연구를 계속한다고 생각했으니까요. 그는 『티베트 사자使者의 서』와 같은 죽음 너머까지 영혼을 치유하는 경전의 서문도 썼고 죽

음 뒤의 삶에 관한 여러 기록을 남겼지요. 그는 또 무의식의 일부는 시간, 공간의 법칙에 지배를 받지 않는다는 것을 자신의 경험을 통해 말해줍니다. 자신의 외손자가 호수에 빠져 허우적거리는 순간, 기차를 타고 가던 그 자신이 숨이 막히는 것 같은 고통을 느껴 가슴을 움켜쥐었다거나 어머니가 세상을 뜨기 전날 밤 꿈을 통해서 자신의 어머니의 죽음을 예감한다는 것 등이지요.

- 그렇다면 제 아이는 … 스스로의 운명 속에 이미 죽음이 예정되어 있었다는 뜻인가요?

- 운명, 죽음, 신과의 합일, 깨달음 같은 차원의 문제는 여러 논의가 있겠습니다만 우리는 앞서간 지혜로운 선인들의 삶의 궤적과 그들이 남긴 은유적인 말들에 기대어 유추해볼 수밖에 없는 비의가 아니겠습니까?

그것은 결국 우리가 알 수 없는 미지의 세계일 뿐일까. 삶에 깃들어 있는 신비한 힘은 결국 경험적인 차원의 문제란 뜻이구나. 그녀는 길게 숨을 내쉰다. 닥터 신이 고즈넉한 시선으로 그녀를 바라보며 말을 잇는다.

- 아이의 죽음의 징후를 느끼신 것은 어머니로서 모성본능의 예지력이 나타난 것일 뿐입니다. 고통스러운 기억은 본인 스스로가 어떻게 해석하는가에 따라서 기억의 재배열이 생기기도 하고, 그 사람의 세계관이 바뀌는 것에 따라서도 달라집니다. 아이는 순결한 영혼이니만큼 얽매임이 없으니 더 자유롭게 날아갈

수 있지 않았을까요?

그는 오디오에서 CD를 빼내 그녀에게 준다. 그의 말이 가슴에 안겨 오지는 않았지만 조금은 위로가 된다. 병실로 돌아와 만다라를 그리고 있는 희수와 같이 음악을 듣는다. 미술반이었던 희수는 조형감각이 있다. 차츰 선의 직선적이고 돌출된 부분이 비교적 둥글게 모양이 잡혀가고 색채도 점점 밝아지기 시작한다. 색채감이 좋은 희수가 그린 장미무늬 만다라는 너무 아름다워 저절로 미소가 떠오른다.

- 저 미술대학 가면 만다라도 제대로 배우고 싶어요. 텔레비전에서 티베트 승려들이 만다라를 그리는 것을 보았는데 장엄하고 아름다웠어요. 아버지와 살면서 혼자 어렵게 사시는 어머니에게 죄스러운 생각이 들었는데 그림을 그릴 때면 어머니가 제 곁에 있는 것처럼 기운이 나요. 세상에는 제가 모르는 신비한 세계가 많다는 생각이 들어요. 그 세계를 더 알고 싶어요.

희수가 퇴원 전날, 산책길에서 머뭇거리면서 묻는다.

- 저, 아줌마. 자전거 탈 줄 아세요?

- 그럼, 잘은 못 타지만 넘어질 정도는 아냐. 그런데 왜?

희수는 밝은 눈빛으로 그녀를 바라보더니 수줍게 웃는다.

- 아줌마 건강 회복하시면 같이 자전거 타고 한강으로 스케치하러 갔으면 좋겠어요.

- 그래, 희수야. 멋진 생각이야. 내가 샌드위치와 과일을 준비

할게. 희수는 생수를 차갑게 얼려와.

홀연히 자신을 앞지르고 싶을 때마다 작은 엉덩이를 들고 일어서서 페달을 밟던 아이의 작은 몸이, 엄마가 얼마쯤 뒤따라오는지 재빨리 고개를 돌려 보던 볼그스름한 뺨과 반짝이는 눈이 떠오른다. 그녀는 희수를 가슴에 당겨 꼭 안는다.

*

벽을 마주하고 앉아 숨을 고른다. 천천히 숨을 내쉬고 들이쉬기를 반복한다. 법사의 설명대로 들숨과 날숨의 처음과 끝을 놓치지 않으려고 애쓰지만 숨은 거칠어지고 반가부좌한 다리의 통증이 느껴질 뿐이다. 다시 호흡에 집중한다. 이윽고 호흡이 점점 느려지고 감각이 섬세해진다고 느낀 순간, 몸을 사시나무 떨 듯하며 싸늘하게 식은 아이의 몸을 부둥켜안고 있던 아내의 납빛 얼굴이 떠오른다. 어느새 호흡이 거칠어진다. 호흡을 다시 시작한다. 길게 이어지던 날숨의 끝을 또 놓치고 만다.

옛집의 뜰에는 봄 햇살이 가득하다. 화단의 풀을 뽑는 아내의 머리 위로 잠자리가 날고 벌들이 윙윙거리며 화단의 꽃들 위를 맴돈다. 빨랫줄에 널어놓은 아이의 꽃무늬 원피스가 바람에 흔들린다. 그는 감나무에 매어놓은 그네에 아이를 태운다. 아직 혼자 타기가 겁이 난 아이는 그가 그넷줄을 꼭 잡아주어야 안심한다. 아이는 아빠, 무서워, 놓치지 마, 하고 그는 그네를 살짝 밀고는 뒤에서 자, 간다, 하며 후렴을 넣어준다. 아이의 나풀거리는 머리카락이 햇살에 반짝인다. 아빠! 놓치지 마. 아이의 목소리가 메아리친다.

숨결이 거칠어지고 눈 속이 뜨거워진다. 벚꽃나무의 꽃잎이 흩뿌려져 있던 호수의 기슭에서 아내와 아이가 물장난을 친다. 햇빛이 금빛 실타래처럼 아른거리는 물속에 아내의 흰 발이 보인다. 그는 아내의 발목을 둘러싼 분홍빛의 꽃잎들을 만져 보려고 손을 내민다. 순간 아내의 발은 살점이 떨어져 나간 퍼렇고 뭉툭한 덩어리다. 그는 무릎에 고개를 묻고 소리를 내지 않으려고 안간힘을 쓰며 눈물을 흘린다.

맑고 투명한 종소리가 울린다. 사람들이 자리를 털고 일어난다. 그의 울음이 목울대를 빠져나오지 못하고 윽윽 하는 소리를 낸다. 그가 호주머니에서 손수건을 꺼내 입을 막는다. 옆에 앉아 있던 차 주인이 고개를 돌리며 말한다.

- 감추려 하지 마십시오. 가슴을 치며 목 놓아 우십시오.

차 주인이 창문 밖으로 보이는 작은 건물을 가리키며 말한다.

- 저기가 혼자 수행하기 좋은 명상홀입니다. 제가 아들의 다리를 절단하는 수술을 받은 날, 저곳에서 몸부림을 쳤었지요.

차 주인이 길게 한숨을 내쉬며 그의 어깨를 두어 번 부드럽게 두드려준다.

사흘이 지났다. 홀로 앉은 작은 명상홀은 정적에 잠겨있다. 그는 들숨과 날숨의 시작과 끝에 의식을 집중한다. 숨이 흐트러진다. 들숨은 선명한데 날숨은 언제나 희미해진다. 천천히 숨을 내쉰다. 그가 아내의 옛집을 팔자고 했을 때 그녀의 하얗게 질린 얼굴이 떠오른다. 꼭… 그렇게 해야 돼요? 은행에 융자를 받으면 안 될까요? 떨리는 목소리로 되묻는 아내의 눈 밑에 파르르 경련이 일었다. 당신은 잘 모르겠지만 주식은 자기가 투자한 현금의 서너 배의 가격까지 더 살 수 있어. 애널리스트로 있는 선배가 이번에 잘못 짚은 것 같아. 늘 수익을 내준 탓에 의심 없이 산 것이 내 불찰이야. 나중에 회복하면 다시 사줄게. 아내는 눈물이 가득 고인 눈으로 그를 바라보다 자신의 인감도장을 내밀었다. 호흡이 다시 거칠어지고 숨이 가빠온다. 아내의 옛집을 팔지 않았다면 아내는 아이를 잃어버린 마음을 다스릴 수 있었을 것이다. 집을 팔기 전에는 토요일마다 아내의 옛집을 가곤 했다. 잠든 아이를 안고 옆에 앉은 아내는 옛집이 보이는 골목에 들어설 때마다 환한 미소를 띠며 들뜬 목소리로 말했다. 저 봐요. 우리가 온다고 집이 좋아서 어쩔 줄 모르잖아요. 서울에서 점심을 먹고 출발하면 3시간 거리의 옛집에 도착하는 시간은 늘 석양 무렵이고 건물은 노을빛의 광휘에 휩싸여 있었다. 연갈색의 벽면은 붉은빛으로 물들어 있고 통유리 창문은 빛이 반사되어 집은 스스로 빛을 뿜어내는 듯했다. 아내의 말처럼 한동안 바라보고 있으면 집 전체가 마치 의식이 살아있는 생명체 같기도 했다. 아내는 옛집에 갈 때마다 건물을 둘러싼 기류의 흐름이 활발해져 가슴이 벅차오른다고 했고 밤이 깊어 잠자리에 누우면 우웅 우웅 집이 울리는 소리가 들린다고도 했다.

옛집은 아내의 부모와 아이의 영혼이 깃든 곳이고 아내의 일부였다. 그의 눈 속이 뜨거워진다. 옛집을 판 것은 빚 때문이 아니었다. 선배가 새로 상장되는 주식을 사라고 했을 때 구미가 당긴 것은 사실이었다. 선배의 말로는 거의 5배 정도는 뛸 수 있을 것이라고 했다. 그의 예측은 한 번도 빗나간 적이 없었다. 무엇보다 더 큰 이유는 결혼 후 그가 성공한 회계사로 자리를 잡는 동안 점점 그에게서 마음이 멀어진 아내가 아이가 초등학교에 들어가면 방학 때마다 옛집에 머무를 것이 뻔한 것이 두려웠다. 혼자 컴컴한 아파트에 돌아와 불을 켜는 것이 죽기보다 싫었다.

그는 벽에 이마를 대고 꺼꺽 소리 내어 운다. 어디선가 목쉰 남자의 목소리가 귀를 울린다. 언젠가 네 가슴에서도 피가 흐를 날이 있을 테니 기다려 보라고. 대기업의 하청업체를 인수하는 작업을 끝낸 다음 날, 후배와 일식집에서 점심을 먹고 나왔을 때였다. 후줄근한 행색에 수염이 텁수룩하고 늙수그레한 중년의 사내가 곁에 다가와서 말했다. 점심이 꿀맛 같았겠지. 핏발이 선 눈이 그를 지그시 쏘아보고 있었다. 그가 피하려고 하자 중년의 사내가 앞을 가로막고 말을 뱉어냈다. 난 밥이 소태같이 쓰다네, 흐흐. 언젠가 네 가슴에서도 피가 흐를 날이 있을 테니 기다려 보라고. 후배가 중년의 사내를 밀쳐내며 그를 자신의 차에 태우고 말했다. 어차피 큰 업체를 운영할 능력이 없는 사람이었습니다. 신경 쓰지 마세요. 소문에 의하면 그는 알코올 중독이 되어 간경화로 죽음의 문턱에 있다고 했다. 눈물이 끊임없이 뺨을 타고 흘러내린다. 문득 고통스런 영상들은 모두 마음에 따라 생과 멸을 되풀이할 뿐입니다. 거칠거나 미세한 감각을 관찰하다보면 마음챙김의 순수한 자각이 생깁니다, 라고 하던 법사의 말이 떠오른다. 그는 일어나 뒷산을 산책하고 돌아와 다시 자리에 앉는다. 들숨과 날숨의 처음과 끝이 명료하게 느껴진다. 호흡이 미세해지고 알아차림이 더 예리해지는 것을 느낀다. 고요하고 정밀한 순간들이 이어진다. 얼마나 지났을까. 무언가 여리고 부드러운 손이 자신의 심장을 톡톡 두드리는 것 같다. 자신을 부르는 아내의 목소리가 희미하게 들려오는 것 같아 그는 숨을 멈추고 귀를 기울인다. 누가 속삭여 주는 것처럼 아내는 죽은 것이 아니라 자신처럼 조용히 혼자 견디고 있는지도 모른다, 는 생각이 몰려온다. 그는 벌떡 몸을 일으켜 밖으로 나온다.

호두마을의 뜰은 고요하다. 수행자들이 돌아간 뒤로는 늘 조용하다 못해 적막하기까지 하다. 산등성이로 해가 지고 있다. 노을빛은 호두나무 숲의 나무들을 금빛으로 감싸 안고 있다. 그는 노을을 잠시 바라보다 사무실로 걸음을 옮긴다.

- 중요한 일을 잊고 있었습니다. 지금 가보겠습니다.

직원이 의자에서 일어나며 말한다.

- 그래요. 벌써 해가 지는데 내일 아침 떠나면 어떻습니까? 제가 큰길까지 차로 모셔다드리겠습니다.

- 아니요. 숲길을 걸어가는 것도 좋습니다.

직원이 따라 나오며 혼잣말처럼 말한다. 사무실 일을 도와줄 여자분이 온다고 했는데, 외등을 켜놔야 되겠군.

짐을 챙겨 나와 뜰에 선다. 마치 이곳에서 반생을 보낸 듯한 느낌이 든다. 건너편 산의 능선 위로 하늘이 보랏빛으로 사위어가고 숲 위로 흰 보름달이 떠오른다. 누군가 고갯길을 올라오는 것이 보인다. 고갯마루에 선 여자는 마치 머리에 둥근 달을 이고 있는 것처럼 보인다.

*

국도변의 정류소에서 버스를 내렸다. 약도를 꺼내 들고 버스가 사라진 방향을 되짚어 오 분쯤 걷자 작은 동네가 나타난다. 노을빛에 잠긴 동네는 인적이 없다. 동네를 지나자 작은 개울이 흐르고 양쪽으로 숲길이 이어진다. 숲길 오른쪽에 유럽풍으로 지어진 전원주택들이 나타난다. 통유리로 된 넓은 창문과 정원이 달린 집들이다. 연못이 있는 집을 지나다 빨랫줄에 걸려 있는 작은 사이즈의 꽃무늬 원피스를 보는 순간 장롱 속에 가지런히 넣어둔 아이의 옷들과 다양한 포즈의 인형들이 떠오른다. 닥터 신의 말이 떠오른다. 마음이 어떤 대상으로 자꾸 가게 되면 그곳으로 길이 나게 됩니다. 뇌과학적으로 말하면 신경회로가 생겨 점차 그 사람의 정신을 점령하게 되는 것이지요. 그러니 의식적으로라도 기뻤던 일이나 평화로운 영상을 그려야 됩니다, 라고 했던 말이 뇌리를 스친다.

퇴원을 앞두고 닥터 신과 마지막 면담을 했다. 이마 양옆으로 흰머리가 보이는 그는 굵은 뿔테안경을 콧잔둥으로 밀어 올리며 물었다.

- 집으로 가시지 않으신다고요?

새벽이면 남편이 이불깃을 올려주는 부드러운 손길에, 무언가를 나직이 속삭이는 듯한 기척에 눈을 뜰 때가 있었다. 그러나 남편에게로 돌아가고 싶지는 않았다. 서로 얼굴을 맞대고 산다는 것이, 참혹한 기억을 공유한 채 살아간다는 것이 두렵기만 했다.

- 네, 아직 결정은 안 했지만 작은 도시에서 고아나 정신장애가 있는 아이들을 돌보고 싶어요. 몸을 많이 움직이다 보면 괴로움에서 벗어날 수 있을 것 같아요.

- 아직은 몸이 힘드실 겁니다. 그런 데다 도피나 억누름 모두 고통의 시간을 연장시킬 뿐입니다. 그리고 다른 사람들의 아픔을 진심으로 껴안을 마음을 가져야 돌봄을 받는 사람에게도 도움이 되지 않겠습니까?

- 아직은 그럴 힘이 없어요.

닥터 신이 그녀의 눈을 지그시 바라본다. 사려 깊고 따뜻해 보이는 눈빛이다.

- 우리 마음의 깊은 곳에는 우리가 찾아오기를 고요히 기다리는 존재가 있습니다. 맑은 샘물 같은 무의식의 순수한 본성이지요. 그것은 슬픔, 불안, 집착, 분노와 같은 온갖 마음의 불순물을 녹이는 용광로와 같은 것이고 빛과 같은 것입니다. 종이에 볼록 렌즈를 맞추어 햇빛에 두면 종이는 검게 타버려 재가 되는 것처럼 고통은 조금씩 사라지게 됩니다. 그곳에 이르는 여러 길이 있습니다. 캄캄한 숲길을 헤매며 갈 수도 있고 앞서간 지혜로운 스승들이 비춰주는 불빛을 의지해서 갈 수도 있겠지요.

- 명상을 하라는 말씀이시군요.

- 네. 명상뿐만 아니라 선禪이나 기도와 묵상도 모두 페르소나와 작은 자아에 갇혀 있던 의식이 무의식의 영역으로 확장되는 것은 같을 테니까요.

그는 잠시 말을 멈추고 그녀의 표정을 살피더니 다시 말을 이었다.

- 우리도 아주 짧은 시간 동안 그와 비슷한 내적 경험을 할 때가 있지 않습니까? 무엇인가에 완전히 몰입했을 때 번개처럼 떠오르는 아이디어, 예시적인 꿈, 홀연히 찾아오는 영감, 의식이 고요하고 정밀할 때의 직관력, 아무 조건 없이 자기를 희생하고 헌신했을 때 맛보는 충만감을 통해 그러한 경지를 맛볼 수 있지요.

이것은 모두 의식의 내용이 비워질 때 무의식 본연의 힘이 발현되어 의식의 수면을 뚫고 나오는 것입니다. 중요한 것은 우리가 순수의식의 빛과 가까워질수록 명료한 의식과 사랑이 차오르게 되고 그것은 다른 사람에 대한 연민과 헌신으로 자연스럽게 이어지게 된다는 것이겠지요.

사랑과 헌신! 내 마음이 찢어지는 것처럼 아픈데 다른 사람에게 헌신이라니, 그녀는 그 말이 너무 아득하고 멀게 느껴졌다. 그녀의 마음을 짐작했는지 닥터 신의 입가에 엷은 미소가 떠오른다.

- 물론 쉽지만은 않지요. 음악회에 가면 피아노의 기본음에 현악주자들이 튜닝을 하는 모습을 보게 됩니다. 오케스트라의 연주자들이 길고 힘든 연습시간이 지나야만 비로소 조화로운 화음을 낼 수 있는 것처럼 우리 삶에도 그런 과정이 있어야 하지 않을까요?

내 전부였던 아이도, 옛집도 모두 잃었는데도 다른 사람들과 더불어 살아야 하는 것일까? 살아 있다면, 웅크리고 있는 자아를 벗어나 영원에 닿으려는 작은 몸짓이라도 해야 하겠지…….

- 혹시 명상센터에서 일해보실 생각은 없으신가요?

- 네? … 글쎄요.

- 제가 가끔 가는 명상센터가 있는데 '위빠사나' 명상을 가르치고 있습니다. 그곳 사무실에서 일할 여직원을 구한다고 하더

군요. 정기적으로 열리는 코스 이외에는 자유로운 시간이 많아서 명상도 하고 산책도 할 수 있고요. 호두나무 숲이 아주 좋은 곳입니다. 숲길을 걷다 보면 몸과 마음이 모두 깨어나실 겁니다. 참선을 배운 적이 있으시니 머지않아 명상의 깊은 맛을 즐기시게 되실 겁니다. 누가 압니까? 나중에 도인이 되시면 제가 한 수 더 배워야 될지 모르지요. 하하.

퇴원 전날 남편에게 전자메일을 보냈다.

명상센터에서 혼자 더 시간을 가지려고 해요. 당신에게 돌아갈 힘이 생길 때까지 기다려줘요. 병원을 나오기 전 휴게실에서 수신확인을 했지만 남편은 아직 메일을 읽지 않았다.

그녀는 숲길 한가운데 서서 개울물이 햇빛에 아른거리는 것을 바라보다 다시 걷기 시작한다. 어디선가 휘이 하는 소리가 공기를 가르면서 작은 새 한 마리가 그녀의 머리 위를 선회하기 시작한다. 다시 숲 쪽으로 날아가던 새가 빠른 속도로 그녀의 이마를 향해 돌진한다. 그녀는 반사적으로 고개를 돌리고 몸을 구부린다. 새의 작고 까만 눈이 그녀의 눈을 뚫을 것처럼 반짝이고 뾰족한 부리가 이마를 할퀼 듯하다. 그녀가 발걸음을 옮기자 새는 날카롭고 다급하게 빽빽거린다. 그제야 예사롭지 않은 새의 행동이 새끼를 낳은 어미새가 침입자를 경계하는 절박한 몸부림이라는 것을 깨닫는다. 작은 새도 제 새끼를 지키려고 저토록 온몸으로 저항을 하는구나.

그녀는 우뚝 멈추어 선다. 새의 망막에 비친 나는 어떤 모습일까? 경계심을 푼 새가 숨죽여 자신을 바라보는 것 같다.

저 사람은 누구인가? 어디에서 왔는가? 어디로 가는가? 하는 물음을 감추고.

바람이 없는데도 나무에서 잎들이 떨어져 내린다. 나무들은 머지않아 모든 고통을 여윈 늙은 현자처럼 긴 겨울잠에 들 것이다. 죽은 아이도 나무처럼 다시 새로운 삶을 준비하고 있으리라. 그래서 우리는 언젠가 다른 삶 속에서 다시 만날 수 있겠지.

어느새 노을빛이 보랏빛으로 사위어간다. 고갯마루에 올라서자 야산자락 아래 이층 건물의 지붕과 창문들이 보인다. 숨을 고르고 발걸음을 옮기자 건물 입구의 외등이 환히 켜지고 어둠에 잠겨있던 건물이 밝아진다. 그녀는 빠른 걸음으로 불빛을 향해 걷기 시작한다. 누군가 환한 불빛 속에서 걸어 나오는 것이 보인다.

세상의 모든 잠

집에 돌아와 샤워를 하고 맥주 한 캔을 따 단숨에 들이킨다. 차가운 액체가 목을 타고 내려가자 밤이 되어서야 사무실을 나온 피로가 말끔히 가시는 듯하다. 음악을 들으려고 시디를 넣어둔 나무장으로 간다. 나지막한 약장처럼 작은 서랍을 만들어 칸마다 작곡가의 이름을 알파벳순으로 라벨을 붙여 쓰고 있는데 소목장인 아버지가 정성을 다해 만들어준 것이다. 느티나무로 몸체를 만들고 위판은 먹감나무를 댄 것으로 검은 먹선으로 그려 넣은 듯 나뭇결의 무늬가 아름답다. 시디를 꺼낼 때마다 나는 손바닥으로 나뭇결을 부드럽게 쓰다듬곤 한다.

벽에 걸어놓은 윗도리의 호주머니에서 피아노의 멜로디가 연거푸 울린다. 휴대폰을 꺼내 들자 낯선 번호가 떠 있다. 탁하고 쉰 듯한 목소리의 남자가 김숙희 씨가 어머니 되십니까? 라고 묻는다. 얼음처럼 차가운 물줄기가 머리 위로 쏟아지는 것 같다. 어머니! 어머니… 라니, 나에게 그런 존재가 있었던가. 삼십이 년 만에 캄캄한 심연 속에서 불러온 말이다. 대답을 않자 그가 다급한 목소리로 김찬우 씨 맞지요? 라고 다시 묻는다. 그렇습니다만, 이라는 말이 끝나기도 전에 그는 빠르게 말을 이어간다. 아마 내가 전화를 끊는 것을 두려워하는 것 같다. 그는 자신이 어머니의 조카라고 말한다.

그가 내 눈치를 살피느라 더듬거리며 하는 이야기는 어머니가 연세병원 중환자실에 있는데 의식이 없다는 것이다. 형편이 어려워 더 이상 병원비를 감당할 수 없어 전화를 했다고 했다. 아버지에게는 감히 연락을 할 수 없어 나에게 한다는 것이다. 그래도 어머니가 아닙니까? 천륜이 있는데, 라고 말했을 때 나는 더 이상 참을 수 없어 자식 버리고 간 사람에게 무슨 천륜을 찾습니까? 하고 목소리를 높인다. 그는 미안하다는 말을 연발하면서 서둘러 전화를 끊는다.

나는 어머니의 얼굴을 기억하지 못한다. 단지 할머니가 내뿜는 저주 속에서 솟아날 뿐이다. 어머니는 낯선 사내와 눈이 맞아 밤도망을 친 몹쓸 년이었고 급살을 맞아 죽을 년이었다.

햇볕이 내리쬐는 비탈길을 걸어 올라간 산동네, 트럭이 지나갈 때마다 먼지가 구름처럼 일던 공사현장의 함바집, 매서운 바람 속을 걸어 도착한 낯선 여관방, 그 어디에서도 어머니를 만났던 기억은 없다. 내가 기억하는 것은 핏발이 선 눈으로 사방을 두리번거리는 아버지가 어느 틈엔가 내 손을 놓치고 말 것 같은 두려움에 휩싸여 아버지의 손을 필사적으로 잡고 있었던 것뿐이다. 그런데 이제 와서 무슨 날벼락이란 말인가. 나는 어둠 저편의, 보이지 않는 어머니를 향해 눈을 부릅뜬다.

*

병원에서 알려준 아침 면회시간이 지났다. 사무실 벽에 걸린 시계의 째깍거리는 소리가 신경을 긁는다. 지진 발생으로 수요가 많아진 탓에 새로 출시한 내진 건축용 파이프의 샘플들을 거래처에 보내는 서류를 작성해서 결재를 올리고, 이미 주문받은 파이프를 건설회사의 현장으로 보낼 출하장을 공장으로 보낸다.

저녁 면회시간이 가까워져서야 사무실을 나선다. 어머니가 입원해 있는 병원의 현관 앞에 서자 더 이상 발걸음이 떼어지지 않는다. 옛날 같으면 그런 년은 저잣거리에서 사지를 찢어 죽였을게다, 라고 입에 거품을 물고 눈을 희번덕거리던 할머니의 얼굴이, 그리움이 증오로 변해가던 뼈아픈 기억들이 다시 앞을 막아선다. 면회시간이 끝날 무렵에서야 나는 중환자실로 올라간다.

신발을 바꿔 신은 뒤 가운을 걸치고 중환자실로 들어선다. 머뭇거리는 내 눈에 쇠침대의 양쪽 모서리에 손발을 묶인 노파가 몸을 일으키려고 몸부림을 치고 있는 것이 보인다.

- 불이야, 불! 온 천지에 불이다. 빨리 이 밧줄을 풀어라.

노파는 필사적으로 외친다.

- 불이 났다고 자꾸 밖으로 나가시려고 해서 묶어 놓았어요. 아드님이 오셨으니 잠깐 풀어 드릴게요.

나이가 지긋한 간호사가 말한다. 어머니는 격렬하게 몸을 뒤틀며 소리친다. 벌겋게 짓무른 눈꺼풀 속의 눈은 공포와 불안에 질려 동공이 크게 열려 있다. 순간, 온몸의 피돌기가 멈춘 것처럼 몸이 뻣뻣하게 굳어진다. 이 흉측한 여인이 바로 내 어머니란 말인가. 윽, 하고 입에서 신음소리가 새어 나온다. 간호사가 팔을 풀어주자 어머니는 기다렸다는 듯이 내 손을 꽉 움켜잡는다.

- 어서 도망가자, 어서. 그냥 있다가는 모두 불에 타 죽는다.

바싹 마른 입술에서 단내가 훅 끼쳐온다. 칠십이 가까워지는 노인이라고 믿을 수 없을 만큼 무서운 악력이다. 한동안 쥐고 있던 손을 갑자기 홱 뿌리치며 어머니는 기어코 날 독약을 먹여 죽이려는 게지? 라고 내뱉고는 나를 노려본다. 섬뜩하리만큼 모질고 차가운 눈이다. 그 눈에서 뿜어져 나오는 살기가 무수한 바늘이 되어 가슴에 와 박히는 듯하다. 자신을 불태우고 아버지의 삶까지 모조리 태워버리고서도 어머니의 불길은 사그라지지 않았단 말인가.

어머니의 병명은 '저 나트륨 장애'였다. 체내의 소금 성분이 모자라 메스꺼움과 구토가 생기고 그 상태가 계속 방치되면 뇌

세포가 파괴되어 의식불명과 죽음으로 이어진다고 한다.

의사는 온전한 의식을 되찾을 확률은 반반입니다. 전해질 수치도 워낙 낮고 연세가 있으시니까, 라고 말꼬리를 흐린다. 전해질 수치가 정상 가까이 올라오면 깊은 잠을 자게 되는데 그 잠이 온전한 의식을 되찾는 기점이라고 한다. 대략 이 삼 일이 걸린다고 한다.

병원 현관문을 나와 병원 뒤뜰의 벤치에 털썩 주저앉는다. 아버지에게 알려야 하지 않을까, 생각하며 휴대폰을 꺼내 든다.

어머니가 집을 나간 후, 아버지는 다니던 읍사무소를 그만두고 고향을 떠났다. 한옥을 짓고 있던 대목장을 따라 몇 년 동안 이곳저곳 떠돌던 아버지는 덕유산 자락에 자리를 잡았다. 천성이 남과 잘 어울리지 못하는 성격인 데다 어린 나를 곁에 두고 생계를 해결하는 방법을 찾으려다 전통 목가구의 아름다움에 눈이 열렸다는 것이다. 골동품을 만드는 장인을 만나 전통 소목 기법을 배우며 아버지는 자신이 나무를 다루는 솜씨가 있다는 것을 깨닫고 소목장이 천직이라는 생각을 굳히게 되었다고 했다.

어린 나는 학교에서 돌아오자마자 책가방을 던져놓고 아버지의 공방으로 뛰어가곤 했다. 쌓아놓기도 하고 세워두기도 한 나무에서 뿜어져 나오는 향기도 좋았지만 나무에 관한 이야기를 할 때면 아버지가 딴 사람처럼 말도 잘하고 빙긋이 웃기까지 하는 얼굴이 좋았기 때문이었다.

소나무와 은행나무는 비를 아주 싫어한단다. 또 젊은 나무는 성질이 강해서 마당에 내어두고 2~3년 비를 맞혀야 해. 그래야 성질이 누그러지는 게야. 그리고 난 뒤에 따스하고 건조한 방에 두고 잘 살펴보아야 한다. 제 몸을 다 내어줄 작정을 했는지 말이야. 내가 나무에 귀를 대며 말했다. 이렇게 물어보는 거야, 아빠? 아버지가 싱긋 웃으며 말했다. 그럼, 허락을 안 받고 자르면 큰일 나지. 애써 다 만들어 놓으면 제 몸을 뒤틀어 버리거든. 내가 고개를 까닥까닥하며 말했다. 으응, 그래서 나무가 우는구나. 나무가 울다니, 언제 말이냐? 그때 비 많이 올 때에 귀신소리처럼 뚝, 뺑 소리를 내서 깜짝 놀랐잖아. 아버지가 나무에 기대 누운 내 머리를 쓰다듬으며 말했다. 습기가 많아서 나무가 늘어나거나 또 건조가 잘 될 때에도 소리가 난단다. 나무에도 마음이 있거든, 그래서 나무가 하는 이야기를 잘 들어야 좋은 가구를 만들 수 있지. 내가 나무를 가슴에 끌어안고 물었다. 아빠 나무 마음을 다 알아? 아버지는 대패질하던 손을 멈춘 채로 허공을 바라보다 혼잣말처럼 나직이 말했다. 사람 마음도 모르는 등신이 어떻게 나무 마음을 알겠다구…….

아버지는 일 년 중 가장 습기가 많은 하지부터 처서에 이르는 기간에는 작업을 하지 않았다. 아버지는 목재를 구한다고 집을 떠났지만 어린 마음에도 아버지가 어머니를 찾아다니는 핑계라는 것을 알았다. 어머니를 찾아가 허탕을 치고 돌아온 후, 아버지는 늘 며칠 동안 죽은 듯이 잠을 잤다. 그리고 다시 공방에 틀어박혀 나무와 씨름을 했다. 그럴 때면 아버지는 내가 공방에 오는 것을 허락하지 않았고 부득이 외출할 때면 자물쇠를 채웠다. 그즈음의 어느 날, 아버지가 잠깐 집을 비운 사이 살며시 공방 문을 열었다. 문갑, 반닫이, 서재 책상, 약장 등 낯익은 가구 한구석에 사람이 앉아 있는 형상을 한 나무기둥이 보였다. 무릎을 꿇고 벌을 서는 아이처럼 두 손을 위로 올리고 있는 조각상으로 바싹 다가서는 순간 비명이 터져 나왔다. 표독스럽게 찢어진 눈, 입꼬리를 슬쩍 치켜 올린 일그러진 입매, 소름 끼치게 무서운 눈으로 나를 흘겨보는 얼굴은 그림책에서 보았던 악마의 얼굴이었다.

내가 중학생이 되고 나서부터 악마의 얼굴을 한 목조각의 모습이 바뀌어갔다. 날카롭게 치뜬 눈초리는 사라지고 아픔을 겨우 참는 사람처럼 찡그린 얼굴로, 무거운 것을 떠받치고 있는 것처럼 위로 올린 두 손은, 한 손은 올리고 다른 한 손은 무릎 옆에 붙인 형상으로 바뀌어졌다. 그제야 그 목조각이 악마가 아니라 여인의 모습이라는 것을, 그 여인이 얼굴도 기억하지 못하는 어머니일지도 모른다는 생각을 했다.

이십여 년이 지나서야 겨우 어머니에 대한 집착을 끊은 듯, 소목장으로 이름을 얻어가며 목가구 만드는 일에 혼신의 힘을 다하고 있는 아버지의 평화로움을 깨트리고 싶지 않았다. 만일 어머니가 정신을 되찾는다면 그때 알려도 늦지 않으리라. 나는 들고 있던 휴대폰을 호주머니 속에 집어넣는다.

*

중환자실에서 사흘을 보낸 후, 전해질 수치가 130이 되자 어머니는 하루 반 동안 깊은 잠을 자고 나서 의식이 회복된 듯했다. 그러나 나를 알은체도 하지 않았을 뿐만 아니라 누구냐고 묻지도 않는다. 아무 말도 하지 않고 창문 쪽을 향해 누워 있기만 했다. 물을 찾을 때만 간신이 입을 연다.

- 물 좀…….

어머니가 바싹 마른 입술을 달싹인다. 나는 생수를 반 컵 따라서 어머니의 입에 대어준다. 몇 모금도 안 되는 물이다. 어머니가 밤사이 본 소변량은 겨우 800cc이다. 소변량보다 더 많은 물은 전해질의 수치를 떨어뜨린다. 한꺼번에 많은 양의 나트륨 공급은 뇌와 신장에 무리를 주기 때문에 영양액에 나트륨을 미량 넣어야 했다. 물이 바닥이 났는데도 어머니는 컵을 놓지 않는다. 힘이 꽉 들어간 손아귀로 컵의 손잡이를 쥐고 어머니는 나를 뚫어지게 바라보다 놀란 사람처럼 황급히 컵을 쥔 손을 놓는다.

저녁식사가 끝날 무렵, 간병인이 식사를 하러 나간다. 시트를 갈아 끼우던 도우미가 나가자 병실 안에는 어머니와 나 둘만 남는다. 어머니는 나에게 등을 보이고 누워 숨소리조차 없다. 어머니가 잠든 것이 아니라 온몸의 촉수를 세워 나의 기미를 세밀하게 살피고 있는 것 같은 느낌이 든다. 완강한 거부의 뜻처럼 돌아누운 등을 보고 있자니까 점점 화가 치밀어 오른다. 나에게 용서의 말을 구하기 싫어 의식을 되찾지 못한 것처럼 짐짓 꾸미는 것이다. 교활한 노인네! 값비싼 1인실에 병실을 정한 것도, 단둘이 있게 되기를 간절히 바란 것도, 모두 어머니 쪽에서 사죄의 말을 할 때 다른 사람의 시선을 의식하지 않기를 바랐기 때문이 아닌가.

자식인 나에게도 이런 모습이라면 아버지를 만난다 해도 마찬가지일 것이다. 아버지가 받을 모욕감과 분노가 짐작되어 아버지에게 알리는 것이 점점 더 망설여진다.

아버지가 다섯 살 난 나를 데리고 공방을 차린 마을은 뒷산에 솔밭이 있고 마을 앞에는 물버들이 늘어선 시냇물이 흐르고 있었다. 아버지와 나는 그 시냇물에 대팻밥과 먼지로 범벅이 된 몸을 씻었고 물수제비를 떴고 겨울이면 방천 둑에서 연을 날렸다.

도청소재지의 고등학교를 지원한 후 시험을 앞두고 밤이 늦도록 책과 씨름을 하던 가을 초입의 밤 기온이 제법 차가운 날이었다. 자정이 넘어 수건을 목에 걸치고 시냇가에 이르렀을 때, 시냇물에 허리까지 담근 채 우뚝 서 있는 사람이 보였다. 푸르스름한 달빛 속에 아버지는 고개를 숙인 체 꼼짝도 하지 않고 서 있었다. 어쩐지 알은체를 하지 말아야 될 듯해서 발소리를 죽이며 뒷걸음질 치고 있는데 아버지가 시냇물가로 걸어 나오고 있었다. 내 눈길을 사로잡은 것은 물에 젖은 바지 앞섶이 불쑥 솟아 있는 모습이었다. 재빨리 버드나무 기둥 뒤로 몸을 숨겼다. 신발을 집어들고 모래밭을 걸어가는 아버지의 발걸음 소리가 내 가슴을 쿵쿵 울렸다. 환한 달빛을 이고 어두운 숲길로 걸어가는 아버지의 뒷모습을 나는 오랫동안 지켜보았다.

옛 기억이, 가슴에 쌓였던 그리움과 분노가 목울대로 차오른다. 돌아누운 어머니의 어깨를 잡아 흔들고 싶다. 일어나요. 일어나 보라고요. 나에게 그토록 할 말이 없단 말입니까? 일어나 내 얼굴을 똑바로 바라봐요. 그렇게 소리치고 싶은 생각에 숨이 가빠진다. 얼마나 지났을까. 어느새 어머니의 고른 숨소리가 들린다. 나는 창 곁으로 걸음을 옮겨 잠든 어머니의 얼굴을 골똘히 들여다본다. 가는 주름이 뒤덮여 있는 누렇게 뜬 피부, 여러 겹으로 굵은 주름이 그어진 이마, 움푹 꺼진 눈꺼풀과 눈언저리의 거무스레한 그늘, 긴 인중과 홀쭉한 뺨에 굵게 패인 주름. 이 얼굴이었을까. 이 얼굴이 고통으로 일그러지기를, 주름진 얼굴 위로 흘러내릴 눈물을 얼마나 바랐던가.

쉰 살이 훌쩍 넘어서까지 어머니를 찾아다니는 아버지의 허랑한 마음이 가까스로 짐작이 된 것은 좋아하는 여자를 떠나보낸 후, 공방에 세워둔 목조각상을 보았을 때였다. 어머니라고 짐작되는 여인은 고개를 뒤로 젖히고 눈을 내리뜬 채로 이마를 찡그리고 있었다.

나는 그 얼굴을, 아버지의 영혼을 그토록 오랜 세월동안 움켜쥐고 있는 여인을 물끄러미 바라보았다. 가는 주름처럼 얼굴을 덮고 있는 나무의 미세한 무늬가 빚어낸 것인지 아니면 아버지의 능숙한 솜씨 때문인지 그 얼굴에는 여러 갈래의 표정이 느껴졌다.

내리뜬 눈시울에 희미하게 어린, 슬픔에 잠긴 듯한 얼굴. 노곤한 잠 속으로 빠져들어가는 몽롱한 얼굴. 신음소리가 느껴질 만큼 고통으로 몸을 뒤트는 듯한 여인의 표정을 바라보다 나는 숨을 멈추었다. 그 얼굴은 쾌락의 절정에 다다른 여자의 표정이었다. 다양한 여인의 모습에서 느껴지는 괴리와 간극 사이에서 나는 잠시 혼란스러웠다. 도대체 아버지의 기억 속에서 어머니는 어떤 모습으로 남아 있는 것일까. 한동안 꼼짝하지 않고 목조각상을 바라보던 내 가슴이 옥죄어 들었다. 이 얼굴에는 아버지가 겪었던 기쁨과 행복이, 가슴이 찢어질 것 같은 고통의 순간들이 모조리 담겨 있다는 것을 깨달았기 때문이었다. 아버지는 이 목조각상에 사랑하는 사람만이 표현해 낼 수 있는 온갖 섬세함과 그리움을 담아냈을 것이다. 그 이후, 나는 아버지의 공방 문을 열지 않았다.

*

국도에 올라서자 먼 산 아래 푸른 띠처럼 시내가 보인다. 차의 속도를 줄이고 창을 내린다. 청량한 대기 속에 옅은 소나무 냄새가 난다. 소나무 군락지를 지나고 방천 둑에 이르자 물버들이 늘어선 시내가 보인다. 물수제비를 뜨던 날들이, 달빛을 이고 고개를 숙인 채 어둔 숲길을 걸어가던 아버지의 뒷모습이 떠올라 한숨이 절로 나온다. 어머니의 이야기를 해야 될지 아직도 결정을 하지 못했다.

아버지의 집 뜰에는 햇살이 가득하다. 활짝 핀 작약꽃 위로 벌 두 마리가 붕붕거리며 날아다니고 담장 아래 보랏빛 붓꽃들이 줄지어 피어 있는데도 집은 적막하기만 하다. 안채와 공방에도 아버지는 보이지 않는다. 안채의 창문도 열려 있고 공방도 잠겨 있지 않다. 어딜 가신 걸까. 전기밥솥에 밥이 남아 있는 것을 보면 마음에 드는 목재를 구하러 멀리 가신 것은 아니다. 휴대폰을 사드리려고 해도 쓸 일도 없는데 번거롭기만 하다고 아버지는 손사래를 쳤지만 다음에는 잊지 않고 사 올 생각이다. 회사 앞 음식점에서 산 갈비찜과 과일이 든 봉지를 마루 위에 놓자 송홧가루가 뿌옇게 일어난다. 집 뒤의 솔밭에서 불어온 모양이다. 냉장고에 갈비찜을 넣고 마루 위의 송홧가루를 닦아낸 후 뜰을 서성이는데 아버지가 들어온다. 주름진 얼굴에 미소가 가득하다.

- 어쩐 일이냐? 전화도 없이. 차가 밖에 있어서 놀랐구나. 어서 안채로 가자.

- 그냥 뵙고 싶어서 왔어요.

- 오냐, 그러자.

공방으로 들어가자 익숙한 나무 향이 훅 끼쳐온다. 아버지는 찬장에서 다구와 인삼편을 주섬주섬 찻상에 꺼내 놓는다. 나는 낯익은 정경들, 문갑, 반닫이, 서재책장, 약장 등의 전통 목가구들을 천천히 둘러본다. 관음보살을 새기다만 조각이 방 가운데 놓여 있다. 어머니의 조각상은 어쩐 일인지 보이지 않는다. 사방을 두리번거리다 벽에 세워둔 귀목나무를 발견한다. 무늬가 용을 닮아 아주 구하기 힘든 귀한 나무다. 귀목나무의 무늬를 쓰다듬으며 내가 말한다.

- 어떻게 귀한 용목龍木을 구하셨어요? 정말 용이 꿈틀거리는 것 같아 보이네요.

- 작년에 보아 둔 건데 임자가 굳이 팔려고 하지 않더니만 얼마 전에 전화가 왔더구나. 아마 나하고 연이 있었던 게지.

아버지가 소목장 일을 하면서 터득한 목리木理는 '기다림'이라고 했다. 빨리 자라는 나무라도 15년 이상 기다려야 재목으로 쓸 수 있고 나무마다 성질이 달라 온도를 맞추어 잘 건조시켜야 했다. 또한 가장 습기가 많은 하절기에는 작업을 하지 않아야 하고 좋은 목재를 구할 인연이 성숙해야 비로소 손에 들어온다고 했다.

고즈넉한 목소리로 말을 이어가던 아버지가 다관의 물을 찻잔에 따른다.

- 아버지!

막상 부르긴 했지만 말이 나오지 않는다. 아버지가 내 얼굴을 지그시 바라보다 입을 연다.

- 네가 어려운 일이 있나 보구나. 얼굴이 아주 못쓰게 된 걸 보면. 못난 애비가 아무 위안도 되지 못하고…….

말을 잇지 못하고 아버지가 꺼질 듯 한숨을 내쉰다.

- 아버지가 계신 것만으로도 위안이 돼요. 그런데 아버지… 어머니를 용서하셨나요?

아버지에게 감히 할 말은 아니었지만 오래전부터 묻고 싶은 말이다.

- 용서라고 했냐?

아버지의 눈시울이 희미하게 떨린다. 젊은 날에 겪은 마음의 격랑을 멀리 돌아보고 있는 듯했다. 골 깊은 주름이 빗금처럼 그어진 얼굴 속에 언뜻 쓸쓸함이 비친다. 무엇엔가 골똘한 생각에 빠져 있던 아버지가 가늘게 한숨을 내쉬더니 입을 연다.

- 그래, 얘기하마. 언젠가 너에게 한 번은 얘기하고 싶었다. 네 어머니가 집을 나간 후, 처음에는 화가 치밀어 죽이고 싶어 찾아다녔지. 그렇게 생각하면서도 너를 생각해서라도 찾아서 데리고 와야 된다는 마음이 아마 반반이었을 게다. 너도 알다시피 이곳저곳을 돌아다녔다. 그러던 중 대목장을 따라 강화도 전등사의 요사채를 수리하게 되었지. 그때 대웅보전의 지붕을 떠받치고

있는 나부상裸婦像에 얽힌 전설을 듣게 되었단다.

- 무슨 이야긴가요?

절의 중건을 지휘하던 도편수는 사하촌의 주모와 정분이 났는데 불사가 끝나면 함께 살기로 약속하고 도편수는 자신의 돈을 모두 주모에게 맡겨놓았다. 공사가 막바지에 이를 무렵, 주모는 야반도주를 해버리고 말았다. 화가 난 도편수는 공사를 마무리하면서 대웅보전의 처마 네 군데에 주모의 형상을 한 나부상을 만들어 날마다 독경소리를 들으며 참회를 하게 했다는 이야기였다.

아버지는 한동안 깊은 생각에 잠긴 듯 눈을 지그시 감았다가 말을 이어갔다.

아버지는 일을 끝내고 집으로 돌아와 곧바로 나부상을 본떠 어머니의 모습을 조각하기 시작했다. 나무기둥을 잡고 새파랗게 날이 선 끌로 나뭇결을 따라 두껍게 떠내고 또 뜯어내듯 쳐낼 때마다 자신을 배반한 여인의 몸을 내리치는 듯한 쾌감에 몸이 떨릴 정도였다. 헐떡이는 숨결을 겨우 가누며 팔과 손목을 쉴 새 없이 움직여 여인의 형상이 완성되었을 때 그는 들고 있던 끌을 떨어뜨리고 말았다.

그것은 야차夜叉의 얼굴이었다. 얼음물을 뒤집어쓴 것처럼 정신이 번쩍 들었다.

목조각상을 구석에 돌려놓고 마음을 다잡고 앉아 주문받은 문갑을 짜기 시작했다.

문갑의 앞판을 짤 먹감나무 판 위에 어느덧 여인의 형상을 새기고 있는 자신을 느끼곤 소스라쳤다. 마치 누군가의 손이 이끄는 대로 팔이 마구 움직이는 것 같았다. 끌을 쥐고 나무의 살을 파낼 때마다 그는 자신의 심장 한쪽 귀퉁이로 날카로운 끌이 파고들어 오는 것 같아 절로 신음이 터져 나왔다. 움츠러드는 손과 끌을 나무의 속살에 깊숙이 박고 싶은 욕망과 싸웠고 아내의 형상을 깎아내려 갈 때마다 손이 헛돌아 망치가 손가락을 짓찧었다.

그 무렵의 어느 날 밤. 거의 마무리가 되어가는 목조각상은 만월의 달빛이 비쳐들어 은은한 광택이 났다. 나무의 무늬는 아내의 매끄러운 몸에 퍼져 있는 혈관처럼 보였다. 그 혈관 속을 흐르는 듯한 섬세한 무늬를 들여다보다 그는 손을 내밀어 나무의 무늬를 쓰다듬어 보았다. 순간 아내의 몸의 기억이, 부드러운 감촉과 몸의 온기가 느껴졌다. 손으로 모여든 몸의 열기가 화르르 손가락 끝으로 퍼져갔다. 손가락 끝이 불에 덴 것처럼 쓰라렸다. 그는 벽을 향해 끌을 힘껏 던져 버렸다.

그 이후, 아버지는 다시 대목장을 따라 절집의 보수공사를 다녔다. 밤이 깊어 사람들의 기척이 끊어지면 법당문을 열고 차가운 마룻바닥에 무릎을 꿇었다. 무슨 말을 해야 할지, 무엇을 빌어야 할지도 모르면서 새벽이 올 때까지 관음보살의 얼굴을 바라

보다 방으로 돌아오곤 했다. 절집의 일이 끝나도 한옥 짓는 일을
했고 주로 마당에서 하는 일에 많은 시간을 보내려고 애를 썼다.
그리고는 피곤과 땀에 절어 혼곤한 잠 속으로 떨어지곤 했다.

　태풍이 불어왔던 어느 날 밤이었다. 그는 어렴풋한 잠 속에서
누군가가 울부짖는 듯한 소리에 잠이 깼다. 두 손을 위로 쳐들어
자신의 죄를 떠받치고 있는 아내가 몸부림을 치고 있었다. 번개
가 칠 때마다 조각상의 전신을 덮고 있던 나무의 무늬가 결대로
금이 가기 시작하더니 순식간에 쩍쩍 갈라지며 떨어져 내렸다.
그는 벌떡 일어나 야차의 얼굴을 한 아내를 뚫어지게 바라보았
다. 일그러진 이마, 입꼬리를 슬쩍 치켜 올린 싸늘하게 비웃는 듯
한 그 입술에서 신음소리가 새어 나왔다. 애원하는 듯, 갈구하는
듯, 두 손을 위로 쳐든 아내는 고통에 겨워 몸을 뒤틀고 있었다.
입이 바싹 마르고 전류에 감전이라도 된 듯 몸이 부르르 떨리다
가 멈추기를 반복했다. 방안을 환히 비추던 달빛이 스러지자 그
는 벌떡 일어났다. 망치를 집어 들고 미친 듯이 조각상을 부수기
시작했다. 쏟아지는 땀방울이 눈 속으로 흘러 들어가 따갑고 눈
앞이 뿌옇게 흐려졌다. 씩씩 숨을 몰아쉬며 그는 부스러져 형체
를 알아볼 수 없는 나무 조각들을 내려다보다 문을 박차고 집을
나섰다.

　어두운 밤길을 무작정 걸었다. 어디인지 가늠도 되지 않는 산
길을 걸어가다 날이 희부윰하게 밝아왔다. 그제야 그는 보수공

사를 했던 암자의 뜰 앞에 서 있는 것을 알았다. 한동안 망설이다 그는 발걸음 소리를 죽이고 법당문을 열었다. 촛불을 켜자 금빛 불상이 환히 드러났다. 사방을 둘러보던 그는 숨을 멈추었다. 수천 개의 꽃잎에 둘러싸인 듯 보이는 관음도觀音圖가 너무나 아름다웠기 때문이었다. 촛불을 그림 앞에 비추며 다가서자 무수한 꽃잎처럼 보였던 것은 손이었고 그 안에 사람의 눈이 들어 있는 것이 보였다. 그때였다.

- 귀한 그림을 태울 작정인가?

낯익은 노스님이었다. 고개를 깊숙이 숙여 절을 하며 물었다.

- 처음 보는 것이어서 그만 … 그런데 저 수많은 손안에 어떻게 눈이 그려져 있습니까?

그를 물끄러미 바라보던 노스님이 혀를 차며 말했다.

- 이 딱한 사람아! 절집에서 그렇게 일을 했어도 아직 천수천안관음보살千手千眼觀音菩薩님을 모른단 말인가? 눈을 감고 귀를 막고 살았구만. 쯧쯧.

노스님은 들고 있던 염주를 그에게 내밀었다.

- 오늘부터 일념으로 관세음보살을 불러보게나. 그분은 모든 중생이 부르는 소리를 다 듣고 관觀하시니 말일세. 그래야만 자네가 화택의 불길을 벗어날 것이네. 욕심부리지 말고 담담하게 기도를 이어가면 깊은 잠에서 깨어나듯 마음이 훤하게 밝아올 때가 있을 것이야.

아버지는 이야기를 멈추고 다관에 다시 찻물을 붓는다. 아버지의 등 뒤쪽 한구석에 조각을 하다만 관음상이 벽을 향해 돌려 세워져 있는 것이 보인다. 그런데 그 모습이 좀 독특하다. 허리 아래에 수많은 잎사귀가 둘러싸고 있는 듯 보인다.

- 아버지, 관음상을 조각하다 왜 그만두신 거예요?

아버지의 얼굴에 쓸쓸한 미소가 어린다.

- 집으로 돌아오자마자 관음상을 조각하기 시작했지. 관음상을 새기는 동안 내 마음은 기쁨에 차올랐다. 내 몸속에서 고요하게 흘러나온 희열이 끝을 쥔 손끝으로 흘러드는 것을 느꼈지. 관음상을 완성하던 날, 나는 오래도록 관음상을 바라보았다. 어떻게 이토록 고요하고 평화스러운 얼굴인가. 관음보살은 그윽하고 자비로운 미소를 머금고 있었다. 그때였다. 나무가 건조되느라 뚝, 뺑 하는 소리가 났어. 그런데 그 소리가 마치 우렛소리같이 들리더구나. 홀연히 마음속에 팽팽하게 매여 있던 줄 하나가 툭 끊어지는 것 같았지. 관음상의 자비로운 모습을 새기는 것도 다 집착이고 나를 속이는 것이라는 생각이 들더구나.

아버지의 목소리에는 짙은 감회가 서려 있다.

- 그리고 나서도 왜 관음을 새기셨어요?

- 네 어미를 용서하기 전에 내 스스로를 용서하고 싶어서였던 것 같다. 차마 너에게 말이 나오지 않는구나.

아버지는 말을 멈추고 눈을 지그시 감는다.

- 저도 내일모레면 사십이 다 되어 가는데 무슨 말씀은 못 하시겠어요. 들려주세요, 아버지.

아버지의 내리감긴 눈꺼풀이 미세하게 떨린다. 아버지는 결심한 듯 말을 잇는다.

- 밤이 깊어 대문을 빠져나가는 네 어머니의 뒤를 밟아 도착한 곳은 오래된 절터였다. 네 어머니가 덤불숲을 지나 축대를 넘어서자 허물어져 기단만 남은 탑 뒤에서 검은 그림자가 나오더구나. 온몸의 피가 거꾸로 솟구치는 듯했다. 그들이 탑 뒤로 사라지고 난 뒤 난 축대 아래서 한 귀퉁이가 부서진 기왓장을 두 손으로 움켜쥐었다. 가슴이 두방망이질치고 다리가 떨렸다. 몇 걸음 옮기는데 발걸음이 멈추어지고 기왓장을 든 팔이 점점 허리 쪽으로 내려오더구나.

아버지의 얼굴이 고통스럽게 일그러진다. 아버지는 목이 막히는지 한동안 말을 멈추다가 다시 말을 이어간다.

- 살인자가 되는 것이 두려웠고, 더 두려운 것은 나보다 체구가 큰 그 사내에게 죽임을 당하는 것이었다. 그 뒤에도 그들이 만나는 것을 알았지만 나는 수수방관하고 있었다. 네가 어미 없이 홀로 크는 것이 안쓰러워, 라고 핑계를 댔지만 정작 버림받는다는 것이 싫었고 그 사내가 무슨 흉포한 짓을 할까 두려워서였지. 내가 오랜 세월 동안 고통스러웠던 것은 내 비열함을 스스로 인

정하지 못했다는 것이다. 그래서 다시 관음상을 새기기 시작한 것이란다. 내 잘못을 인정해야 네 어미도 용서를 할 수 있지 않겠느냐.

아버지의 고통이 손에 잡힐 듯 느껴져 아무 말도 나오지 않았다. 식어 버린 찻잔을 들고 미간에 주름을 모은 채 좀처럼 입을 열지 않던 아버지가 나지막한 목소리로 말을 건넨다.

- 얘야, 네가 마음에 둔 사람이 있는 모양이구나. 혼자 속앓이를 하고 있는 게냐?

- 아뇨, 아버지. 아닙니다.

나는 황급히 고개를 흔든다.

- 녹차를 빈속에 많이 마시면 속을 훑지. 차를 바꾸어 먹자. 네 얼굴을 보니 아침도 거른 것 같구나. 보이차가 좋지 않겠냐?

아버지가 문갑 위에서 차호茶壺를 꺼낸다. 아버지가 보온병에 든 물을 차호에 붓고 보이차 덩어리를 꺼내 손끝으로 조금씩 부셔서 차호에 넣는다. 나는 조심스레 말을 꺼낸다.

- 저, 아버지. 어머니의 조카라는 사람이 연락이 와서 알았는데… 어머니가… 병원에 입원해 있어요.

아버지가 들고 있던 차호를 툭 찻상에 떨어트린다. 차호에서 튀어 오른 불그스름한 보이찻물이 흰 다포 위로 번져간다. 아버지의 얼굴이 납빛으로 질리고 관자놀이에 퍼런 힘줄이 돋는다. 나는 다포를 벗겨내고 보온병에 있는 뜨거운 물을 차호에 다시

채운다. 차가 우려지기를 기다리며 나는 나직한 목소리로 그동
안의 경과를 이야기한다.

　- 아직 목숨은 붙어 있는 모양이구나.

　눈을 지그시 감고 아무 말 없이 듣고 있던 아버지가 말한다.
싸늘한 목소리다.

　- 다 끝난 일이다. 난 관여하기 싫구나. 너도 회사 일이 바쁠
테니 너무 힘 쏟지 마라. 병원비는 내가 주마.

　아버지의 얼굴이 어느새 차갑게 굳어져 있다. 나는 그러겠다
고 대답을 한다. 나오지 마세요, 아버지, 하고 일어난다.

*

　간병인이 휴대폰으로 전화를 했다. 군대 간 아들이 휴가를 나
와서 일요일에 쉬는 것을 오늘로 바꾸자고 했다. 회사가 끝나야
지 갈 수 있다고 하자 간병인은 간호사들에게도 어머니를 부탁
하고 가겠다고 했다.

　내일이라도 어머니를 4인실로 바꿔야 되겠다고 결심한다. 비
싼 병원비도 문제지만 어차피 어머니와 깊은 속내를 드러내며
이야기할 일은 없을 것이 아닌가. 이삼일에 한 번씩 과일이나 빵
같은 간식거리를 들고 갔다가 간병인과 이야기를 나누다 돌아오
곤 했다. 때로는 아버지에게도 버림받은 어머니가 딱하고 불쌍
한 생각까지 들었지만 막상 어머니의 얼굴을 대하면 말도 건네

기 싫었다. 지금까지는 어머니에게 버림받아서 자신의 삶이 불행하다고 생각해 본 적이 없었지만 어머니를 만난 후부터 소년 시절부터 겪어왔던 결핍감과 정신의 허기가 모두 어머니에게서 비롯되었다는 것을 새삼 느꼈기 때문이었다. 처음으로 여자를 깊이 사랑하게 되었을 때 나는 그녀가 변함없이 나를 사랑할 수 있을까, 하는 의구심을 버릴 수 없었다. 프러포즈를 해야 되겠다고 생각하면서도 그녀의 내면에도 어머니와 같은 속성이 자리 잡고 있는 것은 아닐까, 하는 생각이 떠나지 않았다. 푸른 달빛을 등지고 어두운 숲길로 걸어가던 아버지의 뒷모습이 눈에 어른거렸다. 내 망설임 때문에 나는 결국 그녀를 잃었다.

밤 9시가 되어서야 병원에 도착한다. 어머니와 밤을 보내기 싫어 발걸음이 무거워진다. 휴게실에서 여자 두 사람이 텔레비전 연속극을 보고 있고 젊은 남자가 컴퓨터로 게임을 하고 있다가 흘낏 바라볼 뿐 병원 복도는 조용하다. 간호사 둘이 데스크에 앉아 무엇인가 쓰고 있다가 알은체를 한다.

어머니의 병실 문을 열다가 나는 흑하고 숨을 멈춘다. 침대에는 어머니가 창문을 향해 앉아 있고 아버지는 어머니의 뒤쪽에 있는 의자에 앉아 있다. 병실 안에는 불안한 정적이 내려앉아 있다. 두 사람은 모두 말이 없다.

소리 나지 않게 살며시 문을 닫는다. 아버지에게서 느껴지는 무어라고 형언할 수 없는 미묘한 기분은 배반감인 듯했다. 왜 아버지는 병원에 온다는 이야기를 하지 않은 것일까. 아버지는 어머니를 버린 것이 아니라 잊지 못하고 있는 것이 분명했다. 그것이 증오이든 아니면 연민이든 어머니는 아직도 아버지의 영혼을 움켜쥐고 있는 것이다.

휴게실로 와 소파에 몸을 깊숙이 파묻고 눈을 감는다. 지금쯤 어머니는 어떤 모습으로 있을까? 두 사람 사이에 흐를 침묵의 틈새로 고통의 세월들이 소용돌이치겠지. 두 사람의 마음의 파고波高가 눈에 보이는 듯했다.

밤이 깊어지자 복도를 오가는 사람들도 병실마다 켜 있던 텔레비전의 웅성거리는 소리도 사라진다. 을씨년스러운 적막 속에 임종이 가까운 환자가 내뿜는 헐떡거리는 숨소리가 떠돌고 있다. 한밤중의 복도는 불안한 정적에 싸여 있다. 복도 끝의 엘리베이터 앞에서 흰 천을 씌운 침대가 어디론가 달려가고 있다. 나는 지하주차장으로 내려가 차를 찾아 집으로 돌아온다.

*

땀에 젖은 채 꿈에서 깨어난다. 소파에서 이불도 덮지 않은 채 잠이 든 모양이다. 악몽을 꾼 것 같은데 생각나지 않는다. 다만 누군가 나를 외쳐 부르는 듯한 소리만이 어렴풋하다. 편도선이 부었는지 침을 삼킬 때마다 목이 뜨끔거린다. 아버지는 병원에서 밤을 새운 것일까.

냉장고에서 생수병을 꺼내는데 휴대폰이 울린다. 병원의 담당 데스크의 간호사다. 새벽에 어머니가 없어졌다고 한다. 왜 지금 연락을 하느냐고 목소리를 높이면서 아버지를 바꿔 달라고 하자 아버지는 어머니를 찾으려고 나갔다고 한다. 아버지가 먼저 전화를 하지 않는다면 휴대폰이 없는 아버지에게 연락을 할 길이 없다.

병원으로 차를 달린다. 간호사들은 아버지가 옆에 있어서 방심했다고 하며 경찰서에 실종신고를 했고 구청에서 운영하는 보호센터에도 다 연락을 취해 놓았다고 한다. 어머니를 입원시킨 조카 되는 사람의 휴대폰은 계속 전원이 꺼져 있다는 것이다. 몸도 겨우 가누는 어머니가 어디를 갈 수 있다는 것인가. 아버지는 무엇을 했단 말인가. 발걸음 소리를 죽이며 긴 복도를 걸어나가는 어머니의 뒷모습이 눈 속 깊이 들어와 꽂힌다. 병원 근처의 골목길까지 샅샅이 훑고 난 뒤, 실종신고를 받은 경찰서를 찾아간다. 담당 경찰관은 그런 경우, 환자이면 발견된 장소의 시립병원에 입원을 시키고 무연고자는 구청 산하의 보호센터로 보낸다고 했다. 어머니의 인상착의가 적힌 서류를 보던 경찰관이 어머니의 얼굴을 그려주면 도움이 된다고 한다.

의자에 앉아 흰 종이에 어머니의 얼굴을 그린다. 얼굴의 윤곽과 이마의 가는 주름을 그리고 나자 더 이상 그려지지 않는다. 세세한 이목구비가 어렴풋하기만 했다. 서너 장을 그리긴 했지만 어머니의 모습과는 거리가 멀다.

이곳저곳의 파출소 지구대에 전화를 하고 있던 경찰관이 가까운 곳에 있는 시립병원에 무연고자인 노파가 오늘 새벽에 숨을 거두었다고 했다. 머릿속이 하얗게 바래는 것 같았다. 경찰관이 확인해 보시겠습니까? 하고 묻는다. 나는 고개를 끄덕인다.

병원 지하실의 긴 복도에 들어선다. 서늘하고 축축한 공기 속에 크레졸 냄새가 훅 끼쳐 온다. 흰 가운을 입은 남자가 벽에 바싹 붙어있는 철제침대에 반듯이 눕혀진 시신 앞으로 안내한다. 엄지발가락에 '무연고자'라고 쓰여 있는 라벨이 묶여 있다. 그가 얼굴에 덮인 시트 자락을 걷으며 묻는다. 찾는 분입니까? 어머니는 아니었다. 혹시 어머니도 이런 모습으로 다른 병원에 누워 있는 것은 아닐까. 온몸에 차가운 전율이 일었다. 나는 뒤로 물러서며 아닙니다, 라고 말한다. 옆에 서 있던 경찰관이 자세히 보십시오. 인상착의나 나이가 비슷하지 않습니까? 라고 말한다. 나는 완강히 고개를 저으며 말한다. 전혀 다릅니다. 어머니가 아닙니다.

흰 가운의 남자가 시트를 덮었다. 어둡고 긴 복도를 걸어 나와 자판기 옆의 의자에 털썩 주저앉는다. 허기와 피로가 함께 몰려온다.

시와 구청에서 운영하는 몇 군데의 요양센터를 다녔지만 아무 소득이 없다. 서울지리도 잘 모르는 아버지는 어딜 헤매고 계실까. 입술이 바싹바싹 타들어 갔다. 신문사에 낼 광고와 전단지에 넣을 어머니의 얼굴을 그리려고 문구점에서 드로잉 연필과 목탄을 사서 회사로 돌아온다.

아버지에게서 전화가 온 것은 퇴근시간이 다 되어서다. 어머니의 행방은 아직 모른다고 말하는 아버지의 목소리는 잔뜩 쉬어 있다.

- 새벽에 내가 그만 잠이 들었던가 보다.

아버지는 어머니를 찾아 헤매다 회사가 끝날 시간을 기다려 공중전화를 한 모양이었다.

병원 1층의 로비에서 기다리고 있는 아버지는 넋이 나가 있다. 핏기없는 안색에 붉은 실핏줄이 돋은 눈은 움푹 꺼져 있어 금방이라도 쓰러질 듯했다. 밥 생각이 없다는 아버지를 간신히 달래서 집 근처의 일식집으로 간다. 민어지리와 정종을 따뜻하게 데워 달라고 한다.

식탁 위에서 끓고 있는 냄비에서 민어 한 토막을 접시에 담자 아버지가 고개를 저으며 말한다.

- 국물이나 다오.

나는 맑은 국물과 미나리를 떠서 아버지 앞에 놓고 술을 권한다.

- 드셔요. 그러다가 아버지까지 병이 나시면 제가 어쩝니까. 요즈음은 연고가 없는 사람들을 보호하는 곳들이 많고 시설이

좋아 걱정 안 하셔도 된답니다. 여러 군데 수소문해 놓았으니 연락이 올 겁니다.

- 아니다. 네 어머니는 필경 죽을 생각을 한 게다.

아버지가 꺼질 듯 한숨을 몰아쉬며 말한다. 나는 천천히 고개를 흔든다. 어머니는 스스로 명줄을 놓을 사람이 아니다. 어머니가 정신을 놓았을 때조차 병원 밥에 독약이 들었다고 숟가락조차 들지 않으려고 하지 않았던가.

- 혹시 외가에 ……

아버지가 고개를 저었다.

- 그럴 사람이었으면 병원을 나가지도 않았을 게다. 성깔 있는 사람이니 독한 마음을 먹은 게 틀림없다.

조카 되는 사람이 내 휴대폰 번호까지 알고 있는데도 의식을 잃기 전까지 나를 찾지 않은 것을 보면 어머니는 애초부터 나에게 기댈 생각을 하지 않은 것이 분명했다. 아버지와 나에게 용서를 구하는 것보다 어머니는 죽음을 택할 생각을 한 것은 아닐까. 아버지도 나도 국물만 두어 숟가락 뜨고 만다.

집에 돌아와 아버지를 침대에 눕힌다. 힘겹게 눈을 떠서 나를 바라보던 아버지는 곧 잠이 들었다. 드로잉 연필로 어머니의 초상화를 그려나간다.

갸름한 윤곽을 그리고 이마와 미간에 깊은 주름을 넣는다. 움푹 꺼진 눈꺼풀과 눈언저리에 목탄을 엷게 문질러 그늘을 준다.

긴 인중과 입가, 홀쭉한 뺨에는 연필로 음영을 넣는다. 마지막으로 눈동자를 그려 넣자 슬픈 눈빛으로 나를 물끄러미 바라보는 어머니의 눈과 마주친다.

어머니의 초상화를 스캔해서 낮에 연락해 두었던 신문사 광고 담당자의 메일로 보내고 전단지를 주문한 인쇄소에도 보낸다.

다음 날 새벽, 아버지가 현관문을 열고 나가는 기척에 잠을 깼다. 식탁 위에 아버지의 메모가 보인다. 네 어머니는 내가 알아서 찾을 것이니 너는 회사 일에 전념해라. 네 어머니를 찾는 대로 연락하마.

아버지는 땅거미가 내려앉도록 전화를 하지 않는다. 어제 아버지에게 휴대폰을 사드리지 않은 것을 거듭거듭 후회하며 요양소며 병원의 응급실까지 찾아다닌다. 입속이 바싹바싹 타들어가고 목이 쉬었다. 어머니의 실종신고를 한 경찰서의 담당 경찰관에게 다시 전화를 한다. 그는 황당하다는 말투로 아침에 어머니를 찾았습니다. 아버님에게 약도까지 그려서 드렸는데요. 아니 아드님이 걱정하는데 아직 연락도 없었다는 말입니까? 라고 한다. 아버지는 왜 어머니의 소식을 알리지 않은 것일까. 어머니가 계셨던 요양센터에서도 아버지가 와서 어머니를 데리고 갔다는 대답이다.

아버지에게서 전화가 온 것은 밤이 다 되어서였다. 저절로 볼멘소리가 나온다.

- 어머니를 찾고도 왜 연락을 안 주셨어요. 아버지가 전화를 안 하시면 제 쪽에서 연락할 길이 없지 않습니까?

- 그랬겠지. 미안하구나.

아무런 감정이 내비치지 않는 담담한 목소리다.

- 어머니 몸 상태는 어떠세요?

- 웬만한 것 같다. 지금 병원에 있으니 걱정하지 마라. 쉬는 날 집으로 내려오너라.

아버지는 내 대답도 듣지 않고 먼저 전화를 끊는다.

금요일이 되어 퇴근을 하고 아버지의 집으로 차를 달린다. 야트막한 담 너머로 보이는 낡은 집은 무덤처럼 어둡고 고요하다. 푸르스름한 달빛이 고여 있는 뜰을 지나 안채 뒤편의 공방 쪽으로 걸어간다. 내 기척을 기다리고 있었던 듯 아버지가 문을 연다.

- 왔느냐. 저녁은 어떡하고?

- 오다가 휴게소에서 먹었어요. 어머니는요?

- 우선 들어오너라.

공방으로 들어가자 익숙한 나무 향이 훅 끼쳐온다. 불빛 아래 드러난 수염도 깎지 않은 아버지의 얼굴은 초췌하고 안색이 창백했지만 눈빛은 그윽해 보인다. 그동안 마음 졸이던 일들이 생각나 은근히 화가 치밀었지만 아버지의 담담한 기운에 눌려 다음 말을 기다린다.

- 그동안 네 마음이 너무 고단했지?

부드러운 어조였는데도 불구하고 아버지의 말은 벼린 칼끝처럼 가슴을 쿡쿡 찌르는 것 같다.

- 네 어머니를 이곳 도립병원으로 옮겼다. 내가 다니기도 편하고 퇴원하면 이곳에서 살고 싶은 생각이다만.

네 생각은 어떠냐? 하고 묻는 눈으로 아버지가 나를 바라본다.

- 네. 그럼요, 아버지.

그런 결정을 할 때까지 아버지의 마음이 짐작되어 눈 속이 뜨거워진다.

- 아버지, 고맙습니다.

아버지의 눈에 물기가 어린다.

- 그런데 왜 연락을 안 하셨습니까? 제가 기다릴 줄 뻔히 아시면서요.

- 그랬냐?

아버지의 입가에 엷은 미소가 떠오른다.

- 네 에미를 기다렸더냐?

에미! 에미라는 말 속에 깃들인 어쩔 수 없는 혈연의 구속감에 마음이 다시 굳어지는 것 같다. 어린 시절부터 삼십이 훌쩍 넘어서까지도 사라지지 않는 상실감과 뼈아픈 외로움을 한순간에 무화시키는 말이다. 그동안, 혹시 어머니가 죽은 것은 아닐까, 하는 생각에 눌려 있던 화가 다시 치밀어 오른다.

- 그래 이야기를 하마. 애비가 얼마나 못된 사람인지 너에게 들려주고 싶구나. 그날 경찰관이 그려준 약도를 가지고 네 어머니가 있는 무연고자들을 위한 장기요양시설로 한걸음에 달려갔었지.

아버지는 목이 막히는지 한동안 말을 멈춘다. 길게 한숨을 내쉬고 아버지는 다시 말을 이었다.

- 반 거렁뱅이 같은 행색으로 누워 있는 네 어머니의 얼굴을 보는 순간 나도 모르게 그래, 꼴좋다, 겨우 이렇게 살려고 도망을 갔더냐, 그런 말이 입속에 맴돌면서 주먹이 불끈 쥐어지고 온몸이 부르르 떨리더구나. 기왓장을 치켜들고 온몸을 떨고 있던 내 참혹한 모습이 눈을 찌르는 듯했다. 어린 아들을 앞세우고 온갖 고생을 하며 찾아다닌 여인이 바로 이 볼품없이 폭삭 늙은 노파였던가, 병원에서 나를 보고도 돌아앉아 사죄의 말 한마디 없는 뻔뻔스런 여인을 위해 그토록 뼈를 깎아내리는 고통으로 밤을 지새웠단 말인가. 그런 생각 때문에 가슴이 찢어지는 것 같았다. 그때 직원이 와서 보호자 되십니까? 하며 물었지. 돌연히 내 입에서 아니오, 잘못 찾은 사람이오, 하는 말이 튀어나오더구나.

폐부의 깊은 곳에서 간신히 말을 토해내듯 아버지는 한동안 숨을 몰아쉬었다. 나는 숨을 죽인 채 아버지의 다음 말을 기다린다.

- 네 어머니에 대한 노여움보다 내 안에 이런 흉악한 것이 숨

어 있었다는 것이 더 견딜 수가 없었지. 관음을 부르며 나무를 깎고 다듬던 그 오랜 세월이 한순간에 와르르 무너져 내리는 것 같았다. 전생에 무슨 악연이 있어 두 번이나 내 가슴에 대못을 치는가, 하고 다시금 네 어머니에 대한 증오가 끓어올랐다. 정신없이 길을 걷다 보니 아이들의 놀이터였다. 어린아이들이 노는 모습을 물끄러미 바라보다 문득 깊은 잠에서 깨어난 것처럼 느껴지더라. 네가 나에게 주었던 그 많은 기쁨과 행복을… 네 어미가 없었다면 내가 어찌 그 모든 것을 누릴 수 있었겠느냐.

아버지의 눈시울에 물기가 어린다. 나는 다관을 집어 들어 아버지의 찻잔에 식어버린 차를 따른다.

- 그래 길을 되짚어 네 어머니에게로 간 것이다.

- 그래서 어머니를 용서하시기로 한 거예요?

- 용서라고 했냐?

그렇게 되묻는 아버지의 눈이 먼 곳을 바라보듯 아득해진다.

- 병원에 처음 갔던 날이었다. 병원에서 한밤중에 깨어보니 네 어머니가 침대 위에 우두커니 앉아 창밖을 바라보고 있더라. 캄캄한 창문에 뭐가 보일까만, 아마 제정신이 돌아오니 막막하겠지, 그런 생각을 하며 창문에 비친 네 어머니의 모습을 지켜보았다.

아버지는 말을 멈추고 지그시 눈을 감는다. 어머니는 캄캄한 창문으로 무엇을 보았을까. 한순간에 모든 것을 불태워버린 죄

많고 참담한 삶이었을까. 아니면 내 몸에서 내뿜어지는 적의와 냉대가 캄캄한 어둠 속을 망연히 바라보게 했을까.

— 창문 옆이 가까운 네 어머니는 크게 비춰지고 뒤쪽의 나는 작게 보였어. 한참 보고 있으려니 네 어머니의 모습이 점점 커져 창문을 가득 채우는 것 같았다. 나는 네 어머니가 자신의 등 뒤에 앉은 나를 창문 속으로 물끄러미 보고 있는 것을 알았다. 그 순간 용서라는 말이 얼마나 하찮은 것이라는 것을 깨달았다. 네 어미는 평생을 죽음 속에 한 발을 넣고 살았을 것이다.

아버지는 휴우, 하고 한숨을 내쉰다.

— 도립병원에 도착해서 택시 뒷좌석에 눕혀 놓은 네 어머니를 부축해서 내리는데 옷자락이 온통 눈물에 젖어 있더구나. 입원 수속을 끝내고 병실로 올라갔다. 네 어머니는 어깨를 들썩이며 숨죽여 울고 있더라. 내가 며칠 후면 찬우가 올 거요. 몸이 좋아지면 집으로 같이 돌아갑시다, 라고 말했지. 그러자 네 어머니는 나는… 싫소. 나는 못하오, 하더니 목 놓아 울더구나.

눈 속이 뜨거워지면서 아버지의 얼굴이 뿌옇게 흔들린다. 아버지가 목이 잠긴 목소리로 말을 잇는다.

— 네 어머니를 찾기 전날, 네가 나를 침대에 누이고 내 손을 한동안 쥐고 있다 나가고 난 뒤였다. 새벽녘에 눈이 떠지더구나. 네 어머니를 빨리 찾아 나설 생각에 몸을 일으켰다. 몸이 천근같이 무거워 다시 쓰러져 누울 때였다. 홀연히 눈앞이 훤해지더니

암자에서 보았던 천수천안관음보살이 그윽한 눈빛으로 나를 바라보고 있더구나. 나도 모르게 벌떡 일어나 무릎을 꿇었단다. 그 순간, 관음의 헤일 수도 없이 수많은 손이 원을 그리며 빙글빙글 돌기 시작했지. 마치 하늘에서 금빛 수레바퀴가 도는 것처럼 보였다. 나는 비로소 관음이 왜 천수천안이어야 하는지 깨닫게 되었단다. 그래서 다시 관음상에 천수천안을 새기기 시작했다만 품이 많이 드는구나.

아버지의 나직한 말소리에 마음속에 겹겹이 매인 줄들이 한 가닥 한 가닥씩 풀어지는 듯했다. 그러니까 수많은 잎처럼 보이던 것은 천수관음의 손이었구나.

- 얘야. 세상 사는 이치나 목리木理나 다 마찬가지일 게다. 기다려 보자. 네 어머니도 편안한 마음으로 네 얼굴을 볼 날이 올 게다. 방에 불을 넣어 놓았으니 그만 가서 쉬어라.

병실에서 깊이 잠들었을 어머니의 얼굴을 더듬고 있던 나는 자리에서 일어선다.

- 네, 아버지 편히 주무세요.

아버지는 엷은 미소를 지으며 고개를 끄덕인다. 모든 고통을 삭인 사람의 평온한 모습이었다. 공방 문을 열고 밖으로 나선다.

뜰에는 달빛이 깊숙이 들어와 있고 사위는 고요하다. 투명한 대기 속에는 솔숲의 냄새가 은은하다. 잠이 올 것 같지 않았다. 안채로 걸어가 쌓아둔 목재더미 위에 걸터앉아 하늘을 올려다본

다. 검푸른 빛의 하늘에는 수많은 별들이 청백색의 불꽃을 뿜어
내고 있었다. 별자리들은 마치 깊은 의미를 간직한 신비한 도형
처럼 보인다. 별빛들은 깊은 잠 속 사람들의 어지러운 꿈 위를 의
연하게 비추고 있었다. 잠의 깃을 들추고 꿈의 가장자리를 지나
저 깊은 혼 속으로 고요히 물결치며 흘러 들어가고 있는 듯했다
나는 목재더미에서 천천히 몸을 일으킨다. 머리가 별빛에 씻긴
듯 맑아진다.

하늘연못 속으로

그녀가 죽었다. 흙이 묻은 손으로 나는 휴대폰을 움켜쥐었다. 원을 그리며 돌아가던 물레가 멈추고 나무선반 위에 놓인 백자 항아리와 다구茶具들이 순식간에 사라졌다. 귓속을 파고들던 목소리의 짧은 틈새 사이로 날카롭고 깊은 정적이 내려앉았다.

연못에 몸을 던지셨어요. 정말 송구스럽습니다. 두 팔을 위로 벌리고 고개를 뒤로 젖힌 자세여서 운동하시는 것으로 생각하고 방심했습니다. 정적의 물살을 가르고 병원 직원의 말이 들렸다. 그 순간, 달이 보낸 사자使者를 기다린다며 그녀가 하늘을 향해 두 손을 활짝 펼친 모습과 그녀가 입고 있는 흰 잠옷 위로 푸르스름한 달빛이 부서져 내리는 모습이 선명하게 떠올랐다. 무엇엔가 넋을 빼앗긴 듯 그녀의 눈에는 황홀한 광채가 어려 있었다. 그것은 그녀의 짧은 생에서 보인 유일한 몰입의 표정이었다.

나는 마당 앞에 드리워진 대나무 숲의 그림자를 응시하다 천천히 몸을 일으켰다. 흙투성이의 손을 씻고 나서, 장작불 때는 것을 도와주는 김 노인에게 내일 아침 오름가마(登窯)에 불을 지필 때까지는 돌아오겠다고 말했다.

차가 국도로 접어들자 땅거미가 내려앉기 시작했다. 앞차의 깜빡이는 방향등이 저물어 가는 풍경 속으로 멀어져 갔다. 밋밋한 야산과 인적이 없는 도로, 빈집처럼 보이는 농가와 슬레이트 지붕을 얹은 창고 같은 건물이 저녁 이내 속에 흐릿하게 떠 있었다. 이 회색 풍경의 종착지는 모래폭풍이 휩쓸고 간, 풀 한 포기 남아 있지 않은 황량한 사막이리라.

콘솔박스를 열고 담배를 꺼내 피워 물었다. 금연을 선언하고 석 달을 용케 견디었는데… 끙하고 신음이 목울대를 밀고 새어 나왔다. 국도로 들어선 것이 잘못이었다. 고속도로의 팽팽한 긴장감이 사라지자 그녀의 헐떡이는 숨소리가, 날카로운 비명소리가 귓속을 울리기 시작했다.

마지막으로 면회를 갔을 때 그녀는 약을 먹이려는 간호사의 팔뚝을 물어뜯어 침대에 묶여 있었다. 나는 땀과 눈물로 범벅이 된 그녀의 몸을 당겨 안았다. 오한이 난 사람처럼 떨고 있는 그녀의 벌겋게 부풀어 오른 눈꺼풀 속의 동공에 내 얼굴이 비쳐지다 이내 사라졌다. 주사를 맞고 잠든 그녀를 침대에 눕혔다. 밀랍 같은 얼굴, 이마와 감은 눈시울 위에 가늘게 그어진 푸른 실핏줄.

그녀의 혈관을 타고 뇌수 속을 휘젓고 있는 무수한 실뱀 떼들. 실뱀 떼들의 입이 일제히 벌어지고 독을 품은 이빨이 그녀의 뇌수를 물어뜯는다. 나는 진저리를 치고 눈을 부릅떴다. 약물 때문에 신장 기능이 나빠진 그녀는 몸이 부어 20킬로그램이나 체중이 늘었다. 발작이 끝나면 늘 오줌을 싸는 그녀에게서 심한 지린내가 났다. 그녀의 얼굴에서 저녁 햇살이 점점 창문 쪽으로 비껴갔다. 어둑해진 방에서 그녀의 얼굴은 가면처럼 차갑게 굳어 있었다. 나는 떨리는 목소리로 나직이 그녀에게 말했다. 제발 이대로 깨어나지 말고 영원히 잠들어 줄 수는 없니?

나는 죽음이 한 번뿐이라고 믿지 않는다. 그녀처럼 거듭해서 죽는 사람도 있는 것이다. 꿈속에서 나는 그녀의 무덤을 몇 번이나 보았던가.

핸들을 쥔 손에 힘을 주고 심호흡을 했다. 눈에 뿌연 막이 생긴 것처럼 차창 밖의 풍경이 흐릿해졌다. 나는 갓길에 차를 세우고 손수건을 꺼내 차갑게 땀이 배어 나온 손을 닦았다.

어둠 속에서 정신병원을 알리는 표지판이 나타났다. 미세한 먼지의 알갱이들이 목구멍의 점막에 겹겹이 달라붙은 것처럼 밭은기침이 났다. 우회전을 해서 야트막한 언덕을 올라서자 소나무 숲 아래 병원건물이 보이고 불이 켜진 긴 가로줄의 창문들이 환한 빛을 뿜어내고 있었다. 주차장에 차를 넣고 복도를 지나자 넓은 홀이 보였다. 환자복을 입은 대여섯 사람들이 소파에 앉아 텔레비전의 연속극을 보고 있었다.

　나는 그녀의 주치의를 찾았다. 사십 대 후반으로 보이는 의사는 피로한 기색이 짙게 밴 얼굴로 손을 내밀었다.

　- 가족 이외에는 십여 년 동안 아무도 고인을 찾아온 사람이 없었습니다. 그래서 입원비를 보내시는 분께 연락을 드렸습니다.

　- 아버지가 계셨을 텐데요?

　- 아마 칠팔 년쯤 됐을 겁니다. 새벽에 저희 병원 부근에서 교통사고로 그만 돌아가셨습니다.

　그 애를 죽이고 살리고는 자네 손에 달렸네, 하며 내 손을 꽉 움켜쥐고 핏발 선 눈으로 내 눈을 깊숙이 쏘아보던 장인의 얼굴이 떠올랐다. 장인은 경주의 외곽에서 내과와 소아과를 겸한 병원을 했다.

　나는 예방접종을 받거나 환절기 때면 어김없이 붓는 편도선 때문에 그 병원을 들락거리면서 자랐다. 병약한 그녀는 늘 결석을 했다. 나는 학교에서 나누어 준 프린트물이나 숙제를 알려 주려고 자주 그녀의 집을 찾았다. 그녀처럼 어딘지 병색이 있어 보이는 그녀어머니는 늘 나를 반겼다. 들어와서 좀 놀다 가거라. 혜원이가 널 준다고 종이접기를 했는데, 라고 했지만 나는 그냥 집으로 돌아오곤 했다. 그럴 때면 그녀는 자기어머니의 등 뒤에서 핼쑥한 얼굴로 나를 아쉬운 듯 바라보았다.

일요일이면 푸른 리본이 달린 모자를 쓴 그녀가 피아노 악보를 들고 레슨을 받으러 가는 것을 훔쳐보거나 해거름에 아버지와 계림의 숲을 거니는 모습을 멀리서 바라보곤 했다.

고등학교 2학년이 되었을 때 나는 열병에 걸리고 말았다. 교회 성가대에서 피아노 반주를 하는 그녀를 먼발치에서 보는 것만으로도 얼굴이 붉게 달아올랐고 숨결이 거칠어졌다. 그녀와 마주칠 때면 희고 섬세한 얼굴을 두 손으로 감싸 안고 싶은 충동으로 몸이 떨렸다.

겨울방학의 어느 날 밤, 환한 불빛이 흘러나오는 그녀의 집 담장에 기대어 서서 피아노의 연습곡에 귀를 기울이고 있을 때였다. 무언가 기척이 느껴져 눈을 떴을 때 박 의사가 서 있었다. 좀 들어와 봐. 내 어깨를 가볍게 두드리며 그가 말했다. 화끈 달아오른 얼굴로 그를 따라 들어갔다. 그녀는 보이지 않고 그녀의 어머니가 미소를 지으며 찻상을 내어왔다. 연갈색의 찻물을 찻잔에 따라 내 앞으로 밀어주며 그가 말했다. 이건 야생 찻잎을 발효시켜 만든 차야. 녹차와는 달리 뜨거운 물을 바로 부어서 먹기 때문에 겨울철에 아주 좋지. 떨리는 손으로 뜨거운 찻잔을 들었지만 감히 마시지 못하는 나를 그는 한동안 지그시 바라보았다. 이윽고 그가 다시 다관에 물을 부으며 말했다. 차는 잘 우려져야 깊은 맛이 나지. 그래서 옛사람들은 찻물이 우러나기를 고요히 기다리며 들뜬 마음을 다스리고 사색하는 힘을 길렀어. 무슨 말인지 알겠나? 그날 나는 차를 한 모금도 마시지 못하고 자리를 일어섰지만 그녀와 내가 대학에 입학할 때까지 기다릴 수 있는 여유를 가지게 되었다.

- 도움이 됐어야 하는데 유감입니다. 그동안 여러 번 전화를 드렸습니다만 한 번도 응답이 없으시더군요.

의사의 호기심 어린 눈길을 피하며 나는 물었다.

- 장례는 어떻게 해야 됩니까?

- 아, 네. 가시지요.

의사는 고개를 끄덕이며 몸을 돌려 복도를 걸어갔다. 나는 몇 걸음 뒤쳐져 걸었다. 걸음이 점점 느려졌다. 긴 회랑을 지나고 계단을 내려간 의사가 유리문 앞에서 걸음을 멈추었다. 저 문을 열고 들어가 흰 시트자락을 들치면 이미 그녀라고 할 수 없는 시신이 있다.

내가 침대 옆에 서자 의사가 흰 천을 젖혔다. 가지런히 빗어 넘긴 머리, 움푹 꺼진 눈두덩, 검푸른 기가 도는 입술의 희미한 선, 고통의 흔적도 평온함도 느껴지지 않는 석고 같은 얼굴.

앙상한 쇄골 아래 주먹만 한 검푸른 멍 자국이 보였다. 주먹을 쥔 그녀의 팔목 부근에도 두 군데의 멍 자국과 혈관을 찾느라고 찔러 넣은 듯이 보이는 주삿바늘 자국이 여러 군데 나 있었다. 내 시선이 머무르는 것을 본 의사가 말했다.

- 검사를 할 때 생긴 겁니다. 폐와 신장기능이 몹시 약했기 때

문에 검사와 치료를 정기적으로 해야 했는데 그때마다 심한 발작을 했습니다. 검사를 하려고 침대에 눕히려 하면 완강하게 거부해서 벨트로 묶어야 했거든요.

내 얼굴이 굳어있었던지 의사가 위로하려는 듯한 기색으로 말했다.

- 연못에 빠졌을 때 곧바로 건져 냈습니다. 큰 고통 없이 가셨습니다.

그녀는 이미 육신의 통증을 느낄 만한 신경조직도, 죽음이 찾아드는 순간의 고통도 느끼지 못할 정도로 파괴되어 있었을 것이다.

- 원무과에 내려가시면 장의사에서 사람이 와 있을 겁니다.

장례비 계산을 끝내고 직원이 말했다.

- 유품이 있습니다. 토우 같은데요. 잠깐 기다리세요.

토우……. 결코 입 밖에 내서는 안 되는 저주의 말처럼 나는 입속에서 되뇌어 보았다. 먼 기억 속의 그녀가 말했다. 반월성이나 고분을 지날 때면 마치 죽은 사람의 넋이 돌아다니고 있다는 느낌이 들어. 사실 이 흙 속에는 수천 년 동안 죽은 사람의 살과 뼈가 풍화되어 섞여 있을 테니 우리는 죽은 사람들의 육신을 밟고 다니는 거야. 어깨를 으쓱하며 내가 말을 받았다. 그래서 나는 매일 죽은 사람들의 살과 뼈를 주물럭거리며 그들의 넋이 하는 이야기에 귀를 기울이는 것이지. 그즈음 나는 토우, 토기, 전

돌 등 흙으로 빚은 신라 유물의 아름다움에 매료되어 있어 테라코타 가마를 운영하는 선배의 작업실에서 취미 삼아 토우를 만들고 있었다. 부드러운 흙을 치고 이기는 것 자체가 아주 즐거웠고, 흙은 구워져도 그 표면의 질감이 따뜻하고 친화력이 있어 점점 토우에 애착이 갔다. 그녀가 갑자기 내 팔을 흔들면서 말했다. 우리 서로의 모습을 토우로 만들어 간직하는 것이 어때? 영원한 사랑의 징표로 말이야. 좋지, 내가 싱긋 웃으며 말했다. 내가 비교적 조형감각이 있는 편에 비해 그녀는 전혀 솜씨가 없었던 것이다.

그녀와 내가 여러 개의 토우를 만들고 있는 동안 해가 기울어, 지는 해의 역광이 작업장 안을 환히 비추었다. 그녀가 빚은 내 모습은 이마가 넓고 눈이 길며 입술이 두터운 데다 배가 쑥 나온 모습이었다. 뭐야, 아프리카 토인의 부족장처럼 생겼네. 내가 면박을 주었다. 위엄이 있잖아, 하며 고개를 갸웃하던 그녀가 토우의 머리둘레에 주름을 넣어 관을 만들고 그 위에 팥알만 한 공을 만들어 붙이면서 말했다. 이건 태양이야, 넌 태양신이고. 그러니까 내 토우에도 달을 달아 줘. 그럼 난 달의 여신이 되는 거잖아. 나는 그녀를 빚은 토우에 달을 붙여 주었다. 그녀는 토우 한 쌍을 마주 보게 세워 놓고 짐짓 엄숙한 목소리로 말했다. 자, 태양신과 달의 여신의 결혼식이야. 신들의 결혼은 신성하고 영원한 거야. 그녀는 토우를 쓰다듬으며 말을 이었다. 이 흙 속에 깃든 헤아릴 수 없이 많은 혼들은 이제 중인이 되었어. 무슨 주문이라도 읊는 듯한 말이 언뜻 거슬렸지만 나는 역시 너 다운 발상이야, 하며 그녀의 이마에 입술을 가져가려고 다가갔다. 그녀의 홍채 속에 비친 내 얼굴을 바라보는 순간, 나는 마치 우리가 신들의 영역 속에 깊숙이 들어간 듯한 느낌이 들었다. 수많은 혼들이 금빛광선의 소용돌이처럼 그녀와 나를 에워싸고 있는 것 같았다.

직원이 봉투를 열고 토우를 꺼내 탁자 위에 놓았다. 아프리카 부족장처럼 보이는 토우는 머리에 쓴 관의 귀퉁이가 깨어져 있고 해 모양의 장식도 사라지고 없었다.

- 화장할 때 같이 넣어 주십시오.

- 알겠습니다.

담배를 꺼내 앉을 곳을 찾는 나를 그가 불렀다.

- 왼쪽으로 가시면 휴게실로 쓰던 방이 있습니다. 연고가 없는 분들을 위해 자원봉사하시는 분들이 연도憐悼를 올리고 있습니다. 가보시겠습니까?

- 괜찮습니다.

나는 물러 나와 장의사 남자를 만났다. 그는 장례절차에 대해 설명을 해 주었다. 입관이 내일 아침 10시에 있다고 말했다.

- 오늘 밤으로 당길 수는 없습니까?

내일 아침, 가마에 불을 지피려면 밤늦게라도 입관을 끝내야 했다. 하루 늦추어도 되지만 길일吉日을 놓치고 싶지 않았다. 김 노인이 있으니 불을 지피는 일에 크게 문제가 될 것은 없지만 나는 불 지피는 것을 내 손으로 하고 싶었다. 첫 불꽃이 큰불이 되어 이글거리며 봉통 안을 휘돌아 올라가는 모습을 볼 때마다 내 가슴 속에서 일렁이던 불길이 아궁이로 빨려 들어가 함께 타오르는 것 같았다. 온몸을 달구고 땀방울을 쏟아내게 하던 불길이 점점 사그라지고 나면, 내 안에 타고 있던 한 자락의 불길마저도 다 타버려 아궁이의 검은 잿더미 속에 함께 묻혀 버린 것이라고 믿어졌다. 입관을 끝내고 잠시 눈을 붙이면 내일 일에 지장은 없을 것이다.

장의사 남자는 24시간이 지나는 것이 상례이지만 앞당겨서 입관을 할 수 있도록 준비를 하겠다고 말했다. 그는 납골당의 자리를 구입하는 문제와 화장장과 운구용 버스를 예약하는 것을 처리해 주었다. 그가 가져온 카탈로그에서 가장 좋은 수의와 납골함을 골랐다. 나는 장례에 필요한 금액에 수고비를 보태어서 지불했다. 그는 흡족한 얼굴로 현관까지 따라 나와 인사를 했다.

입관은 천주교의 장례 예법대로 진행되었다. 흰 가운을 입고 마스크를 쓴 두 사람이 염습을 했다. 냉동실에서 그녀를 꺼내 옷을 벗기고 코와 귀와 입을 막았던 솜을 처리했다. 염습인의 팔꿈치 사이로 그녀의 푸르스름한 입술이 보여 반사적으로 고개를 돌렸다. 알코올을 적신 수건으로 그녀를 닦는 염습인의 손놀림은 정밀하고 빨랐다. 그의 손이 그녀의 뼈와 가죽뿐인 다리와 골

반과 갈비뼈를 거쳐 길고 앙상한 손가락에 닿자 나는 눈을 꾹 감았다.

그녀와 첫 밤을 보내던 날, 물에서 막 건져 올린 물고기처럼 파닥이던 그녀의 몸이 부드럽게 풀리고 난 뒤 나는 속삭였다. 만약 전생이라는 것이 있다면 그때에도 너를 사랑했을 거라고. 그녀가 내 입술을 만지면서 나직하게 대답했다. 나도 너를 찾기 위해 여러 생을 헤맨 것 같아. 그래서 이번 생에서는 서로 애타게 찾을 수밖에 없는 거야.

그녀가 믿었던 것처럼 과연 전생이라는 것이 있어, 현세의 삶이 그 사람의 카르마에 의한 것이라면 다시 육화하려는 욕구는 죽은자의 영혼이 가지고 있는 결함과 갈망 때문이리라. 그러니까 현세는 전생에서의 삶의 물음인 셈이다. 전생에서 그녀와 내가 가졌을 물음은 무엇이었을까. 나는 어떻게 응답했던가. 비록 의도한 것은 아니지만 나는 그녀의 삶에 형리刑吏가 되었다.

내 얼굴을 부드럽게 쓰다듬던 그녀의 손가락의 감촉이, 오래된 고통이 꿈틀거리며 몸속을 휘젓기 시작했다.

서울에서 같은 대학에 다니게 된 다음 해 봄, 착실한 독문과 학생인 그녀와는 반대로 나는 혁명적 열기에 휩쓸렸다. 교정에는 최루탄 연기가 자욱했고 나는 벌겋게 부풀어 오른 눈으로 동료들과 스크럼을 짜고, 방독면을 쓰고 방패를 든 전경들과 대치

해서 시위를 벌였다. 분신이 있던 날, 우리는 4층 열람실 창문에서 마이크를 들고 구호를 선창하던 선배의 머리 위로 화염에 휩싸인 몸이 떨어져 내리고 우르르 달려간 동료들이 윗저고리를 벗어 불을 끄려 하고 누군가 화염방사기를 뿜어대는 것을 보았다. 분신한 학생이 병원으로 옮겨지고 나서야 그가 중학교를 같이 다녔던 친구라는 것을 알았다. 그의 분신은 주춤거리던 시위 열기에 다시 불을 붙였다. 나는 대학 학보에 익명으로 발표된 만장挽章의 저자로 지목되었다. 나는 잠수함을 타야 했고 숨을 곳을 찾아 전전하고 있었다. 고향후배를 통해 그녀가 잣죽을 끓여줄게, 하는 쪽지를 보냈다.

그녀가 살고 있는 골목길에 접어들자 나는 발걸음을 멈추고 숨을 골랐다. 미행을 따돌리느라 버스를 갈아타고 2시간이나 걸려 도착한 것이다.

인적이 끊어진 밤의 산동네엔 정적이 내려앉아 있었다. 어디선가 개들이 컹컹 짖었다. 그녀는 낡은 일본식 목조 가옥의 이층을 쓰고 있었다. 그녀의 방의 창문에는 불빛이 환했다. 나는 자그마한 돌멩이 하나를 집어 들어 유리창에 던졌다. 탁하는 소리와 동시에 마당에서 기다리고 있었던 듯 그녀가 대문을 열고 내 팔을 잡으면서 말했다.

- 발자국 소리를 듣고 있었어. 아래층 식구들은 시골에 가서 며칠 후에 올 거야. 춥지? 들어가자.

겨울밤의 냉기에 얼었던 몸이 순식간에 녹아 버리는 것 같았다. 그녀의 안색이 창백하다 못해 백지장 같았다. 어디 아파? 라고 묻자 그녀는 말없이 고개를 저었다. 밤참처럼 따끈한 잣죽을 한 그릇 먹고 나는 몸을 일으켰다.

- 여기 있으면 네가 위험해.

- 괜찮아. 여긴 아무도 널 찾아내지 못할 거야.

결연한 어조였다. 내 팔을 당겨 안으며 그녀가 말했다.

- 분신이 있던 다음 날, 네가 머리에 흰 띠를 두르고 검은 관을 멘 행렬의 앞에 서 있는 걸 보았어. 그 순간 심장이 툭 하고 떨어지는 것 같았어. 폭력은 죽음을 부르고 죽음은 더 큰 폭력을 부르는 것 아닐까. 그래서 악순환이 되풀이되고.

- 그래서 투쟁하는 거야. 짓밟힌 채로 있다면 우리는 더 유린되고 더 많은 피를 흘리려야 해. 더 많은 눈물과 통곡을…….

목이 잠겨 나는 말을 잇지 못했다. 친구의 묘지에서 그의 어머니는 내 가슴을 주먹으로 두드리며 울부짖었다. 왜 말리지 못했냐? 왜? 어째서 그렇게 죽게… 내버려 두었단 말이냐. 너라면… 너라면 우리 욱이를 살릴 수 있었을 게 아니냐. 그의 어머니는 내 가슴에 얼굴을 묻고 통곡하다 혼절했다. 내 무릎에 눕힌 그의 어머니의 골 깊은 주름위로, 자전거를 타고 방천 둑을 달려 친구의 집에 도착하면 미숫가루를 탄 사발을 내밀며 미소 짓던 얼굴이, 학교운동장에서 배구를 한 뒤 마당에 들어서면 땀에 젖은 몸을 우물가로 데려가 목욕을 시켜주며 벗은 등을 찰싹 소리 나게 때리고는 어른 다 됐구나, 하며 함박웃음을 웃던 얼굴이 겹쳐졌다.

- 네 곁에 있으면 어쩐지 섬뜩한 느낌이 들어. 너를 사랑하는데 왜 그럴까?

눈물을 글썽이며 그녀가 내 얼굴을 쓰다듬었다. 나는 떨리는 손으로 그녀의 옷을 벗겼다. 새벽녘에 나는 잠든 그녀의 곁을 빠져나왔다.

사흘 후, 나는 먼 친척이 하는 여관방에서 검거되었다. 익명의 저자가 지석희 선배라는 것을 알고 있었지만 조직의 중심인물인 그를 지켜야 했다. 지하실에서 피투성이가 되어 이틀을 버티었을 때 그들이 말했다. 시간을 벌겠다 이거지? 제대로 뜨거운 맛을 보여줘야 정신을 차리겠군. 전기고문이 시작되고 살과 뼈가 불 속으로 타들어 갔다. 도서관옥상에서 떨어져 내리던 불덩이가, 친구 어머니가 너라면, 살릴 수 있었을 것 아니냐? 하는 울부짖음이 가까스로 내 입을 막았다. 얼마나 지났을까. 안 되겠어, 더 높여, 하는 소리에 이어 아무래도 그 계집애를 끌고 오는 게 더 빠르겠는데요, 하는 소리가 들려왔다.

그녀는 겁에 질린 애처로운 눈초리로 나를 바라보았지만 울지는 않았다. 새파랗게 질린 얼굴에서 두 눈만이 번쩍거렸다. 그들 중 하나가 두 손으로 그녀의 블라우스의 앞자락을 찢으며 옷을 모조리 벗겨냈다. 그녀가 사시나무 떨 듯하며 한 손으로는 앞가

숨을, 다른 손으로는 아래를 가렸다. 놈들이 그녀의 팔을 잡아채고 그녀의 뺨을 연거푸 때린 뒤 무릎을 꿇렸다. 나는 힘주어 눈을 감았다.

처음부터 그녀가 비명을 지른 것은 아니었다. 그녀의 목울대에서 윽윽 하는 마치 천식환자가 심한 기침 끝에 내는 소리를 냈다. 눈 똑바로 떠, 이 새끼야. 주먹질이 쏟아졌지만 나는 이를 악물었다. 너희들 둘 다 웃기는 것들이군. 너희 둘 다 만신창이가 되어서 불겠다 이거지. 놈의 말소리가 끝나기도 전에 귀를 찢는 그녀의 비명이 칼날처럼 가슴에 꽂혔다. 온몸이 마비되고 오직 귓속만이 끝없이 부풀어 올랐다. 내 목구멍에서 터져 나온 건 짐승의 멱따는 소리였다. 결국 나는 항복했다. 내가 몇 명의 이름을 주워섬기자 놈은 결국 불 거면서 니 애인만 죽사리를 쳤군. 너는 때를 놓쳤어. 이 병신새끼야, 하며 구둣발로 힘껏 내 정강이를 찼다. 그러나 내가 말한 이름들은 조직의 핵심인물도 지석희 선배도 아니었다. 같은 과의 후배들이었다.

그들이 그녀를 끌고 나가고 밤이 지났다. 우당탕하는 발자국 소리가 들리고 그들이 와서 나를 일으켜 세웠다. 이 새끼, 너 우리를 아주 우습게 봤어. 피라미도 아닌 걸 불어? 어디 얼마나 견디나 보자. 다시 전기고문이 시작되었다. 꺼져가는 의식 저편에서 끼익하는 철문 소리가 들리고 이어 지석희를 평택에서 검거했답니다, 라는 말이 들려왔다.

열흘이 지나 지하실에서 나온 뒤 학교에서는 정학 처분을 받았다. 곧 대폭적인 강제징집이 있을 것이란 소문이 돌았다.

나는 병원으로 박 의사를 먼저 찾아갔다. 수척해진 얼굴에 입술이 바싹 말라 있었다.

- 드릴 말씀이 없습니다. 죄송합니다.

그는 한동안 눈을 꾹 감고 있다가 힘없이 말했다.

- 어쩌겠는가, 시대를 잘못 만난 것을. 몸은 많이 상하지 않았는가?

- 괜찮습니다.

- 안사람이 심한 말을 해도 너무 귀담아듣지 말게. 원래 심장이 나쁜 사람인데 요즈음 부쩍 더 심해졌다네.

잔디밭을 가로질러 안채로 들어서려는데 회화나무 밑에 그녀 어머니가 유령처럼 서 있었다. 납빛의 안색에 눈언저리에 검은 테를 두른 듯한 얼굴로 그녀어머니가 나를 쏘아보고 있었다. 내 뺨을 치려는 듯 나를 향해 부들부들 떨리는 손을 쳐들던 그녀어머니는 가쁜 숨을 내쉬며 손을 내리고는 들어가 보게, 라고 말했다. 예상대로 그녀는 앓아누워 있었다. 핏기 한 점 없는 창백한 얼굴에 눈자위에 붉은 실핏줄이 돋아 있고 입술에는 피딱지가 앉아 있었다. 나를 바라보지도 않고 그녀는 낮은 목소리로 말했다. 섬뜩할 만큼 차가운 말투였다.

- 아무 말도 하지 말고 돌아가 줘.

내가 다가앉아 안으려 하자 그녀는 내 가슴을 완강히 밀어내며 같은 말을 되풀이했다. 나는 결국 미안하다는 말도 용서해 달라는 말도 하지 못하고 방을 나왔다. 그녀어머니는 그대로 나무 아래 붙박힌 듯 서 있다가 말했다.

- 독한 놈 곁에 있다가 벼락 맞는다더니 바로 너를 두고 한 말이구나. 얼마나 험한 꼴을 당했으면 자지도 않고 먹지도 않고 말 한마디 안 하고 죽는 날 받아놓은 꼴로 누워 있단 말이냐? 말을 해 봐.

나는 그녀어머니 앞에 무릎을 꿇었다. 나를 내려다보던 그녀어머니가 몸을 구부려 내 앞에 앉으며 물었다.

- 많이 맞았는가?

- 네, 어머니. 제가 죄인입니다.

- 맞기만 했는가? 다른 일은 없었는가.

내 얼굴을 뚫어지게 바라보며 목소리를 낮춰 다시 묻는 그녀어머니의 눈 밑에 파르르 경련이 일었다.

- 네, 좀 심하게 맞았습니다.

미심쩍은 듯, 무언가를 탐색하는 듯한 눈초리로 나를 바라보던 그녀어머니가 꺼질 듯 한숨을 내쉬며 몸을 일으켰다.

다음 날, 그녀어머니로부터 집으로 와 달라는 전갈을 받았다. 안방에서 기다리던 그녀어머니는 내 앞에 방석을 밀어주며 말했다.

- 밤을 새워 곰곰이 생각을 해봐도 혜원이를 일으켜 세울 사람은 자네밖에 없어. 혜원이가 자넬 얼마나 끔찍이 생각하고 있는지 오래전부터 잘 알고 있네. 혜원이와 결혼을 하게. 자네가 늘 옆에 있으면 그 애도 기운을 차리게 될 걸세.

- 네?

결혼! 그녀와의 결혼을 꿈꾸어 왔지만 우리는 이제 겨우 스물하나일 뿐인데. 더욱이 앓고 있는 그녀와 결혼이라니…….

내 마음을 짐작한다는 듯 그녀어머니는 고개를 끄덕이며 말했다.

- 알고 있어. 내가 혜원이를 가진 게 그 나이였네. 내가 오래전부터 협심증을 앓고 있는 것은 알고 있겠지. 내가 얼마나 더 살지 모르겠네. 모레가 될지. 몇 달이 될지 말일세.

그녀어머니는 손으로 가슴께를 지그시 눌렀다. 이마 위에 땀이 배어난 얼굴을 바라보며 나는 대답했다.

- 혜원이를 위해서라면 무엇이든 할 겁니다.

- 그래. 그애를 결혼시키고 나면 나도 마음 편히 저세상으로 갈 수 있을 게야. 내일이라도 자네 부모님을 만나 의논을 해 보겠네.

다음 날 저녁, 나는 그녀가 만나자고 한 반월성으로 뛰어갔다. 늘 같이 앉아 땀을 닦고 과일을 나누어 먹던 나무 그루터기에 그녀는 앉아 있었다. 바람이 꽤 찬데도 그녀는 얇은 점퍼 차림이었다. 춥지 않아, 두꺼운 옷을 입지 그랬어, 하며 내 점퍼를 벗어 그녀의 등에 둘러주고 어깨를 안으며 말했다.

- 만나자고 해 줘서 얼마나 고마웠는지 몰라.

그녀가 내 팔을 밀어냈다. 보랏빛으로 사위어가는 하늘을 바라보던 그녀가 나지막하게 말했다.

- 난 결혼 안 해.

- 뭐? 서로가 원하는 일이잖아. 네가 너무 고통스러웠다는 건 알아. 나도 미칠 것 같았어, 말할 수 없이 미안하고. 시간이 지나면 잊을 수 있을 거야.

나는 입술을 떨고 있는 그녀를 다시 당겨 안으며 말했다. 그녀는 한사코 나를 밀어내며 말했다.

- 나는 그날 밤… 난, 그들에게 일을 당했어.

일을 당하다니 무슨 일을, 하고 되물으려는 순간, 그녀의 블라우스를 찢던 두 손이, 무릎을 꿇린 그녀를 바라보던 놈들의 번들거리는 눈들이 맹렬한 기세로 달려들었다. 긴 창끝이 가슴 한복판에 꽂혀 살과 뼈를 헤집는 듯했다. 윽 신음소리가 저절로 새어 나왔다. 그녀가 …그녀가 … 참혹했다. 그녀의 비명이 귀를 왕왕 울렸다. 나는 그녀를 부둥켜안고 짐승처럼 부르짖었다.

- 혜원아 … 아 혜원아 …….

내가 가까스로 정신을 차린 건 그녀의 눈물로 내 셔츠의 앞이 축축해졌을 때였다. 봇물 터지듯 눈물이 끊임없이 흘러내리는 그녀의 얼굴을 두 손으로 감싸 안고 다시 속삭였다.

- 우리 잊자. 모두 기억 속에서 지워 버리자. 우린 악몽을 꾼 것뿐이야.

그녀는 신음소리를 낼뿐 아무런 말도 하지 않다가 바싹 마른 입술을 달싹였다.

- 나는… 죽고만 싶어.

- 무슨 말을 하는 거야. 토우를 만들면서 신들 앞에서 한 맹세를 잊었어? 난 먼 내생에도 지금 못다 한 사랑을 하려고 널 애타게 찾아 헤매고 싶지 않아. 절대로.

그녀의 두 팔이 천천히 들려 내 등을 감싸 안았다. 먼 산과 숲이, 긴 성벽이 어둠 속에 잠겨들었다.

- 언젠가 네가 말했지. 옛 고분들을 지날 때면 순장 당한 사람들의 헐떡이는 숨소리가 들리는 것 같아 가슴이 메어진다고. 그래, 역사의 긴 시간 속에서는 더 참혹한 일이 수없이 많았을 거야. 이 성벽에도 노역자들의 피와 땀뿐만 아니라 죽은 이들을 그리는 사람들의 피눈물과 탄식이 스며들어 있겠지. 혜원아. 우리 분신하던 그 모습을 생각하자. 우리 잠깐 동안이라도 그 불덩이를 가슴에 받아 안았다고 생각하자 응?

보름이 지났다. 그녀가 성가대의 피아노반주를 하던 교회에서 양쪽 가족들만 모여 가정식 예배 형식으로 혼례를 올렸다. 내 부모님도 미소를 지으며 그녀의 두 손을 맞잡고 기뻐했고 그녀어머니의 얼굴에 화색이 돌았다. 박 의사도 흐뭇한 얼굴로 내 등을 쓰다듬었다.

나는 그녀의 목조 가옥 이층에 짐을 풀었다. 중간시험을 놓친 그녀는 방학 때 있을 계절학기 수업을 준비를 했고 나는 구로동에 있는 야학에서 영어와 역사를 가르치기 시작했다.

그즈음의 어느 날, 저녁을 먹고 그녀와 함께 약수터로 산책을 한 뒤 집으로 돌아오고 있었다. 달빛은 환하고 봄밤의 청명한 대기 속에는 아카시아 향기가 스며있었다. 골목길로 접어드는데 뒤쪽에서 요란한 오토바이 소리가 났다. 나는 반사적으로 그녀를 껴안고 몸을 피하다 땅바닥에 쓰러졌다. 중국집 배달 오토바이는 우리 옆을 스쳐 쏜살같이 사라졌다. 괜찮아, 하며 그녀를 일으키려고 어깨에 손을 넣었을 때였다. 그녀의 넓적다리에서 발목을 타고 흐르는 핏줄기가 보였다. 어, 많이 다쳤구나, 어디야? 하며 그녀를 치마를 걷어 올렸다. 피는 그녀의 아랫도리에서 흘러나오고 있었다.

야간진료를 하는 산부인과를 찾아갔다. 나이가 지긋한 여의사가 그녀의 임신을 알리면서 못마땅한 눈빛으로 말했다. 임신 초기에는 조기유산이 쉬워요. 다행히 태아는 괜찮습니다. 6주가 지났군요. 자궁이 약하니 특히 조심해야 합니다. 그런데 부인도 임신사실을 모르고 있더군요.

6주! 무슨 암호를 풀 듯 나는 되뇌었다. 우리가 첫 밤을 보내고 끌려온 것이 고작 나흘 뒤가 아닌가. 그렇다면… 아이는 누구의 아이란 말인가. 나는 복도의 의자에 털썩 주저앉았다.

지옥 같은 나날이 계속되었다. 나는 밤늦게까지 포장마차를 돌며 소주를 들이켜다 새벽이 되어 돌아와 죽은 듯이 잠을 잤다. 꿈속에서 나는 놈들의 늑골 깊숙이 칼을 찔러 넣었다. 살을 찢는 물큰한 감각이, 푸드득 하는 몸의 경련이 손목에 느껴졌다. 때로는 뼈가 부서지는 날카로운 소리에 소스라쳐 잠을 깨곤 했다.

그녀는 하루의 대부분을 잠으로 보냈다. 잠든 그녀를 보고 있으면 넋이 빠져나간 몸이 잠의 늪 속으로 끌려 들어가 다시는 깨어나지 않을 것 같았다. 어느 날, 잠든 그녀에게서 숨소리조차 느껴지지 않아 엉겁결에 그녀를 흔들었다. 흠칫 몸을 떨며 눈시울을 힘겹게 밀어 올리던 그녀의 동공이 확대되더니 돌연 비명을 지르기 시작했다. 눈동자가 위 눈꺼풀에 올라붙어 흰자위가 덮은 눈에 초점이 돌아온 것은 그녀의 뺨에 내 손자국이 발갛게 부풀어 오른 뒤였다. 나는 와들와들 떨고 있는 그녀를 힘주어 꼭 껴안았다.

장인의 생신이 되어 나는 그녀를 데리고 경주로 내려갔다. 밤이 깊어 처녀시절에 사용하던 이부자리를 펴고 눕자 마치 그녀가 훼손되지 않은 깨끗한 몸처럼 느껴졌다. 나는 그녀를 안았다. 그녀와 첫 밤을 보냈을 때의 기쁨이 따뜻한 물처럼 스며들었다. 그녀의 입술에 오래 입맞춤을 하고 따뜻한 몸속으로 들어가려는 순간이었다. 어둠 속에서 그놈들의 흉측한 얼굴이, 뭉특한 콧잔등에 얽은 자국이 있는 나이든 놈의 비죽이 벌어진 두툼한 입이, 그녀의 블라우스 자락을 찢던 젊은 놈의 번들거리는 눈빛이 달려들었다.

몸이 떨리며 사지가 굳어왔고 그녀의 치골에 맞닿아 있던 페니스가 천천히 스러져갔다. 그 깊고 따뜻한 곳에 들락거렸을 그들의 흉기가 허공에서 춤을 추듯 끄떡거렸다. 윽, 하고 구토가 치밀어 올랐다. 나는 몸을 일으켜 화장실로 뛰어갔다. 토한 후 돌아와 나는 베개 위에 엎드려 울고 있는 그녀의 머리를 쓰다듬었다. 그녀가 느꼈을 모멸과 고통이 손에 집힐 듯 느껴졌지만 아무런 말도 할 수 없었다. 침묵이 고여 갔다. 나는 더 견딜 수 없어 옷을 걸치고 밖으로 나와 무작정 남산을 올라갔다. 다리에 힘이 빠져 더 이상 걸을 수 없을 때까지.

그녀와 같이 서울의 집으로 돌아왔다. 밤이면 악몽을 꾸고 식은땀을 흘리며 깨어나기가 반복됐다. 내 의식은 다시 그곳 지하실로 돌아가 있었다. 비명을 지르며 잠에서 깨어나 캄캄한 어둠 속을 노려보기도 했고 잠결에 그녀의 배에 몸이 닿으면 소스라쳐 깨어나 나도 모르게 돌아눕곤 했다. 그즈음의 새벽녘에 냉장고에서 찬물을 들이켜고 잠자리로 돌아왔을 때였다. 이불 위에 앉아 나를 쏘아보는 그녀의 눈에 새파란 불길이 일었다. 나를 그렇게 견딜 수 없어? 난 … 아무 죄가 없어. 그런데 왜 죄인처럼 살아야 해? 네 눈과 마주치는 것이 얼마나 두려운지 알아? 마치 두 개의 불화살이 내 가슴에 꽂히는 것 같아. 그래서 잠 속으로 도망가는 거야. 백지장 같은 얼굴로 한동안 허공을 노려보며 말을 이었다. 난 저주받았어. 무서워, 무서워 견딜 수 없어. 내가 죽지 않는 한 … 저주에서 풀려나지 않을 거야.

나는 그녀에게 아이를 지우자고 말을 했다. 당연히 그러겠다고 할 그녀가 완강히 고개를 저었다.

 - 아이는 틀림없이 당신 아이야. 난 알아, 틀림없어. 당신도 내 예감이 언제나 맞는다고 말했잖아. 생각해 보니 태몽도 꾸었어.

꿈까지 들먹이는 그녀가 가증스러웠다. 만일 내 아이라고 해도 마찬가지였다. 더러워진 자궁 속에서 내 아이가 자란다는 것이 참을 수 없이 역겨웠다.

 - 절대로 안 된다고 했잖아.

나는 현관문을 박차고 나와 버렸다. 그녀에게 자해하는 습관이 생긴 것은 그때부터였다. 벽에다 머리를 짓찧기도 했고 유리컵을 깨트려 손목을 그었다. 그녀는 마른 나뭇가지처럼 여위어 갔다. 그녀는 일주일에 두 번 정신과 치료를 받기 시작했다.

내가 야학에서 돌아오면 그녀는 눈도 맞추지 않고 마지못해 밥을 먹고 도망치듯 다시 잠 속으로 빠져들어 갔다. 작은 방에서 책을 보다 침실로 들어가면 그녀는 벽을 향해 주검처럼 누워 있었다. 그즈음의 어느 날 밤, 잠결에 무언가의 기척에 눈을 떴다. 그녀가 보이지 않았다. 벌떡 몸을 일으켜 방문을 열었을 때 베란다에서 하늘로 두 팔을 쭉 뻗고 서 있는 그녀가 보였다. 그녀의 머리 위로 회화나무 가지 위에 걸린 만월이 보였다. 푸른 달빛이 그녀의 흰 잠옷 자락 위로 부서져 내렸다. 뛰어가려다 나는 문득 멈추어 섰다. 하늘을 향해 갈구하듯 두 팔을 벌린 그녀의 몸짓이 빚어내고 있는 느낌이 너무 간절하고 엄숙해 보였기 때문이었다. 마치 의식을 집전하는 여사제의 모습 같았다.

나는 살며시 다가가서 그녀를 안았다.

- 왜 이러고 있어. 바람이 차. 감기 들겠어.

나를 바라보는 그녀의 눈에 아쉬움과 원망이 뒤섞여 있었다.

- 조금만 더 기다리면 그가 올 텐데……

- 누가 오는데?

그녀는 대답을 하지 않고 한동안 미심쩍은 눈으로 나를 바라보았다. 이윽고 결심한 듯 내 귀에 입술을 바싹대고 속삭였다.

- 여기는 '죽음의 나라'야. 그렇지만 달 속에는 고귀한 사람들이 살아. 그들은 빛을 엮어서 만든 것처럼 희고 빛나는 옷을 입고 있어. 그들은 보름달이 뜰 때면 달로 데려갈 사람을 선택하러 사자를 보내는 거야. 사자는 남자도 아니고 여자도 아닌 중성인데… 완전한 아름다움을 가졌어.

그 아름다움에 넋을 빼앗긴 듯 그녀의 눈에 황홀한 광채가 어렸다.

- 그는 커다란 검은 새를 타고 와서 선택받은 사람을 태우고 달의 연못에 내려놓는 거야. 맑은 연못에서 몸을 씻고 나면 달의 주민이 되어 고귀한 삶을 살게 되는 거야. 이제 내가 ··· 내가 선택될 차례가 되었어.

비밀을 고백하듯 말을 이어가는 그녀의 목소리가 내 안에서 거센 북소리처럼 둥 둥, 울렸다.

밤마다 그런 모습이 반복되었으므로 그녀를 치료하는 정신과를 찾았다. 의사는 한동안 이마를 찌푸리고 있더니 입을 열었다. 심각하군요. 이 추하고 고통스런 지상에서의 삶을 더 이상 살 수 없다는 뜻입니다. 연못에서 몸을 씻는다는 것은 정화의 의미이지요. 중요한 것은 신들의 세계에 자신이 선택받았다는 것입니다. 아주 위험할 수가 있습니다. 신화적인 상상력이 위험한 것은 신은 못할 바가 없지 않다는 데에 있습니다.

정신이 어찔했다. 원래 몽상적인 편이어서 그러려니 했었는데 만일 나무판자로 잇댄 낡은 베란다가 내려앉기라도 한다면, 혹시 그녀가 베란다 아래로 몸을 던진다면······.

나는 장인과 상의를 했다. 경주에서 올라온 장인은 꺼질 듯 한 숨을 쉬며 말했다. 좀 더 신중하게 생각해 보세. 아이를 낳아 유전자 검사를 하는 방법도 있지 않은가. 혜원이는 당분간 내가 데리고 있겠네.

장인이 그녀를 경주로 데려가고 보름이 지날 무렵, 장인이 한 번 다녀가게, 하고 전화가 왔다. 안채로 가서 그녀의 방문 앞에 섰을 때 그녀어머니의 목소리가 들렸다. 이 못난 것아, 그런 일은 혼자 가슴에 묻고 있어야 되는 법이라고, 무덤까지 갖고 가야 한다고, 그렇게 다짐을 하고 또 했는데 이 일을 어찌해야 한단 말이냐. 그녀의 울음소리와 그녀의 등판을 두드리는 듯한 소리가 들렸다. 나는 뒷걸음질 쳐 병원으로 들어갔다.

장인은 좀 걸을 텐가? 하며 남산 쪽으로 걸음을 옮겼다. 골짜기와 계곡을 거쳐 바위에 새겨진 불상들과 절터의 탑을 지나면서도 장인은 좀처럼 입을 열지 않았다.

장인이 걸음을 멈춘 곳은 바위에 새겨진 비천상 앞이었다. 꽃을 뿌리는 모습으로, 또는 합장한 모습으로 본존여래를 향해 날아오고 있었다.

- 요즈음 나는 매일 이 산자락들을 헤매고 다녔네. 그러다 기운이 다하면 주저앉아 이 비천상을 바라보곤 했다네. 혜원이가 어렸을 때는 늘 같이 왔었지. 그 앤 이곳을 유난히 좋아했다네. 선녀들이 꽃을 들고 자기에게 내려오는 것 같다고 말일세.

풍성하게 돋을새김한 비천상의 옷자락이 하늘 위로 길게 나부끼고 있어 빠른 속도감이 느껴졌다. 살포시 땅 위로 내려와 설 것 같았다.

- 화가 끓어올라 불상 앞에 종주먹을 대며 내가 무슨 죄를 지

어 이런 횡액을 당하느냐고 묻고 또 물었네. 그러다 생각했네. 나도 자네도 전생의 죄업을 풀기 위해 이런 고통을 받는다는 것을 말일세.

긴 한숨을 몰아쉬는 장인의 주름진 이마에 땀이 배어있었다.

나는 전생의 죄업이라니요? 그게 말이나 되는 소리입니까? 라고 말하려다 입을 다물었다.

장인은 내 손을 꽉 움켜쥐며 말했다.

- 여보게, 그 애를 살려주게. 그 애를 죽이고 살리고는 자네 손에 달렸네.

장인은 핏발 선 눈으로 내 눈을 깊숙이 쏘아보았다. 저절로 눈이 내려떠지고 몸이 움츠러들었다. 제가 어떻게 견딥니까? 아버님, 저에게 굴레를 씌우려고 하지 마십시오. 그런 외침이 터져 나오려는 것을 간신히 삼키며 장인에게서 손을 빼냈다.

- 제 의지대로 되는 것이 아니잖습니까?

- 그래도 생명이 아닌가?

생명이라고요? 그것은 생명이 아니라 순간순간 맹렬한 속도로 번식하는 종양 덩어리예요. 설마 그 아이를 낳아 잘 키우라는 말씀은 아니겠지요. 그렇게 생각하며 나는 장인의 눈을 뚫어지게 바라보았다.

- 만약 자네 아이가 아니라면 사람을 하나 구해서 내가 데리고 살겠네. 다행히 혼자된 친척누님이 있네.

- 아이는 안 됩니다.

나는 단호하게 말했다. 평생 그 아이를 보고 살라니… 나를 지옥 속을 헤매며 살라는 말인가, 하고 은근히 화가 치밀었다. 한동안 눈을 감고 미동도 하지 않은 채 앉아 있던 장인이 입을 열었다.

- 그 애는 점점 정신을 놓고 있네. 밤이면 감포 바닷가까지 갔다 오고서도 아침이면 기억하지 못한다네. 나는 밤이 오면 어둠 속에 앉아 그 애 곁을 지켜야 하네. 어제 내가 잠깐 눈을 붙인 겨를에 그 애를 놓쳤지. 택시에서 내려 언덕을 내려가니 벌써 바닷물이 허리까지 왔더구만. 발이 푹푹 빠지는 모래밭을 엎어지듯 가 그 애를 데려왔네.

장인의 목소리가 거센 물굽이처럼 가슴을 쳤다. 장인의 눈에 물기가 어리더니 더는 말이 없다. 어느새 해가 지고 있었던지 땅거미가 내려앉아 숲과 비천상들이 어둠에 잠겨 들었다. 장인은 오랜 세월에 풍화되어 흐릿해진 돌 속의 부처처럼 말없이 앉아 있었다. 몸에 스치는 바람이 찼다. 장인에게서 더 무슨 말이 나올지 두려워 나는 슬그머니 몸을 일으키며 말을 건넸다.

- 아버님, 바람이 찹니다. 내려가시지요.

장인은 못 들은 척 기척이 없더니 나를 올려다보며 가래 끓는 소리를 냈다.

- 제 몸에 깃든 생명을 없앤다면 그 죄의식은 그 일을 당한 것

보다 더 한 고통을 줄 걸세. 그 애가 얼마나 연약하고 순결한 영혼을 가졌는지 자네도 알지 않는가. 여자는 아이를 품에 안으면 고통을 지울 수 있는 힘을 가지게 마련일세.

나는 검은 구름이 풀풀 날리고 있는 하늘을 바라보며 저는 못합니다. 그 아이를 평생 제 눈으로 보면서 살 수는 없어요, 라는 말을 겨우 삼켰다. 그날, 나는 장인과 남산을 내려와 그녀를 만나지 않고 바로 서울로 돌아왔다. 장인도 굳이 나를 잡지 않았다.

누군가 내 팔을 조심스레 건드리는 기척에 깊은 바닷속에서 수면 위로 떠오르는 사람처럼 허우적거리며 간신히 정신을 차렸다. 누군가 연기가 피어오르는 향을 건네주었다. 나는 향을 들고 사람들을 따라 그녀의 주위를 한 바퀴 돌았다. 진한 향냄새 때문에 속이 메슥거렸다. 수의를 갈아입힌 그녀를 엷은 옥색의 명주천으로 덮었다. 입관은 순조롭게 끝났다. 나는 걸음을 빨리하여 정원으로 걸어 나왔다. 정원 한구석에 있는 농구대가 흐린 불빛 아래 보였다. 그 아래의 어둠 속에 연못이 있다.

연못은 흐리고 탁한 물에 고작 몇 마리의 물고기들이 물풀들 사이를 흐느적거리는 어른 키보다 얕은 곳이었다. 여름이 되어 흰 가시연꽃이 피어서야 사람들의 발길이 머무는 곳. 개구리들이 연잎 위를 옮겨 다닐 때마다 물방울이 튀어 오르고 소금쟁이들이 수면 위에 선을 그으며 물풀 사이를 가로질러 가던 연못.

나는 담배에 불을 붙였다. 오렌지빛의 불꽃이 화르르 스러지고 흰 연기가 죽은 사람의 육신을 빠져나온 혼백처럼 흩어져 사라졌다. 흰 가시연꽃이 드문드문 핀 연못 가장자리의 물풀 속에 떠 있는 그녀의 모습이 눈에 어른거렸다.

서울 집으로 돌아온 후, 야학을 끝내고 집으로 돌아와 캄캄한 창문을 바라보고 서 있을 때면 그녀가 그립고 애처로워 가슴이 미어지는 것 같았다. 어떻게 견디고 있을까. 동료들이나 선배들과의 열띤 토론에도 가슴이 뜨거워지지 않았고 그들과 막걸릿잔을 기울이는 것도 점점 괴로워졌다. 경주에서 그녀를 데리고 와야지, 하는 생각을 하면서도 그녀에게 전화를 하지 못했다. 그녀와 얼굴을 맞대고 밥을 먹고 그녀의 숨소리를 들으며 잠을 자야 하는 것이 도저히 견딜 수 없어서였다. 더욱이 그녀의 배는 하루하루 불러올 것이 아닌가, 생각만 해도 끔찍했다. 시간이 갈수록 밤마다 폭음을 하고 악몽을 꾸다가 식은땀을 흘리며 깨어났다.

밑반찬을 가지고 올라온 어머니가 꺼질 듯 한숨을 내쉬며 건우야, 너 이러다가 큰일 나겠구나, 하며 끌고 간 곳은 외숙이 양조장을 하고 있는 부안이었다. 나는 하루 종일 무거운 술통을 나르고 시내 곳곳에 배달하는 일을 했고 밤이면 일꾼들과 막걸리를 들이켜고 쓰러져 잠이 들었다. 잠결에 그녀가 나를 부르는 듯한 소리에 잠이 깨면 술을 배달하던 자전거를 타고 바닷가로 달렸다.

검게 출렁이는 바다가 보이면 가슴의 불길이 잦아드는 것 같았다. 소나무 숲속에 자전거를 세워놓고 옷을 벗어 던진 뒤 바닷물로 뛰어들었다. 물살을 가르며 헤엄을 치다 숨이 차면 모래밭으로 올라와 누웠다, 달빛이 스러져가고 별들이 빛을 잃어 가면 다시 옷을 주워 입고 돌아오는 나날이 이어졌다.

늦여름의 어느 날, 밤이 이슥해서 그녀에게서 전화가 왔다. 전화는 물속에서 말하는 것처럼 웅웅 거렸다.

- 건우야, 돌아와 줄 수는 없어?

- …… .

- 나 … 나 무서워 견딜 수가 없어.

무섭다는 말을 듣자 그녀의 출산예정일이 몇 달 남지 않았다는 생각이 떠올랐다. 배가 불러왔을 그녀를 생각하자 가슴 속으로 칼이 깊숙이 찔러오는 듯한 통증을 느꼈다.

- 듣고 있어?

- 응.

- 당신을 …… .

그녀가 뚝 말을 멈추었다. 나를 영원히 사랑한다고 말하려고 했을까. 그녀의 가쁜 숨소리가 귓속을 울렸다.

나도 사랑했어. 알고 있니? 그래서 널 떠날 수밖에 없는 것을. 그런 말들이 입속에서 맴돌았다.

- 당신… 난 당신이 전부야. 돌아와 줘.

그녀가 절규했다. 나는 전화기를 내려놓았다. 그녀가 외치던 목소리의 파장이 온 몸속을 휘저었다. 토우를 만들면서 그녀가 했던 말이 귀에서 맴돌았다. 우리 결혼은 신성하고 영원한 거야. 이 흙 속에 깃든 헤아릴 수 없이 많은 혼들이 중인이 되었어. 몸을 부르르 떨다 자전거를 타고 바다로 달리기 시작했다. 바닷가가 가까워질수록 안개가 짙어졌다. 지척을 분간하기 힘든 지독한 안개가 내려 덮이고 있었다. 자전거에서 내려 휘청거리는 몸을 가누며 바다를 향해 걸었다. 얼마나 걸었을까. 파도 소리가 들리고 검은 소나무 숲이 흔들리는 것이 보였다. 모래밭에 푹푹 꺼지는 발을 옮겨가자 눈앞에 칠흑 같은 바다가 꿈틀거리고 있었다. 나는 목이 터져라 고함을 질렀다. 영원! 영원히라고? 거짓말 말아. 그러자 소리의 반향이 안개 속을 퍼져갔다. 소리가 사라진 뒤에도 안개 속 어딘가에서 낮게 주문을 읊조리는 듯한 불길한 음향이 몸에 감기는 듯했다. 홀연히 바다 저편에서 새파란 불길이 일렁이는 그녀의 눈이 떠올랐다. 난 저주받았어. 무서워, 무서워 견딜 수 없어, 하는 그녀의 말이 귓속을 울렸다. 나는 그녀의 이름을 외쳐 부르다 모래밭을 뒹굴며 목 놓아 울었다.

여름이 끝나고 바람이 제법 차가워질 무렵, 나는 징집영장을 받았다. 그녀를 보러 가는 것을 계속 미루다 떠나기 입대하기 며칠 전이 되어서야 경주로 내려갔다. 나는 곧장 장인의 집을 들어

가지 못한 채 담장 밖을 오가며 날이 어두워지기를 기다렸다. 집은 사람 기척이 없이 무덤 속처럼 고요했다. 해가 지고 정원에 외등이 켜지자 나는 벨을 눌렀다. 그녀의 배는 이미 붕긋하게 불러 있었다. 내 시선이 자신의 배에 멎어 있는 것을 본 그녀는 하얗게 질린 얼굴로 쓰러질 듯 몸을 벽에 기대고 서 있다가 방으로 들어가 문을 닫았다. 그녀어머니는 몸져누워 있다가 이불을 젖히고 일어나 내 손을 잡았다. 손이 불덩이처럼 뜨거웠다.

－부탁이네. 저 가여운 것을… 자네가 마음을 내려놓으면 안 되겠나, 응?

열에 들떠 붉어진 눈이 내 얼굴을 안타깝게 올려다보았다.

－어머니, 저도 그러고 싶습니다. 그런데 그 마음이… 안 버려집니다.

고개를 숙인 채 아무 대답도 하지 않자 그녀어머니의 손이 힘없이 풀어졌다. 가슴께의 옷자락을 움켜쥐고 숨을 몰아쉬던 그녀어머니의 몸이 풀썩 이불 위로 쓰러졌다.

장인은 움푹 꺼진 눈언저리에 얼룩처럼 검은 그늘이 져 있었다. 입대영장을 받았다는 내 이야기를 잠자코 듣던 장인이 휴우 한숨을 토해냈다. 그런가, 어쩌면 잘된 일인지도 모르겠네. 반년 후면 휴가를 나오는가? 아마 그렇게 될 겁니다. 장인의 눈에 희미한 빛이 돋아났다. 그래, 그때쯤이면 그 애도 몸을 좀 추스르게 되겠지. 장인이 무릎걸음으로 다가와 내 손을 더듬어 잡았다. 그

애를 버리지 말아 주게. 자네만 믿겠네, 하며 오랫동안 내 손을 놓지 않았다.

입대하고 한 달 뒤, 나는 장인으로부터 편지를 받았다. 그녀가 예정일이 가까워질수록 발작이 심해져서 정신병원에 입원을 시켰고 아이는 사산되었다고 했다. 중대장의 허락을 받아 전화를 했다. 어쩌겠는가, 모두 운명인 것을. 장인의 목소리는 모든 것을 체념한 듯 가라앉아 있었다.

휴가를 나오자마자 나는 병원을 찾아갔다. 그녀의 병실 문을 열었을 때, 자 한 번만 더 먹자. 옳지, 하며 무언가를 먹이려고 딸을 달래는 장인의 나직한 목소리가 들렸다. 으으 시 싫어, 아 안 먹어. 숨을 헐떡이며 그녀가 말했다. 나는 들고 간 과일 꾸러미를 병실 문 앞에 놓고 벽에 기대어 섰다. 아, 애야, 혜원아. 안타깝게 딸을 부르는 그의 목소리와 놔, 놓으란 말이야 아악, 하는 비명이 들리면서 쨍그랑 그릇들이 바닥에 떨어지는 소리가 났다. 나는 황급히 병실 안으로 들어갔다. 침대 밑, 한구석에 울어서 눈이 벌겋게 부풀어 오른 그녀의 옷에 된장국물이 묻은 얼룩이 있고 취나물 볶은 것과 명란젓을 넣은 계란찜이 범벅이 되어 바닥에 쏟아져 있다. 나는 무릎을 굽히고 음식을 스텐 쟁반에 쓸어 담았다. 그때 나는 보았다. 나를 향해 쳐든 그의 부들부들 떨리는 손이 꽉 움켜졌다가 스르르 펴지는 것을.

내가 제대를 할 무렵 그녀어머니가 세상을 떴다. 복학을 하고 얼마 지나지 않아 베를린 장벽이 무너지고 소비에트와 동유럽 사회주의 국가들이 잇따라 붕괴되었다. 경주 근교의 정신병원을 오가며 대학을 마친 후, 나는 중소기업에 취직을 했다.

그녀를 만나기 위해 주말마다 새벽 기차를 타는 일이 아홉 해를 넘길 즈음, 회사에 급한 일이 생겨 출장을 간다거나 심지어 가벼운 교통사고가 생기기를 기다리는 나를 발견했다. 무언가 핑계를 생각하고 면회를 가지 않을 때면 낮술을 퍼마시고 저녁 내내 잠을 잤다.

그해 늦가을의 일요일, 그녀 옆의 간이침대에서 밤을 보내고 새벽녘에 나는 담배를 피우려고 밖으로 나왔다. 정원에는 밤이슬에 젖은 축축한 낙엽의 냄새가 났다. 늦가을의 냉기에 몸이 오싹하고 떨렸다. 담배를 피워 물었을 때 어둠 속에서 장인의 목소리가 들렸다.

- 이제 그만 둬라.

나는 소리 나는 방향으로 몸을 돌렸다. 허리를 굽혀 자신의 발밑을 바라보는 자세로 나무 벤치에 앉아 있는 그가 보였다. 미동도 하지 않는 모습에서 그가 오랜 시간 전부터, 어쩌면 그곳에서 밤을 새웠을지도 모른다는 생각이 들었다.

- 어쩌겠느냐. 너도 제 모양새를 갖추고 살아야지.

신음처럼 낮은 목소리였다. 그 말을 듣는 순간은 가슴이 저미는 듯 아파왔지만 그녀가 살았던 집의 캄캄한 창문을 바라보다 하숙집으로 발걸음을 돌릴 때마다 이제 그만 둬라, 라는 말은 노래의 후렴처럼 되뇌어졌다.

그녀에게 면회를 가는 기간이 점점 멀어지는 것과 반대로 술의 양은 점점 많아졌다. 나는 결국 만성간염 진단을 받고 회사를 휴직했다.

병원에서 처방받은 약을 입속에 털어 넣으면서도 나는 술을 끊지 못했다. 술에 취하면 그녀가 있는 병원으로 가는 기차를 탔고 기차 안에서 술이 깨면 낯선 기차역에 내려 역방향으로 다시 기차를 갈아타곤 했다. 의사가 마지막 경고를 했다. 지금 요양병원에 입원부터 하세요. 술, 담배를 당장 끊어야 삽니다. 간경화로 진행되는 건 시간문제입니다.

나는 생각 끝에 짐을 꾸려 강진으로 떠났다. 선배가 그곳 산골짜기에 오름가마를 갖고 있는 친지를 소개해 주었기 때문이었다. 오래전부터 흙을 만지고 싶었고 소나무의 향기를 흠뻑 들이마시면서 아궁이에 불을 지피고 싶었다.

나는 미친 듯이 일에 매달려 하루 종일 흙을 치고 이기며 물레질을 하고 장작을 팼다. 몇 년이 흐르는 동안, 도끼를 어깨 위로 들어 나무기둥 한가운데를 조준할 때마다 벼린 도끼날이 놈들의 정수리를 내리치는 것 같은 느낌에 씨근덕거려지던 숨소리도 잦아 들어갔다. 어렴풋한 잠 속에서 이놈아, 마음 한 번 고쳐

먹는 것이 산목숨보다 더 소중했단 말이냐, 그 애를 산송장으로 만들어 놓고도 잠이 온단 말이냐? 이를 악문 것 같은 그녀어머니의 말이 이마를 후려치는 것 같아 소스라쳐 잠에서 깨어나던 것도 뜸해졌고, 어째서 죽게 내버려 두었단 말이냐. 너라면… 너라면 살릴 수 있었을 것 아니냐, 하는 친구 어머니의 울부짖음도 희미해져 갔다.

개구리들이 연잎을 옮겨 다니는 것일까. 연잎이 희미하게 흔들렸다. 내일 아침이면 그녀의 시신이 타오르는 불길 속에 던져지는 것을 지켜볼 일이 점점 견딜 수가 없었다. 호주머니에 손을 넣어 담뱃갑을 꺼냈지만 한 개비도 남아 있지 않았다. 참을 수 없는 갈증처럼 담배가 피우고 싶었다. 한동안 빈 담뱃갑을 쥐고 서 있다가 매점 쪽으로 걸어갔다. 복도 모퉁이에 여자 휴게실이라고 쓰인 팻말이 보는 순간 연도를 올리고 있다는 원무과 직원의 말이 생각났다. 나는 손잡이를 천천히 잡아당겨 보았다. 나지막한 목소리가 울렸다. 등을 돌리고 앉은 여인이 연도를 올리고 있었다.

서너 평이 될까 말까 한 작은 방이었다. 중앙에 흰 테이블보를 간 탁자 위에 그녀의 사진과 흰 국화꽃 몇 송이가 놓여 있었다. 나는 검은 테 속의 사진을 자세히 보려고 다가섰다. 내 기척을 느꼈는지 여인이 돌아보았다. 예순이 넘어 보이는 여인이 나를 유심히 바라보았다. 나는 약간 고개를 숙여 보인 후, 향을 사르고 그녀의 얼굴을 들여다보았다. 긴 생머리를 늘어뜨린 그녀가 먼 곳을 바라보는 듯한 표정으로 미소를 띠고 있었다.

- 혹시 김건우 씨 아니오?

- 네?

- 맞아, 틀림없어. 그 서울 양반이 맞아. 혜원이를 담당하던 간호원이오.

여인이 내 손을 꽉 움켜잡았다. 주름지고 둥근 얼굴, 후덕해 보이는 할머니의 얼굴 위에 내가 마지막으로 면회를 갔던 날, 그녀에게 약을 먹이려고 땀을 비 오듯이 흘리던 중년 여인이 서서히 겹쳐졌다. 휴우 길게 내쉬는 여인의 한숨 끝에 정적이 흘렀다. 그 정적 속에서 여인이 나에게 들려주고 싶은 이야기들을, 그 말 없는 비난을 읽었다.

나는 마음을 다잡고 여인의 손에서 내 손을 빼냈다.

- 그동안 돌보아 주셔서 감사합니다. 그럼 이만 가보겠습니다.

내 등 뒤에서 여인의 나지막하지만 단호한 목소리가 울렸다.

- 버렸다고 어디 버려지던가요? 산 사람 마음이 그렇게 간단하던가 말이오. 정신병자도 제 명줄을 놓을 때까지 움켜쥐고 있는 법인데.

무슨 말을 하고 싶은 것일까, 그렇게 생각하며 나는 여인에게 몸을 돌렸다.

- 흙으로 빚은 그 인형 말이오. 토우라고 하던가. 검사를 하려

고 남자 간호사가 연희를 침대에 묶으려고 했지요. 그러다 그만 토우가 바닥에 떨어져 머리에 두른 띠가 깨어지고 띠 가운데 붙은 팥알만 한 흙 조각도 떨어지고 말았어요. 그러자 혜원이가 안 돼. 해가 떨어졌어. 아, 그이가 위험해, 하고 울부짖으며 남자 간호사의 어깨를 물어뜯어 난리가 났었소. 죽을 무렵에는 밥을 못 먹어 거의 유동식을 먹었어요. 토우를 손에 꼭 쥐고 하루 종일 침대 밑에서 웅크리고 앉아 있었소. 숨을 거둘 때도 손에 움켜쥐고 있어서 내가 가까스로… 식어가는 손을 펴서 그걸 꺼냈다오.

목이 메었다. 흐릿해진 영혼의 그 깊은 어딘가에서 그녀는 소리쳐 나를 부르고 있었던 것일까.

나는 여인에게 인사를 하고 나와 사무실로 갔다. 저 장의사 일을 하시는 분의 전화를 알려 주십시오. 그리고 저 … 아까 화장할 때 넣어 달라고 했던 토우를 도로 주시겠습니까? 직원이 떨떠름한 얼굴로 캐비닛에서 토우를 꺼내 내밀었다.

나는 장의사에게 전화를 했다. 그녀를 납골당에 안치하는 것을 취소한다고 말하고 화장장에서 골분을 함에 넣어 달라고 말했다. 그녀어머니의 묘소를 갔던 길이 어렴풋했지만 다시 찾을 수 있을 것이다.

나는 토우를 손에 쥐고 정원으로 걸어 나와 연못을 향했다. 물 위에 닿을 듯 길게 늘어뜨려 진 버드나무가 외등의 불빛에 흔들렸다. 어둠 속에서 푸른 리본이 달린 모자를 쓰고 걸어가던 어린 그녀가, 흰 팔이 건반 위를 나래 짓 하듯 움직이던 모습이 떠올랐다. 그녀를 만나기 위해 몸을 떨며 계림과 성벽들을 오르내리던 일이, 첫 밤을 보낸 다음 날, 눈을 떠 잠든 그녀를 보았을 때의 행복감이, 토우를 만들던 날의 숙명적인 느낌이 가슴으로 밀려왔다.

나는 그녀의 몸이 누워 있는 병원 건물을 바라보았다. 어둠 속에 잠긴 병원 건물은 거대한 난파선처럼 보였다. 일정한 간격으로 난 어두운 창문마다에는 헐떡이는 숨결들이 새어 나오는 듯했다. 지상에서의 삶이 괴이한 악몽으로 가득 차 그들의 영혼을 무겁게 누르고 있으리라. 그리고 언젠가는 하나둘씩 깊은 바닷속으로 빨려 들어가 지친 몸을 누일 것이다.

찬바람이 몸속 깊이 스며들었다. 또 한 차례 세찬 바람이 무언가를 부수어 버릴 듯 불어왔다. 골짜기로 불어온 바람이 소나무 숲을 빠져나가지 못하고 웅웅 거리며 숲을 뒤흔들고 있었다.

바람은 세계의 어두운 지역을 거치면서 수많은 사람의 죽음과 탄식을 거두어 머물 곳 없이 또 끝없이 헤매게 되겠지.

나는 어둠에 잠긴 숲과 골짜기를 바라보다 토우를 호주머니에 넣고 일어섰다. 알아보면 잠깐이라도 잠들 수 있는 곳을 찾을 수 있으리라.

흰 이마

- 이 나무 아래 묻을 작정이다.

아버지가 참나무 기둥을 쓰다듬으며 말했다. 어머니가 죽음을 선택하기 위해 몸을 기댄 나무는 수령이 몇십 년도 되지 않아 보이는 참나무였다. 어머니가 나무기둥에 기댄 채 숨져 있었다는 아버지의 전화를 받았을 때 눈앞에 떠오른 것은 신목神木처럼 잎이 무성한 아름드리나무 밑에 어머니가 반듯이 앉아 있는 모습이었다. 여덟 살의 딸과 남편을 두고 도道를 얻기 위해 머리를 깎고 수행의 길로 들어선 어머니의 마지막 모습이 그 정도의 위엄은 갖추어야 한다고 생각했기 때문일 것이다.

아버지가 어머니의 시신을 발견한 것은 이른 아침이었다. 빛무리가 네 어머니 주변을 에워싸고 있었지. 이 세상의 빛이 아닌 것 같아서 나도 모르게 무릎을 꿇었단다. 아버지는 그윽한 눈빛

으로 그렇게 속삭였다. 환한 빛을 본 것은 아버지의 마음이 빚어
낸 환영일 것이다. 매몰차게 어린 딸과 남편을 버리고 떠났던 어
머니의 마지막 모습이 아버지에게는 왜 그토록 평화스럽게 느껴
진 것일까.

아버지가 나무 막대로 참나무를 중심으로 해서 일 미터쯤에
둥글게 선을 그었다. 테두리를 훑어보던 아버지가 고개를 끄덕
였다. 남편이 테두리의 땅에 삽날을 박자 삽날이 튀어 올랐다.

- 뿌리를 다치지 않게 조심하게.

아버지는 삽날을 조심스럽게 넣어 한 삽 가득 흙을 퍼내며 남
편에게 당부했다. 메마르고 푸석한 땅은 깊이 파 내려갈수록 물
기가 있어 포실하고 부드러웠다. 남편이 흙을 퍼낸 곳에 아버지
는 손을 넣어 실뿌리가 없는지 만져 보았다. 누군가의 살결을 더
듬는 것처럼 아버지의 손길은 은밀하고 정성스러웠다. 자신을
버리고 떠난 아내의 시신을 거둔 사람의 회한은 기미조차 보이
지 않았다. 어머니는 무참해지지도 않았고 동정을 받지도 않았
으며 죽어서까지 아버지의 영혼을 움켜쥐고 있었다.

어쩌면 아버지는 어머니의 마지막 임종을 홀로 지키기 위해
나에게 전화를 늦게 하지 않았을까, 하는 의구심까지 들었다. 임
종이 되어서나마 돌아와 준 것에 감읍하는 아버지의 모습이 점
점 거북해졌다. 더욱이 아버지의 농원에 묻히는 것으로 살아생
전의 죄를 대속하려는 어머니의 속셈이 빤히 보여 화가 치밀어

올랐다.

어머니의 장례절차를 승가의 법도에 따라야 되지 않느냐고 묻는 아버지의 말에 혜명스님은 성聖과 속俗이 어디 따로 있겠습니까. 스님들께서 중생들에게 죽음을 여여如如하게 맞이하는 모습을 보여주려고 세속에서 열반하신 분도 있고 연緣에 따라 보살행을 하시기 위해 속가를 찾으실 때도 있습니다, 라고 말했다.

나는 끝내 입관을 할 때까지 어머니의 얼굴을 보지 않았다. 혜명스님은 그런 나를 한동안 착잡한 표정으로 바라보다 나직이 말했다.

- 스님께서 이 나무 밑에서 마지막 회향回向을 하신 것은 깊은 뜻이 있으실 것입니다.

깊은 뜻! 하, 헛웃음이 나오려는 입술을 나는 꽉 사려 물었다. 딸에게서 모든 것을 빼앗은 뒤 죽음에 이르러서야 비로소 깊은 뜻을 행사하려고 하는 어머니가 가소로웠다. 내 불행과 재앙은 모두 어머니로부터 비롯된 것이 아닌가.

밤이 이슥할 때까지 나무 등걸에 앉아 담배 연기를 뿜어내는 아버지의 적막한 뒷모습을 볼 때마다 어머니에 대한 미움이 점점 더 커졌다. 대학에 들어가던 해 아버지는 어머니가 절에 있다고 알려 주었다. 네 엄마가 절로 들어간 것은 모두 내 잘못이다. 네 엄마가 스스로 집을 나간 것이 아니라 내가 내쫓은 것이란다. 자세한 이야기는 네 엄마에게 듣는 것이 좋겠구나, 라고 말했지만 나는 아버지의 말을 믿지 않았다. 그것은 나를 어머니와 화해를 시키기 위한 말일 뿐이었다. 나는 어머니를 찾아가지 않았다.

떠나버린 여인을 못 잊어 척박한 땅처럼 메말라가는 아버지를 떠나고 싶어 일찌감치 남자에게 목을 맨 것이 나에게 일어난 모든 재난의 시작이었다. 남자와 사랑을 나누면서도 오래도록 쌓인 결핍감과 버림받는 것에 대한 두려움은 사라지지 않다. 끊임없이 남자의 애정을 확인하고 하찮은 것에도 과민하게 반응하는 것이 거듭되어 남자들을 뒷걸음치게 한 것도, 남자가 조금이라도 진력이 난 눈치를 보이면 자신이 먼저 이별을 통고해 버리는 조급함도 모두 어머니가 뿌린 씨앗이었다. 처음으로 결혼을 하고 싶었던 남자가 정색을 하고 너 정말 심각한 인격 장애야. 사이코의 경계선에서 왔다 갔다 한다는 걸 알아? 정신과 치료를 받아보는 것이 좋을 것 같아, 하고 결별을 통고했을 때 나는 임신 7주였다. 초음파 화면을 들여다보던 나에게 나이가 지긋한 여의사가 말했다. 늦었군요. 6주 정도면 약물로도 할 수 있었는데. 수술을 꼭 해야 할 이유라도 있나요? 이것 봐요. 태아는 이미 한 달 이상 심장이 뛰고 있잖아요. 화면 한가운데의 한 점을 향해 소용돌이치는 희미한 빛을 뚫어지게 바라보다 나는 좀 더 생각해 보고요, 하며 자리를 일어섰다. 그 작은 소용돌이는 응결하기 위해 분열을 거듭하는 생명체가 분명했다. 진료실의 문을 나오던 나는 벽에 붙은 태아의 사진에 눈이 멎었다. 난자와 정자의 결합과 수정, 그리고 1개월에서 10개월에 이르기까지의 태아의 모습을 찍은 칼라사진이었다.

옆으로 웅크린 가녀린 물체, 말갛게 비치는 분홍빛 피부, 몸의 절반 이상을 차지한 둥근 머리와 숙인 이마, 허공으로 쳐든 다섯 개의 손가락과 발. 맥박이 뛰고 숨이 막혔지만 눈을 뗄 수가 없었다. 그 투명한 물갈퀴 같은 손가락들이 펼쳐지면서 나를 향해 흔들리는 듯했다. 나는 불길한 징표라도 되는 듯 사진을 쏘아보다 중얼거렸다. 아기야, 정말 미안해. 네가 태어나도 언젠가 너를 버리게 될 거야. 내게는 이기적이고 차가운 어머니의 피가 흐르고 있거든, 네가 나처럼 원하지 않는 굴레를 쓰고 살게 하고 싶지 않아. 나는 발걸음을 돌려 진료실로 들어가 시간을 예약했다.

수술을 하던 날은 아침부터 눈발이 날렸다. 며칠 몸을 따뜻하게 하고 푹 쉬셔야 해요. 누워계시다 마취가 완전히 깨면 가세요, 라는 간호원의 말을 귓전으로 들으며 병원을 나왔다. 눈이 녹아 질척거리는 보도에 내려서자 기우뚱, 건물과 차와 사람들이 뒤엉겨 쓰러지는 것 같아 가로수 기둥을 잡으려다 주저앉고 말았다. 어떻게 택시를 잡고 기차표를 샀는지 꿈속처럼 어렴풋했다. 오한과 식은땀에 흠뻑 젖어 정신을 차렸을 때는 기차가 이미 대전을 지나고 있었다. 낯선 기차역에 내려 택시를 잡고 절 이름을 말하자 기사는 고개를 흔들었다. 주차장까지도 갈지 모르겠소. 내려서 한 삼십 분은 족히 걸어가야 할 거요. 쌓인 눈에 발이 푹푹 빠지며 나는 한 발짝, 한 발짝, 몸을 겨우 가누며 어머니의 절을 향해 걸었다. 이윽고 멀리 절의 건물이 보이자 눈물이 흘러내리기 시작했다.

어머니, 당신은 살아 있나요? 마취에서 깨어날 무렵 나는 꿈처럼 홀연히 제 얼굴을 쓰다듬는 당신의 따뜻한 손을 느끼고 눈을 떴어요. 웬일인지 나는 아이를 낳고 누워 있더군요. 그런데 당신은 아기를 안고 방을 나가고 있었어요. 등을 보인 당신의 옷이 칠흑처럼 검었어요. 나는 무릎걸음으로 방문을 열고 부엌 쪽을 바라보았어요. 어딘지 미역국 끓는 냄새도 나고 한약 달이는 냄새도 났거든요. 그런데 부엌에는 아무도 없더군요. 그런데 당신이 검은 옷자락으로 아기를 감싸 안고 창밖으로 날아가고 있었지요. 펄럭거리는 옷자락을 잡으려고 뛰어가다 깨어났어요.

어머니는 동안거冬安居 중이었다. 절 살림을 맡아보는 원주스님이 차를 권하며 말했다. 만나셔도 묵언을 하시니 말씀을 나눌 수도 없으실 겁니다. 수행에 전념하실 수 있도록 하시는 것이 연이 있는 우리들의 도리라고 생각합니다만, 저녁 예불 때 먼발치에서 보시고 날이 험하니 내일 떠나십시오.

나는 뜨거운 방에서 언 몸을 녹이며 예불시간을 기다렸다. 저녁 이내가 자욱하게 내려앉더니 어느새 사방이 먹빛으로 잠겨 들었다.

나는 스님들을 따라 법당문을 열고 안으로 들어섰다. 기억 속의 어머니의 얼굴은 검은색의 붓질이 지나간 초상화처럼 캄캄했으나 나는 스님들 속에서 어머니를 곧 찾아냈다. 희고 아름다운 이마에 드리워진 맑은 빛, 내리뜬 눈시울에 어린 고요함, 얇은 듯한 단정한 입매, 둥글게 그어진 턱의 선은 사진에서 본 어머니보다 선연히 아름다웠다. 깊은 정적이 한 겹 두 겹 겹겹이 내려앉았다. 향냄새만이 법당 안을 흐르고, 문이 닫혀있는데도 촛불이 일렁거렸다. 가만히 옆으로 고개를 돌려 어머니의 얼굴을 바라보았다. 어머니의 반듯한 이마는 촛불이 비치어 어둠 속에서 은은한 빛으로 떠올라 있었다. 어머니는 내가 알 수 없는 세계에 속해 있었다. 그 세계에 닿기 위해 어머니는 나와 아버지를 버린 것이다. 당신을 절대로 용서하지 않겠어, 하며 나는 두 손을 꽉 움켜쥐었다.

어머니에게 다녀온 후 나는 오래도록 어둠 속에서 불빛이 환히 새어나오는 빗살무늬의 창호지문을 바라보며 느꼈던 분노와 미움에서 헤어나지 못했다. 시간이 흐르면서 그런 감정은 점점 어머니에 대한 모멸로 바뀌어갔다. 당신은 내가 마음에 담아둘 가치조차 없는 사람이야. 당신이 나를 버렸듯이 나도 당신을 버릴 것이라고.

어머니를 버린 후, 나는 자신도 버리기 시작했다. 서너 명의 남자들을 갈아 치우고 땀에 젖은 남자의 허리를 끌어안으며 나는 보이지 않는 어머니를 노려보았다.

그런데 어머니, 이제 와서 무슨 깊은 뜻을 전하고 싶다는 건가요. 나는 삽으로 떠낸 흙 위에 어른거리는 나뭇잎 그림자를 망연히 바라보았다.

- 아버님. 요즈음은 수목장樹木葬을 많이 한답니다. 제 생각에도 그냥 자연의 법칙에 따르는 것이 가장 좋은 방법인 것 같습니다.

남편이 목에 둘렀던 수건을 빼서 얼굴을 닦으면서 말했다.

- 그래. 나무는 가장 인간의 모습을 닮았지.

나무뿌리 사이로 흙을 떠내 고랑을 만들며 아버지가 혼잣말처럼 말을 이었다.

- 다 온 곳으로 돌아가는구나. 불가에서는 온 곳도 간 곳도 없이 모두 환幻이라고 하더라만 사람은 죽어서 산 사람의 가슴에 묻혀 한 그루 나무가 되는 것 같구나. 네 어머니는 참 귀한 사람이었다.

아버지는 몸을 일으켜 손바닥으로 참나무의 기둥을 짚고 나를 지그시 바라보았다. 그 눈빛에는 화장장에서부터 불편한 마음을 감추지 못했던 나에 대한 나무람이 들어 있었다. 화장 가마 앞의 의자에 앉아 있는 내내 아버지는 자세를 바르게 해서 눈을 꾹 감고 있었다. 가끔 관자놀이에 핏줄이 돋고 감은 눈시울 속의 안구가 움직이는 것이 보였다.

스님 몇 분이 염주를 돌리면서 나직한 목소리로 '금강경'을 읽기 시작했다. 혜명스님은 소리죽여 울었다. 나는 혜명스님의 들썩이는 어깨와 파르라니 깎은 뒷머리를 망연히 바라보았다. 그것은 그녀가 어머니와 나누었던 기억이 불러온 몸짓일 것이다. 그러나 어머니의 체온과 몸의 향기를 기억하지 못하는 나는, 어머니의 뼈와 살과 내부의 여러 장기들이 맹렬히 타오르는 불길 속에서 한 줌의 가루로 사그라져간다는 사실이 그다지 고통스럽지 않았다. 한 마디 사죄의 말도 듣지 못한 것이 못내 억울했고 어머니의 가슴을 주먹으로 쾅쾅 두드리다가 목 놓아 울고 싶었던 소망마저 사라진 것에 허탈감이 몰려왔다.

 ─ 자 일어나자. 골분을 받아서 가자꾸나.

 아버지가 내 어깨를 살며시 흔들었다. 혜명스님이 가져온 백자 항아리에 어머니의 골분을 담았다. 나이가 지긋한 주지스님이 아버지에게 다가와서 말했다.

 ─ 저희 절에서 위패를 모시고 제사를 지내려고 합니다. 가시는 길에 잠깐 들리셔서 제례祭禮에 참석하시고 유품도 가져가시면 좋겠습니다만.

 아버지는 스님들을 향해 깊숙이 고개 숙여 합장을 했다. 제의가 끝나고 혜명스님의 안내로 어머니가 거처했던 방으로 안내받았다. 요사채 끝의 작은 구석방이었다. 어머니는 폐암 선고를 받고 나서 이 방으로 옮기기를 고집했다고 한다. 이승의 때垢 다 여위지 못했는데 스님의 예우를 받는 것이 부끄럽다, 고 늘 말씀하셨습니다. 정갈하고 따뜻한 분이셨어요. 혜명스님의 눈빛에는 어머니에 대한 그리움이 배어있었다. 혜명스님은 13년 동안 어머니를 시봉 했으니 내가 태어나 어머니 곁에서 보낸 세월보다 더 길게 함께 산 셈이다.

방에는 가사장삼이 두 벌 걸려있고 방 한 면을 가득 메운 서책들과 탁자 위에 써 놓은 붓글씨들이 보였다. 나는 일념불생一念不生 이라고 쓰여 있는 글씨를 물끄러미 바라보았다. 몇 글자에 불과한 그 뜻을 나는 알 수 없었다. 한 생각도 일어나지 말아야 한다는 것, 남편과 자식까지 버리고 떠나서도 어머니는 버리고 또 버릴 것이 그토록 많았다는 것일까. 아무래도 좋았다. 어머니는 세속적인 모든 것을 부정하는 삶을 살지 않았던가. 인간으로서 어머니는 스스로 만족한 삶을 살았으리라.

- 저희가 몇 장 간직해도 괜찮겠습니까?

아버지가 한지에 쓰인 글씨를 바라보며 말했다.

- 그럼요.

아버지가 붓글씨를 쓴 한지를 둥글게 말았다. 혜명스님이 서가에서 회색보자기를 찻상 위에 놓고 눈짓으로 나를 불렀다.

- 유품은 이것과 책뿐입니다. 이 다구茶具는 따님께서 쓰시면 좋을 것 같습니다. 늘 이 찻잔을 쓰셨어요.

혜명스님은 미련이 많은 듯 백자 찻잔을 한동안 만지작거렸다. 나는 창호지 문밖의 대나무 숲을 바라보며 생각했다. 어머니

는 저 대나무 숲과 청명한 햇살이 내려앉은 뜰을 바라보며 한가
로이 차 맛을 음미하고 있었을까.

- 저는 차를 마실 줄 모릅니다. 아끼시는 마음이 크시니 스님
께서 잘 간수하시면 어머니께서도 흡족하실 거예요.

혜명스님이 당황한 표정으로 나를 바라보았다.

- 스님, 주시면 저희가 잘 쓰겠습니다. 딸애도 차 맛을 알 수
있는 나이가 되어 가니까요.

아버지의 이마에 진땀이 배어 나오는 것이 보였다. 아버지는
힐난의 눈빛으로 나를 쏘아보았다. 한 번도 그런 눈빛을 한 적이
없지만 나는 아버지의 눈길을 피하지 않고 마주 보았다. 짧은 한
숨을 내쉬며 눈길을 피한 건 아버지였다.

- 아버님, 이 정도면 되지 않겠습니까?

말없이 삽질을 하던 남편이 둥글게 파낸 고랑을 둘러보며 말
했다. 아버지가 느긋하고 담담한 데 비해 남편은 어딘지 서두르
고 허둥대는 것 같았다. 하기는 한 번도 본적이 없는 장모의 골분
을 묻는 일이 쉬운 일은 아닐 것이다.

- 이제 얼추 된 것 같구먼.

아버지가 삽을 놓고 말했다. 남편이 골분이 든 항아리를 들고
와 나에게 내밀었다. 나는 고개를 저었다.

- 당신이 해줘요.

아버지와 남편이 항아리에 든 골분을 고랑에 뿌린 다음 고랑

을 메우고 그 위에 흙을 수북이 얹었다. 키만 우뚝 크고 몸피는 가는 참나무는 인간이 부여한 의미가 힘겨운 듯 앙상한 모습으로 바람 속에 가냘프게 떨고 있었다. 망연히 나무를 바라보고 서 있는 나에게 남편이 흰 장미와 백합을 섞어 만든 화관을 건네주었다. 나는 나무 아래 화관을 놓았다. 묵념을 하고 있는 아버지의 여윈 몸은 금방이라도 쓰러질 것처럼 위태로워 보였다.

*

아버지의 잠은 깊고 길었다. 어머니를 묻고 난 후 아버지는 탈진한 사람처럼 잠 속으로 빠져들었다. 늦은 오후의 빛 속에서 창밖의 목련나무 잎사귀가 방안에 가득히 그림자를 던지고 있었다. 바람이 느껴지지 않는데도 아버지의 잠든 얼굴에는 나뭇잎 그림자가 어른거렸다. 검은 테두리를 두른 듯한 눈언저리의 그늘, 이마와 코 밑에서 입술 끝에 이르는 굵게 패인 주름. 살비듬이 떨어질 것 같은 푸석한 살갗은 잎사귀가 던지는 그림자 때문에 죽은 사람처럼 흙빛으로 보이다가 얇은 피부막의 안쪽까지 말갛게 비쳐 보였다. 그 얼굴에는 뜨거운 햇빛과 휘몰아치는 찬바람 속에서 보낸 노역의 세월이 잔설처럼 덮여 있었다. 아버지가 밤낮 없이 일에 매달려 자신의 몸을 혹사하는 것이 어머니를 잊기 위한 몸부림이라는 것을 짐작하게 된 것은 실연의 아픔을 겪고 난 후, 사랑이라는 맹목적인 에너지의 위력을 뼈저리게 느겼을 때였다. 아버지가 왜 그렇게 악착같이 일을 하는지 몰랐던 만큼 배반감도 컸다. 아버지의 삶을 지탱하는 것은 자신보다 어머니에 대한 애정이 아닐까, 하는 의문과 함께 노여움이 점점 부풀어갔다. 토요일이 되어도 농원에 내려가지 않았고 방학이 되면 마지못해 내려갔다가 계절학기 강의를 듣는다는 핑계로 일찌감치 올라오곤 했다. 아버지가 컴퓨터로 메일을 보내기 시작한 것은 그때부터였다. 잘 지내고 있니? 끼니 거르지 말고 꼭 찾아 먹어라. 힘들어도 사 먹지 말고 만들어서 먹어라, 하던 아버지가 언제부턴가 농원의 여러 풍경들을 사진을 찍어 메일로 보내기 시작했다.

오이넝쿨 위에 앉은 흰 나비, 푸릇한 열매가 매달린 매실나무와 붉은빛이 어리기 시작한 자두나무, 거름더미 옆에 핀 주황빛 잇꽃과 접시꽃, 새벽빛에 잠긴 배추밭, 뒷산에 지천으로 핀 제비꽃, 바위틈에 고개를 내민 야생초들. 아버지가 균을 배양해서 모종을 낸 아스파라가스, 양상추, 파프리카의 연둣빛 잎들. 덕분에 절기마다 펼쳐있는 농원의 정경을 보며 아버지에 대한 노여움을 눌렀다. 아버지는 이십육 년 동안 몸을 돌보지 않고 농원 일에 매달려 살았다. 아버지는 학구적인 사람이고 늘 노력하는 타입이어서 세균을 배양해가며 품종을 개량하고 재배에 필요한 기술을 개발해 나갔다. 부근에서 유기농작물과 버섯을 재배하는 사람들이 직접 찾아와 배우기도 하고 서로 메일을 주고받으며 의견을

교환했다. 그러나 어머니의 죽음으로 아버지는 겨우 얻은 마음의 평정을 잃어버린 것 같았다. 나는 한숨을 내쉬며 아버지의 어깨를 살며시 흔들었다.

- 아버지, 일어나셔서 죽이라도 좀 드셔야 해요.

아버지가 갑자기 몸을 뒤틀며 윽윽 하는 신음소리를 냈다. 감은 눈꺼풀 속의 안구가 심하게 움직이더니 두 손을 허우적거리며 말했다. 날 용서해 주오. 가지 마. 제발 가지 마오. 어머니와 함께했던 어느 순간이 아버지의 머릿속을 헤집는 것일까. 아버지의 손을 잡자마자 식은땀이 밴 축축하고 서늘한 손이 내 손을 꽉 움켜쥐었다. 이윽고 아버지의 손에서 스르르 힘이 풀려나고 헐떡이던 가쁜 숨소리가 잦아들면서 정적이 내려앉았다. 용서해 주오. 가지 마오, 가지마. 방안을 떠돌고 있던 아버지의 목소리가 세찬 물굽이처럼 내 정수리에 부딪쳐 왔다.

기억 속의 어머니는 두렵고 무서운 존재였다. 얼굴은 어둠에 가린 듯했고 목소리도 한 번도 들은 적이 없었던 것처럼 느껴졌다. 기억해 보려고 애를 쓰면 아지랑이처럼 아른거리다가 어머니를 마지막으로 본 모습이 검은 장막처럼 내리 덮이곤 했다. 어머니는 아버지의 방 앞에 서 있었다. 땀에 젖은 머리카락은 헝클어져 있고 블라우스의 윗단추가 풀어져 쇄골과 젖가슴이 훤히 드러나 있었다. 석고처럼 새하얀 얼굴과 핏줄이 돋아난 붉은 눈자위가 어린 마음에도 섬뜩했다. 어머니의 손에 든 주사기가 햇빛 속에서 반짝거렸다. 어머니가 주사기를 드는 날마다 아버지의 비명이 온 집안을 뒤흔들었다. 저 주사기에는 사람을 미치게하는 약이 들어 있을까. 어머니는 아버지를 죽이려 하고 있어. 언젠가 어머니는 저 주사기로 나도 찌르겠지. 주사기가 광선검처럼 쏜살같이 나를 향해 날아드는 것 같아 온몸이 얼어붙는 것같았다.

기억은 실타래처럼 풀려 어두운 방 안을 휘저었다. 여덟 살이 되던 해의 미술시간이었다. 수채화물감이 새로 산 원피스에 쏟아져 훌쩍이며 집으로 왔었다. 전날 밤에도 아버지는 밤늦게까지 술을 마셨다. 잠결에 무슨 소리엔가 잠이 깬 문을 열자 어머니가 허리를 굽히고 깨진 유리조각을 줍고 있었다. 엉거주춤 문을 열고 서서 나는 어머니의 손에서 흐르는 피가 마룻바닥에 점점이 떨어지는 것을 바라보았다. 붉은 핏방울과 불빛에 비쳐 반짝이는 유리조각이 순식간에 튀어 올라 몸에 박히는 듯해 나는 울음을 터트리며 어머니에게로 달려갔다. 안돼, 현주야 오지 마. 어머니가 벌떡 몸을 일으키는 순간 어머니가 나지막하게 아아, 하고 비명을 질렀다. 어머니의 새끼발가락에서 피가 흘러나왔다. 그날 밤 늦게 아버지를 찾아온 외삼촌이 벌겋게 달아오른 얼굴로 이게 어디 사람이 할 짓인가. 도저히 용납할 수 없는 일이야. 한 번만 더 이런 일이 벌어지면 절대로 용서하지 않겠네, 라고 언성을 높이던 광경이 어렴풋이 떠올랐다.

나는 울고 있었던 것일까. 팔뚝에 느껴지는 서늘한 감촉에 나는 가까스로 정신을 차렸다. 왜 나에게는 주사기를 들고 아버지의 서재 앞에 서 있는 어머니의 모습만 각인되어 있었을까. 온몸이 물에 젖은 솜처럼 무거워 아버지의 손에서 내 손을 빼냈다. 아버지의 손이 바닥에 툭 떨어졌다. 그 서슬에 아버지가 몸을 뒤척이더니 눈을 떴다.

- 벌써 어두워졌구나. 내가 잠이 든 모양이다.

아버지의 목소리는 꿈속을 헤매던 사람답지 않게 또렷했다. 그 목소리가 낯설어 가슴속에서 무언가가 후드득 떨어져 내렸다.

- 무얼 좀 드시고 주무세요.

- 생각이 없구나.

따뜻한 국이라도 마시라는 말을 하고 나는 자리에서 일어섰다.

저녁 식탁에서 아버지는 출근하는 사람 혼자 있게 하지 말고 내일 올라가 보거라, 라고 했다. 아버지는 사위를 아꼈다. 삼십이 다 되어 중매로 만난 남편과 결혼을 망설일 때도 사람이 진중하고 변함이 없겠더라. 애비는 아주 흡족하다만 너는 어떠냐? 하며 조바심을 냈었다. 나와 남편의 서걱거리는 결혼생활 때문에 아버지는 늘 노심초사하며 사위의 눈치를 보았다. 한 서방이 며칠 더 있으라고 했어요. 요즈음은 회사식당에서 아침을 먹을 수도 있대요, 하며 나는 묽게 끓인 잣죽을 아버지 앞에 놓았다. 아버지는 마지못해 고개를 끄덕이더니 반도 뜨지 않은 잣죽 그릇을 밀어놓은 후 좀 둘러보고 오마, 하고 바깥으로 나갔다. 아버지는 어머니의 골분을 뿌린 나무 아래로 갈 것이다. 나는 설거지를 끝내고 자리끼를 들고 아버지의 방으로 들어갔다. 아버지는 컴퓨터를 끄지 않았는지 모니터의 검은 보호화면에서 푸른 점들이 점멸하고 있었다. 앤터 키를 누르자 화면을 가득 채운 글이 떴다. 받는 이는 캐나다로 이민을 간 외삼촌이었다. 외삼촌의 얼굴은 희미했지만 X-mas와 생일 때는 잊지 않고 선물을 보내오곤 했었는데 근 십 년 동안 소식이 없었다. 아직 살아 계셨던가.

그 사람이 세상을 떴습니다. 고통 없이 편안히 눈을 감았습니다. 참나무에 기대어 숨을 거두었기에 유택幽宅도 마련하지 않고 화장해서 그 나무아래 뿌렸습니다. 살아생전 절집의 높은 담장 속에서 이십육 년을 견디어 낸 사람이니 좁다란 광중壙中에 몸을 누인 들 무슨 걸림이 있겠습니까만 그 사람의 육신이 땅속에서 하루하루 부란腐爛해 가는 것이 제가 견딜 수 없을 것 같아서였습니다.

사위가 고인을 기리는 묘지명을 어떻게 써야 좋으냐고 물어왔을 때 저는 정신이 아득했습니다. 천길 물속을 들여다본다 해도 이렇듯 막막하고 두렵지는 않을 것입니다. 그 사람이 저보다

174

앞서 떠난 것도 하늘이 내려준 형벌이라 생각합니다. 저의 죄가 깊으니 제 목숨을 버리는 날까지 갚으라는 뜻인가 합니다.

그 사람은 농원에 오자마자 참나무 아래 앉아 사방을 찬찬히 둘러보았습니다. 그 고즈넉한 모습 속에는 자신이 견디어 온 세월에 대한 회한과 슬픔의 기미는 조금도 보이지 않았습니다. 그 사람에게는 이승의 삶에 얽힌 모든 연緣의 매듭을 풀어버린 사람의 평화로움이 깃들어 있더군요. 저는 결국 돌아와 주어서 고맙다는 말도 용서해 달라는 말도 하지 못하고 말았습니다. 이십육 년 동안 가슴 속에 무거운 추처럼 매달려 있던 그 말이 그 사람 앞에서는 공허한 빈말이 되어버릴 것 같아서였습니다.

언젠가 저도 이 죄 많은 몸을 땅 위에 누이게 되겠지요. 그 사람 곁에 뼈를 묻게 된다면 여한이 없겠습니다만 그것은 삶의 모욕과 배반을 삭일 수 없어 겨우 육십을 넘기고 세상을 뜬 그 사람을 다시 욕보이게 되는 것이겠지요? 질투에 눈이 뒤집혀 둘도 없는 친구를 사지로 몰아넣고 어미와 자식을 갈라놓은 죄인에게 그런 복이 가당키나 하겠습니까. 더욱이 제 어미가 목숨을 버릴 때까지 딸자식이 등을 지게 만들었으니 그 죄를 어찌해야 하겠습니까? 진실을 밝혀 가끔 서로 얼굴이라도 보고 살았다면 가슴 속의 옹이가 풀어져 세상과도 잘 화합하고 살았겠지요. 내일모레면 현주도 사십을 바라보는데 혈육 한 점 없이 허허롭게 사는 것이 뼈에 사무칩니다.

나는 마우스를 꽉 움켜쥐었다. 진실을 밝혀… 그 구절이 내 가슴 속에 의혹을 불러일으켰다. 아버지와 어머니에게 무슨 일이 있었던 것일까. 나는 떨리는 다리를 가누며 방문을 열고 밖으로 나왔다. 뜰은 적막에 쌓여 있고 검은 산의 윤곽과 맞닿아 있는 새파란 하늘에 엷은 구름이 풀풀 날리고 있다. 나는 천천히 어머니가 묻힌 참나무 쪽으로 걸음을 옮겼다.

아버지는 나무 기둥에 기대어 앉아 있다. 언젠가 아버지도 저런 모습으로 내 곁을 떠나겠지. 자박자박, 내 발소리가 가슴을 두드려 대는 것 같아 나는 멈춰 서서 잠시 숨을 가다듬었다. 아버지가 몸을 일으켜 나무기둥에 뺨을 대고 두 손으로 감싸 안는 것이 보였다.

- 아, 용서해 주오. 다시 간절하게 빌겠소. 나는 오직 당신에게 용서받기 위해 살아왔소.

폐부의 깊은 곳에서 터져 나오는 목소리였다. 아버지는 나무기둥을 안고 이마를 짓찧었다. 아버지의 몸짓이 불러일으키는 고통에 기가 눌려 나는 움쩍도 할 수 없었다. 나무기둥을 감싸 안은 팔을 풀어 수피를 쓰다듬던 아버지의 얼굴이 다시 나무를 향해 갔다.

나는 재빨리 걸음을 옮겨 손으로 아버지의 이마를 막으며 말했다.

- 제발, 그만 하세요. 아버지.

아버지의 얼굴에 당혹한 빛이 스쳐 갔다.

- 어머니와 무슨 일이 있었던 건가요? 저도 알아야 해요. 아버지.

- …휴우.

아버지가 긴 한숨을 내쉬었다. 짓찧은 이마의 상처에 조심스럽게 손을 대자 아버지가 얕은 신음소리를 냈다.

- 언젠가는 너에게 이야기를 해야 된다고 생각했었는데 너무 늦었구나.

목이 꽉 잠긴 목소리로 아버지가 말했다.

- 나는 죄인이다.

그렇게 말을 토해 놓고 아버지는 한동안 말이 없었다. 나는 숨을 죽인 채, 아버지의 다음 말을 기다렸다. 아버지는 몇 번인가 숨을 몰아쉬다 입을 열었다.

- 재섭이라는 친구가 있었다. 서로 내색은 못 했지만 우리는 모두 네 어머니를 사랑하고 있었단다. 네 어머니와 나는 그 친구와 늘 붙어 다니며 대학시절을 함께 보냈지. 그는 시위를 주도해서 감옥살이를 한 후 노동운동에 뛰어들어 종적을 감추었다. 그는 가까운 사람들이나 우리에게도 소식을 전하지 않았다. 나는 대기업에 입사하고 네 어머니와 결혼해서 네가 태어났지. 행복한 시절이었단다.

불행이 시작된 것은 네가 여덟 살이 되던 해에 재섭이 검거를 피해 우리 집에 몸을 숨기게 된 후부터였다. 그가 우리 집까지 찾아온 걸 보면 최악의 상황에 처한 것이 짐작되어 가슴이 아팠다. 사람에게는 두 개의 영혼이 있더구나. 호시탐탐 서로를 엿보고 있다가 다른 한쪽의 경계를 훌쩍 뛰어넘어 그 사람의 온 정신을 장악해 버리는 순간이 말이다. 오래전부터 재섭과 네 어머니 사이를 의심하고 질투하던 나는 결국 재섭을 밀고해버리고 말았다.

아버지는 숨이 찬 듯 말을 멈추었다. 우웅, 산기슭으로 몰아쳐 간 바람이 참나무 숲을 빠져나가지 못하고 숲을 뒤흔들고 있었다. 목이 잠긴 목소리로 아버지는 말을 이어갔다.

재섭이 고문후유증으로 앓다가 세상을 떠난 뒤 아버지는 결국 알코올 중독에 빠졌다. 그는 밤마다 몸을 뒤척이다 주방에서 위스키를 한 잔 따라 마셨다. 한 잔, 두 잔, 독한 액체를 삼킬 때마다 의심과 분노가 가슴을 태웠다. 유리잔을 마룻바닥에 던져버리고 잠든 어머니를 일으켜 세웠다. 어머니가 거짓말이라도 '결백하다'고 말해주기를 간절하게 바랐지만 어머니는 묵묵히 매질을 견디었다. 그가 방바닥을 뒹굴며 머리를 벽에 짓찧을 때마다 뒤이어 위가 끊어지는 듯한 통증이 왔다. 의사는 신경성 위염이라는 진단을 했다. 어머니는 그때마다 진통제를 놓고 이마에 얼음물에 적신 수건을 얹어주었다. 회사에 나가지 못하는 날이 많아졌고 윗사람들의 눈초리가 날카로워졌다. 그 무렵의 어느 날 밤, 술이 취해 어머니를 매질하던 그는 잠옷만 걸친 어머니를 대문 밖으로 내쫓았다. 어머니가 수없이 애원하며 문을 두드렸지만 문을 열지 않았다.

한밤에 술에서 깨어난 아버지는 어둠에 잠긴 정원에 우두커니 서서 어머니의 발걸음 소리에 귀를 곤두세웠다. 담장 아래에서 밤 고양이가 울고 나뭇잎들이 부딪치는 소리가 적막을 더해갔다. 이슬이 맺힌 나뭇잎을 망연히 바라보는 그의 몸속으로 새벽의 냉기가 파고들었다. 아침이 되자 외삼촌이 대문을 박차고 들어와 고함을 질렀다. 이런 짐승만도 못한 놈, 제가 밀고를 해놓고 왜 생사람을 잡아? 그렇게라도 해야 그 알량한 죄책감이 없어지냐. 현주에미가 나를 붙잡으면서 뭐라고 했는지 알아? 가장 괴로운 사람이 바로 너라고 했어. 자기를 의심이라도 하지 않으면 네가 미쳐버릴 거라고 했어. 이 비열한 놈. 너 같은 놈에게 절대로 현주에미를 못 보내, 그리 알아.

아내가 눈앞에서 사라지고 나서야 그는 자신이 분명히 의식하지 못했던 친구에 대한 굴절된 감정을 알아차렸다. 십수 년 동안 한결같이 핍박받는 사람들을 두 팔로 껴안고 온몸으로 저항하는 친구에 대한 외경심 속에 감추어진 은밀한 질시의 그림자를.

죄의 심연이 늪처럼 아버지를 무서운 힘으로 끌어당겼다. 날 절대로 용서하지 마, 그런 외침이 솟구쳐 올라왔다. 그는 땅바닥에 무릎을 꿇고 허리를 접었다. 딸아이는 엄마를 찾아 울며 보채는 대신 밤마다 오줌을 쌌다. 오줌에 아랫도리를 흥건히 적신 아이는 숨을 할딱이고 식은땀을 흘렸다. 엄마, 무서워, 무서워, 하며 그의 품을 파고들었다. 땀에 젖은 아이를 간신히 재우고 나서 그는 캄캄한 창문에 비친 삐쩍 마른 사내를 부릅뜬 눈으로 노려보았다. 정면을 향한 사내의 등 뒤에 음화陰畵처럼 또 하나의 인물이 비스듬히 서서 음울한 눈으로 자신을 지그시 바라보고 있는 것이 보였다. 그것은 죽음의 모습이었다.

그를 구한 것은 딸이었다. 아무도 돌보지 않은 정원에 언제 봉오리가 맺혀 꽃잎을 연 것일까. 의자를 끌어다 놓고 따온 것이 분명한 흰 산목련 한 송이를 그의 코끝에 대고 딸아이는 그를 말끄러미 올려다보았다. 검은 홍채 속에 자기 자신과 대면하는 것이 두려워 모든 것을 잃어버린 비열한 사내의 얼굴이 있었다. 그는 딸아이의 순결한 영혼이 눈부셔 순간적으로 눈을 감았다. 입술을 비죽이며 아이답지 않게 복잡한 눈빛으로 그를 살펴보던 딸아이의 눈에 그렁그렁 눈물이 고여 갔다. 그는 딸을 와락 끌어안았다.

- 나는 그저 사는 것이 용서받는 길이라고 생각했다.
아버지는 목이 잠겨 더 이상 말을 잇지 못했다. 아버지의 고통이 손에 잡힐 듯 느껴져 한숨이 절로 나왔다. 어머니가 스스로 집을 나간 것이 아닐지라도 내가 받은 슬픔과 고통을 외면하고 수행에 전념했을 어머니가 용서가 되는 것은 아니었다. 촛불에 비친 어머니의 희고 아름다운 이마가 떠오르자 마음이 싸늘하게 굳어졌다.

나는 아버지의 손을 잡아 일으켰다.

- 밤바람이 차가워요, 아버지. 집에 들어가서 벽난로에 불을 피워요.

아버지가 벽난로에 불을 피우는 동안 나는 인삼과 대추를 달인 물에 꿀을 탔다.

- 어머니는 언제 절로 들어가셨어요?

- 그 일이 있고 두 달 후였다. 네 어머니는 외삼촌을 통해 너를 달라고 했다. 나는 거절했지. 네가 있으면 언젠가는 다시 돌아오려니, 하는 생각이었다.

- 그러셨을 거예요, 아버지. 장작을 더 넣을까요?

- 오냐, 그러자.

아버지가 벽난로 옆에 둔 장작개비를 불 속에 넣었다. 가느다랗게 흰 연기가 피어오르더니 나무껍질에 붙은 불이 타닥타닥 타들어 갔다. 뜨거운 기운이 화르르 얼굴로 스며들었다.

- 농원 일을 하고 5년이 되었을 때 나는 네 어머니가 있는 절을 찾아갔었다. 트럭에다 쌀과 농작물을 싣고서였지. 나는 초하루

마다 싣고 간 작물들을 부려 놓고 왔지. 그렇게 몇 년이 지난 어느 날, 나는 심한 복통이 일어났다는 거짓말을 하고 하룻밤 묵는 것을 허락받았다. 밤이 이슥해졌을 때 나는 관음전에서 홀로 앉아 있는 네 어머니를 찾아낼 수 있었단다.

아버지의 목소리가 다시 잠겨들었다. 나는 대추 달인 물을 아버지의 찻잔에 더 부어 놓았다.

- 네 어머니는 법당 한가운데 앉아 있었지. 양쪽 손을 겹쳐서 엄지손가락의 끝을 서로 맞대어 둥근 결인을 하고 내리뜬 눈은 자신의 무릎께를 보는 듯했다. 그 모습이 너무 고요해서 네 어머니가 이미 적멸을 구한 것이 아닌가, 하는 생각까지 들었다. 그러나 그 길이 너무 아득해서 헤아려지지가 않더구나. 문 입구에 앉아 네 어머니의 옆모습을 그저 말없이 바라보았지. 그때였다. 네 어머니가 불단 위에 놓인 촛불에 왼쪽 검지를 넣었다. 일렁이는 촛불에 네 어머니의 하얗게 질린 얼굴이 일렁이고 있었다. 나는 다가가서 네 어머니의 손을 잡아 내렸다. 네 어머니가 간신히 입술을 달싹이며 물었다. 현주는 … 현주는요? 그 소리가 내 귀에는 마치 통곡처럼 들렸지. 너의 이야기를 들려주고 있는데 어떤 노스님이 오시더니 당장 나가라고 호통을 치더구나. … 생각할수록 후회가 된다. 그때가 네 어머니를 데리고 나올 수 있는 마지막 기회였는데.

아버지는 길게 한숨을 내쉬었다. 긴 세월 동안 고독으로 자신을 가둔 사람의 얼굴이 장작 불빛에 어른거리고 있었다.

- 아버지, 어머니는 왜 그 참나무 아래로 오신 거지요?

계속 궁금하던 일이었다. 아버지가 나를 지그시 바라보았다.

- 기억나지 않니? 네가 여덟 살 때의 한식날, 할아버지 성묘를
다녀와서 나무를 심지 않았냐?

아, 그 참나무! 나는 나지막하게 탄성을 질렀다. 화창한 봄날
이었다. 어머니가 나를 불렀다. 현주야. 너하고 키가 꼭 같은 나
무가 있네. 키를 좀 재어 보자. 나는 팔랑팔랑 춤을 추며 대추나
무, 참나무 묘목들을 심는 아버지 곁으로 뛰어갔다. 심어 놓은 참
나무 한 그루에 내가 등을 대자 아버지가 손을 들어 내 머리에 얹
어보고 말했다. 정말 똑같구나. 못 믿겠다는 듯이 내가 어머니에
게 다시 물었다. 똑같아? 정말? 어머니가 웃으며 말했다. 그럼,
정말이지. 내가 나무를 안으며 말했다. 엄마, 이건 내 나무할 거
야. 그래, 누가 더 잘 크는지 보아야지, 그렇게 말하며 어머니는
나뭇가지에 '현주의 나무'라고 나무패찰을 해서 걸어 놓았다.

나는 왜 어린 시절의 기억들을 송두리째 잃어버린 것일까. 어
째서 어머니의 마지막 모습만이 화인이 된 것일까. 일찌감치 나
를 배반한 삶에도 어떤 숨은 뜻이 있는 것일까. 나도 모르게 한숨
을 쉬었던지 아버지가 내 어깨를 쓰다듬었다.

- 애야. 괴로워하지 마라. 수행을 오래 한 사람에게는 죽음이
라 것이 찬 연못에 한 번 들어갔다 나와 젖은 옷을 벗는 것이라

고 하더구나. 네 어머니는 집에 돌아와 오래전 자신이 가꾼 정원을 한동안 바라보며 현주의 나무가 많이 컸군요, 라고 하더구나. 나를 바라보며 엷은 미소를 지으면서 말이다. 그것이 네 어머니의 마지막 인사라는 것을 알았다. 편히 가오. 나는 그렇게 말없이 속삭여주고 밖으로 나와 방에 군불을 넣었지. 마른 삭정이들이 탁탁 튀어 오르고 장작에 불이 옮겨붙어 수 없는 불꽃들이 어룽거리며 활활 타올랐지. 나는 평생 네 어머니를 태우는 불길이었다. 점점 희미해지는 네 어머니의 숨소리를 느끼며 나는 밤새도록 불이 사그라진 아궁이 앞에 앉아 있었단다.

눈 속이 뜨거워졌다. 아버지의 얼굴도 벽난로의 불빛도 뿌옇게 출렁거렸다. 나는 눈을 감았다. 홀연히 어둠 속에서 촛불이 타오르고 어머니의 희고 아름다운 이마가 떠올랐다. 이마가 나를 향해 천천히 돌려지면서 내리뜬 눈시울이 열리고 어머니의 눈동자가 나를 그윽이 바라보았다. 나는 어머니의 눈을 오랫동안 마주 보다 몸을 일으켰다. 그리고 그 눈동자 속으로 걸어 들어갔다.

*

새벽빛이 어둠을 걷어내고 있다. 아직도 산과 숲들은 자욱한 새벽 이내에 잠겨 있었다. 집 옆의 산자락에서 아버지가 나뭇가지를 당겨 무언가 따고 있는 것이 보였다.

- 아버지, 뭘 하세요?

- 두릅을 따고 있다. 피곤한데 더 자지 않고 왜 벌써 일어났냐?

- 어머니를 만나고 싶어 잠을 잘 수 없었어요.

그래, 하며 아버지가 고개를 끄덕였다. 아버지가 두릅 딴 것을 내밀며 말했다.

- 몇 년 전에 모종을 했더니만 이렇게 잘 자라는구나.

밑 둥에 투명하고 끈적이는 진액과 쌉사르한 두릅향기가 훅 끼쳐왔다.

아버지의 등 너머로 그가 일궈놓은 연초록의 논밭이 산의 부드러운 능선 아래 펼쳐져 있었다. 머지않아 아버지는 이곳에서 잠자듯이 죽음 속으로 들어가 어머니 곁에 몸을 누이리라. 생의 모든 결박을 푼 아버지는 순연하게 깊은 잠 속으로 스며들어 가겠지.

- 얘야. 네 어머니에게 올라가 보려 무냐.

나는 아버지의 어깨에 얼굴을 묻었다. 아버지가 내 등을 다독여 주었다. 아버지는 하루하루 어머니가 묻힌 나무 밑에 앉아 밀려 두었던 이야기들을 나직나직 풀어가겠지. 아버지의 영혼 속에서 어머니는 결코 시들지 않는 나무처럼 나이테가 늘어갈 것이다.

숲이 수런거리며 깨어나기 시작했다. 나뭇잎 사이로 비쳐든 햇빛이 숲을 메우고 있던 뿌우연 이내를 서서히 걷어냈다. 나는 어머니가 기대어 숨을 거둔 참나무 밑에 앉았다.

먼 기억 속의 어머니가 속삭이는 소리가 들렸다. 네가 자라면서 나무 그늘에 앉아 귀를 기울이고 있으면 언젠가는 나무가 하는 이야기를 들을 수 있단다. 할아버지 집에서 여름 방학을 보내고 있을 즈음이었다. 무슨 이야기를 하는데요, 엄마? 어머니가 내 귓가에 입술을 대고 나직한 목소리로 말했다. 바람은 어디서부터 불어오는지, 왜 나뭇잎은 바람을 만나면 기쁨으로 온몸을 떨게 되는지, 반짝이던 새벽이슬은 왜 햇님만 보면 슬퍼하는지, 밤하늘의 별들은 무슨 이야기들을 하는지, 나무뿌리에 스민 빗물은 나뭇잎에 가고 싶어 얼마나 애를 태우는지, 모두모두 들려줄거야. 그래서 언젠가는 수액이 흐르는 소리를 들을 수 있게 된단다. 엄마, 내가 잘 들어 볼게요. 나는 발돋움을 해서 나무기둥을 껴안고 잎사귀에 귀를 대어보았다. 들리니? 아니, 안 들려요, 하며 내가 도리질을 했다. 그러자 어머니가 나를 품에 당겨 안으며 말했다. 네가 나무와 하나가 되면 들을 수 있단다. 엄마, 어떻게 하나가 되요? 네 마음이 물처럼 고요해지면…….

나는 나무기둥에 몸을 붙이고 잎사귀에 얼굴을 대어보았다. 나뭇잎을 톡 톡 두드리는 햇살의 가냘픈 율동이 느껴졌다. 나는 어머니의 숨결처럼 들리는 나무의 이야기에 귀를 기울였다. 두꺼운 껍질을 젖히고 나무의 수액이 내 혈관 속으로 자맥질해 들어오는 느낌에 나는 두 팔을 벌려 나무를 껴안았다.

거울 뒤의 남자

1.

아버지가 몇 시간 전의 일도 기억 못 하는 코르사코프 증후군 진단을 받았을 때 누구보다도 안도의 숨을 내쉰 건 어머니였다. 의식을 되찾은 후 아버지는 하루에도 몇 번이나 어머니를 찾았다. 오늘 아침에도 아버지는 간병인이 받아온 식판을 바라보며 힘없이 말했다.

- 그런데 네 엄마는 언제 오냐?

나는 차마 어머니가 오지 않는다는 것을, 아버지의 생전에 어머니를 결코 볼 수 없으리라는 것을 말할 수가 없었다.

코르사코프 진단을 받은 후 거의 반 시간 동안 어머니와 통화를 했다. 담당 의사가 '노인성치매와는 달리 의식이 완전하고 명백한 지각력이 있으면서도 심한 기억상실이 특징이지요'라고 말한 것을 전했다. 어머니는 담담하게 그래, 라고만 대답했다. 높지도 낮지도 않은 거의 평정에 가까운 목소리였다. 이런 어조는 어머니가 자신의 감정을 숨기고 싶을 때의 표현이었다. 나는 알고 있다. 미간을 찌푸린 탓에 두 눈썹 사이에 만들어진 세모꼴의 주름이 펴지고 입가에 엷은 미소가 떠오른 얼굴이 의미하는 것을.

코르사코프 증후군의 자세한 증상을 다 듣고 난 후에도 어머니는 아무 말이 없었다.

- 엄마, 한 번만이라도 와 주시면 안 돼요?

내가 울음 섞인 목소리를 내자 어머니는 마지못해 입을 열었다.

- 네 아버지란 사람, 기억 속에서 지워 버리겠다고 몇 번이나 말하지 않았니? 난 소름 끼친다. 그때 칼이 조금만 더 깊이 들어왔어도 난 벌써 이 세상 사람이 아니다. 온전한 정신도 아닌 사람한테 가서 내가 또 무슨 횡액 당하라고 그러니? 난 네 아버지를 연상시키는 모든 것에서 벗어나고 싶다.

어머니는 빠르게 말을 쏟아냈다.

- 환자복 입고 병원에 계신데 무슨 일을 당한다고 해요. 삼십사 년이나 한집에서 산 사람 아니예요. 남에게도 그렇게는 안 할 거예요.

어머니에 대한 원망과 분노 때문에 내 목소리가 떨려 나왔다. 어머니는 잠시 침묵하다 결심한 듯 말했다.

— 네 아버지일로 다시는 전화하지 마라. 너도 아버지에게 기운 쏟지 말고 병원에 맡겨라. 간병인은 뭐에다 쓴다든. 다 자업자득이다.

나는 대답하지 않았다. 내 침묵이 맘에 걸리는지 어머니가 한마디 덧붙였다.

— 네 아버지란 사람, 그 지경이 되면 나를 제대로 알아보지 못할 게다. 그만 끊자.

아버지에게 처음 징후가 나타난 것은 지난해 봄이었다. 이른 아침, 잠결에 휴대폰이 울렸다. 아버지가 다급한 목소리로 말했다.

— 희연아, 이리 좀 내려오너라. 이 여자가 날 파렴치범으로 모는구나.

어디냐고 묻는 말에 대답은 하지 않고 아버지는 숨을 헐떡이며 말을 이어갔다.

— 내가 분명히 우리 집에 열쇠를 꽂았는데… 말이다. 내가 분명히… 말이다. 평생 이런 수모가 없다.

아버지의 말에 이어 젊고 굵은 목소리가 울렸다. 아버지가 아랫집에 무단침입을 했다는 신고를 받고 파출소에서 출동했다는 것이다. 나는 계단을 뛰어 내려갔다. 경찰관 두 명과 수위아저

씨, 젊은 여자 사이에서 얼굴이 벌겋게 상기된 아버지가 아닙니다, 절대 고의가 아니라고요, 하며 서 있었다. 아랫집 여자는 일찍 출근하는 남편을 배웅하는데 전화벨이 울렸기 때문에 문 잠그는 것을 잊어버렸다고 했다. 통화를 끝내고 잠옷 바람으로 커피를 마시고 있는데 아버지가 현관문을 열고 들어왔다는 것이다. 거실마루에는 혼비백산한 여자가 떨어트린 커피잔의 파편들이 흩어져 있고 마시던 커피가 바닥에 흘러 있었다. 긴 생머리를 늘어트린 여자는 겨우 삼십이 될까 말까 했다. 얼굴이 하얗게 질린 여자가 말했다. 문을 열자마자 화장실로 곧장 들어가 소변을 보더라고요. 내가 수위실에 인터폰을 하는 동안 제 가슴이 얼마나 뛰었는지 아세요? 화장실에서 나오더니, 아니 당신 누구요, 하며 눈을 부라리더라고요, 기가 막혀서.

나는 여자에게 고개를 숙이고 사과의 말을 했다. 아버지는 새벽산책을 하고 돌아오는 중이라고 했다. 운동 삼아 계단을 걸어올라 오느라 잠시 착각했다며 아버지는 씁쓸해했다.

그때 어머니는 아버지와 이혼절차를 끝내놓고 이주일 패키지로 동유럽을 여행하는 중이었다. 아버지의 정년퇴직 후 어머니는 오래전부터 차곡차곡 계획하고 있었던 것처럼 이혼을 통보했다.

어머니가 협의이혼서류를 아버지에게 내밀던 날 밤, 나는 승우와 연극을 보고 맥주까지 한 잔 마시고 집으로 돌아왔다. 초인종을 누르려다 혹시 두 사람이 잠들지나 않았을까, 하고 열쇠로 현관문을 열었다. 거실 쪽에서 어머니의 목소리가 들려왔다.

– 당신 때문에 내가 얼마나 괴롭게 살았는지 잘 알잖아. 아이들도 자립했고 난 더는 견디고 살 자신이 없어. 당신 한 짓이 있으니 서로 언성 높이며 추한 꼴 보이지 말고 깨끗하게 도장 찍는 것이 좋겠어요.

– 당신이 원하는 대로 해. 언젠가 이런 시간이 오리라고 짐작은 했지만 좀 빠른 것 같군.

메마르고 담담한 목소리였다. 어머니가 냉랭한 목소리로 말했다.

– 날 원망하지 말아요. 당신이 준 고통 때문에 피가 마르고 살이 떨리는 세월을 내가 어떻게 견디었는지, 당신은 그런 내 마음에 눈길 한번 주지 않았어. 그것이 대놓고 화내고 미워하는 것보다 더한 고통이라는 걸 알고 있으면서도. 잔인한 남자야, 당신은.

어머니의 목소리가 떨렸다. 나는 벽 뒤에서 얼굴을 내밀어 거실 쪽을 바라보았다. 아버지는 나에게 등을 보이고 창을 향해 서 있었고 어머니는 소파에 앉아 아버지의 등을 비스듬히 쏘아보고 있었다.

– 나는 당신이 두려웠소. 그 냉정함, 자기목적을 위해서는 수단방법을 가리지 않는 그 욕망이 가증스럽고 무서웠어. 당신이

벌인 두 번의 자살소동이 모두 거짓이라는 것을 알면서도 그것이 모두 실제가 될 것처럼 불안하기만 했지.

홀연히 여덟 살 무렵의 일이 단편적으로나마 떠올랐다. 어머니의 팔에서 흘러내리던 피, 팔을 어깨 위로 처들고 오빠를 껴안으며 아버지에게 전화를 하라고 소리치던 어머니의 하얗게 질린 얼굴이, 눈에서 뿜어 나오던 새파란 불꽃이.

아버지는 지난 일을 돌이켜 보는 듯 잠시 침묵하다 말을 이었다.

- 당신 앞에 서면 당신 눈빛이 벼린 칼날처럼 느껴졌어. 그 칼끝이 평생 나를 겨누고 있는 것 같았지.

어머니의 얼굴이 새파랗게 질렸다. 어머니는 아버지를 노려보며 말했다.

- 그래 맞아. 죽으려고 까지는 안 했지만 칼로 내 손목을 찌를 때 내 마음은 죽는 것보다 더 고통스러웠어. 그때 난 결심했어. 당신이 가장 힘들고 외로울 때 당신을 버리겠다고 말이야. 평생 내 곁에서 칼잠을 잤으니 오늘부터는 두 다리 쭉 뻗고 자겠군. 영원히 편히 자라고, 흥.

나는 그만들 두세요, 제발, 하고 비명을 지르며 두 사람 사이로 비집고 들어갔다. 아버지가 당황한 눈빛으로 네가 온 줄 몰랐구나, 미안하다, 라고 하며 현관문을 열고 나갔다. 어머니를 위로할 생각으로 다가가서 어깨를 감싸 안았다. 괜찮다, 다 끝났어,

라고 말하며 나를 일별했다. 스윽 베일 것 같은 날카로운 눈빛이었다.

법원에서 제시한 조정기간에 아버지는 며칠 동안 어디론가 떠났다가 초췌한 모습으로 돌아오곤 했다. 내가 승우를 만나고 밤 늦게 돌아올 때면 가끔 술에 취한 아버지가 아파트 주차장 옆의 벤치에 앉아 있기도 했다. 그러나 남의 집을 착각할 정도로 정신을 놓을 아버지가 아니었다. 어쨌든 어머니가 집에 없었던 것이 천만다행이었다.

그날 밤, 간식거리를 챙겨 방으로 돌아오는데 화장실에 불이 켜져 있었다. 문틈으로 아버지가 거울 앞에 서 있는 것이 보였다. 아버지는 거울을 뚫어지게 바라보고 있었다. 아침의 일이 생각나서 아버지를 위로할 생각으로 나는 화장실 문을 가볍게 노크했다. 아버지는 소스라쳐 놀라며 나를 돌아보았다. 주무시지 않고 왜 그러고 계셔요?, 하고 묻자 아버지는 길게 숨을 토해내며 말했다. 내 얼굴을 보는데 내 뒤에 어떤 사람이 나를 지그시 노려보고 있지 않겠니? 마치 유령처럼 말이다. 오늘 너무 피곤하셔서 그래요, 주무세요, 라고 말했다. 아버지는 화장실 문을 닫으며 말했다. 얼마 전부터 거울을 볼 때마다 내 등 뒤에서 은밀히 관찰하듯 눈을 가늘게 뜨고 나를 엿보고 있는 사람을 보았다. 내가 눈을 똑바로 뜨면 그제야 슬며시 눈길을 돌리는구나.

그날로부터 며칠 후, 아래층 쪽에서 남자의 고함소리와 웅성거리는 소리가 들려왔다. 무언가 둔탁한 것이 부딪치는 소리도 들렸다. 계단을 뛰어 내려가자 아버지의 손에는 벌써 수갑이 채워져 있었다. 턱과 눈 밑은 벌겋게 부풀어 있었다. 아버지의 멱살을 잡고 있는 젊은 남자의 손을 경찰관이 떼어내고 있었다. 아버지의 앞을 막아서며 나는 이게 무슨 짓이에요, 하고 소리쳤다. 젊은 남자가 충혈된 눈으로 나를 쏘아보며 다가왔다. 당신이 저 노인네 딸이야. 이런 정신병자를 집에다 두면 어떻게 하는 거야. 우리 와이프가 노이로제에 걸려 다 죽어 간단 말이야. 저것 보라고, 대낮에 술까지 퍼마시는 노인네가 무슨 흉측한 짓을 할지 몰라서 무단 주거 침입죄로 고발한 거라고. 정신병원이든 교도소든 수감을 해야지, 그냥은 안 돼.

수갑을 찬 아버지를 양옆에서 부축한 경찰관들이 아파트 주차장으로 걸어갔다. 아버지의 얼굴에 땀이 비 오듯 흘렀다. 차를 타지 않으려고 몸을 뒤틀던 아버지가 나를 돌아다보았다. 아버지의 눈은 사냥꾼의 총구 앞에 선 짐승처럼 공포에 차 있었다.

사흘 후, 여행에서 돌아온 어머니의 얼굴은 이주일이나 걸리는 여행에서 돌아온 사람이라고 믿을 수 없을 만큼 활기에 차 있었다. 생기가 넘치는 얼굴표정 때문인지 전보다 훨씬 젊어 보였다. 어머니는 들뜬 목소리로 말했다.

-희연아, 난 내 몸과 마음을 재발견했단다. 해발 6천 미터나 되는 알바니아 산악지대를 일곱 시간이나 걷고도 다음 날 아침 거

뜬하게 일어났지 뭐냐? 내 다리, 내 허리, 내 심장, 내 몸의 모든 세포들에게 수고했다, 고맙다, 사랑한다는 말이 절로 나오더라. 몸과 마음의 감각이 환하게 열려 맑은 대기와 풍광이 그냥 물처럼 스며들더라.

평소 감정에 휘둘리는 법 없이 냉랭할 만큼 차분했던 어머니가 수다를 늘어놓고 있었다. 어머니는 가죽 샌들과 아르메니아 여인들이 아름답게 문양을 수놓은 민속의상을 꺼내 놓으며 말했다.

- 난 천 년 전으로 돌아간 줄 알았지 뭐냐. 완전히 중세분위기더라. 고색창연한 성당건물이나 고성古城은 그렇다 치고 그곳 사람들의 순박한 심성이 놀랍더라. 사는 방식도 옛날 그대로고 말이야. 가죽구두 한 켤레를 손으로 깁고 다듬어서 만드는 걸 보니까, 정말 감동이 오더라. 좀 비싸기는 하지만 하나도 아깝지 않더라. 좀 크긴 하겠지만 끈으로 조절이 되니까 신어보렴.

어머니는 환한 미소를 지으면서 가죽끈을 촘촘히 꼬아 만든 샌들을 내놓았다.

나는 샌들을 손에 들고 바라보다 천천히 입을 열었다.

- 엄마, 아버지 지금, 유치장에 계셔.

어머니의 얼굴이 차갑게 굳어졌다. 어머니는 왜냐고 묻지도 않고 내 다음 말을 기다렸다. 잠자코 그간의 일들을 듣고 있던 어머니의 얼굴이 변한 건 내가 아랫집 남자가 의처증이 있을지도 모른다는 생각이 든다는 이야기 끝에 아랫집 여자의 머리가 어깨까지 내려오고 쌍꺼풀진 눈이 맑아 장사꾼처럼 보이는 아랫집 남자와는 안 어울려 보인다는 말을 했을 때였다. 반달모양으로 가늘게 그려진 엄마의 눈썹이 움찔하다 살짝 치켜 올라가고 눈동자가 파르르 떨렸다. 이런 모습은 엄마가 충격을 받았거나 싫은 것을 억지로 감내할 때 보이는 움직임이었다. 가령, 할머니를 보러 친척들이 갑자기 온다는 연락을 받았거나, 아버지가 어머니와 의논 없이 나에게 비싼 옷을 사주었거나, 오빠가 눈에 뜨이게 올케에게 애정표현을 해서 어쩔 수 없이 못 본 척 시선을 돌릴 때 나오는 표정이었다. 어머니는 올케 몫으로 사 온 아르메니아 민속의상과 숄을 가방에 넣으면서 말했다.

- 아랫집 남자가 내 말을 듣고 고소취하를 할 것도 아닌데 어쩔 수 없지 않니.

이 사건으로 어머니는 협의이혼을 철회하고 재판이혼소송을 하게 되었다. 어머니는 이 사건을 배우자의 유책有責부분을 입증한 증거자료로 제출하여 협의이혼 시보다 많은 재산을 분할 받았다.

2.

간호사가 혈압측정기를 들고 왔다. 아버지의 팔과 손등은 퉁통 부어있었다. 신장의 부종으로 이뇨제를 투여하지만 팔, 다리를 주무르지 않으면 점점 더 부어올랐다. 간호사가 정상입니다, 하고 옆 침대로 갔다.

밤이 늦어 오빠가 퇴근하고 찾아왔다. 오빠는 피곤에 전 얼굴로 말했다. 대기업이라는 것이 허울만 좋지 사람 피를 말리는 곳이다. 정말 피곤하다. 완전히 애들에게 저당 잡힌 인생이 되어버렸구나. 애 둘에게 드는 돈이 월급의 반이다. 이럴 줄 알았으면 그때 호주로 아예 떠날 걸 그랬다.

아버지와 어머니가 이혼소송을 할 때도 오빠는 방관자적인 태도를 보였다. 어쩔 수 없지 않니. 어머니도 자유롭게 살 권리가 있어. 두 분이 애정도 없는데 앞으로 십 년, 이 십 년을 같이 산다는 것도 괴로운 일이잖니?

공기업에서 경리를 담당했던 어머니는. 교육열도 남달랐지만 부에 대한 욕망과 타산적인 태도 또한 특별했다. 할머니와의 사이가 나빴던 어머니는 오빠가 고2가 되자마자 할머니를 보러 오는 친척들 때문에, 또 자신이 오직 오빠에게 에너지를 쏟아야 한다는 이유로 할머니를 요양원으로 보냈다. 어머니는 차분한 어조로 말했다. 가족들은 서로 같은 자장磁場속에서 살기 마련이에요. 내 기운이 흐트러지면 그 나쁜 기운이 희준이에게 가지 않겠어요? 희준이가 얼마나 예민해요. 대학 들어가면 다시 모셔오면 되잖아요. 일 년 칠 개월인데 그것도 안 돼요? 아버지는 불같이 화를 냈지만 할머니 쪽에서 조용히 수용했다.

요양원으로 떠나기 전 할머니가 나지막한 목소리로 아버지에게 말하는 것이 생각났다. 에미 성격이 냉차고 무서운 데가 있더구나. 여리고 모자란 데가 있어야 정이 가는 법인데… 마음에 차곡차곡 쌓아놓고 필요할 때 잘 써먹을 사람이다. 흠 잡히지 않도록 조심해라.

결국 할머니는 요양원에서 몇 년을 보내고 돌아가셨다.

갑작스런 어머니의 이혼통고에도 불구하고 아버지는 비교적 평온해 보였다. 토목기사인 아버지는 교량건설의 전문가였다. 삼십 년이 넘도록 지방과 중동 등지의 현장에서 거의 대부분의 시간을 보냈다. 자연히 생활이 어머니를 중심으로 이루어졌고 정신적인 유대감이나 친밀감도 더 깊었다. 두 사람 사이에 냉랭한 기류가 흐른다는 것을 사춘기 때부터 감지하고 있었고 그 원인이 아버지가 어머니에 대한 애정이 없는 것에 있다는 것을 느끼고 있었다. 어머니가 이혼을 요구하는 시점이 정년퇴직을 한 직후라는 것이 부당하게 느껴지긴 했지만, 애정이 없는 결혼생활을 지속하는 것보다 남은 인생을 자신만을 위해 자유롭게 살고 싶다는 어머니의 생각에 은연중 동의하고 있었다. 다만 속수무책인 아버지가 안타까울 뿐이었다. 자식의 입장에서 두 사람을 설득하려고 화해를 시도했지만 역부족이었다. 그런 데다 나는 열애 중이었다. 두 사람의 관계에 깊숙이 관여할 여유가 없었다.

승우를 볼 때마다 이 순간이 내가 죽을 때까지 단 한 번 있을 것 같다는 느낌이 몰려올 정도로 나는 그에게 몰입해 있었다. 내 감정에 부풀어 그들의 마음을 살필 겨를이 없었다. 헤어지는 것이 싫어 집 옆의 공원에서 포옹을 한 채로 앉아 있다 밤이 이슥해서야 마지못해 벤치에서 일어났다.

아버지가 겪고 있는 아픔을 절박하게 느낀 것은 승우와 음악회를 갔다가 공원의 벤치로 걸어가고 있을 때였다. 나무 그늘 옆의 벤치에서 누군가 담배를 피우고 있는 듯 오렌지색 불빛이 깜박였다. 언뜻 중학생들이 몰래 담배를 피우는구나, 하며 지나치려 했는데 앓는 짐승의 신음소리 같이 우후, 하는 거친 숨소리가 들려왔다. 무심코 소리 나는 쪽을 바라보았다. 불이 붙은 담배를 든 채로 벤치의 등받이에 기대어 머리카락을 움켜쥐고 있는 사람은 아버지였다. 아버지에게 따뜻하게 다가가지 못한 후회와 아픔이 밀려들었다. 승우를 먼저 보내고 다시 아버지에게 발걸음을 옮기는데 등받이에 기대어 있던 아버지의 상체가 쿵 소리를 내며 벤치 위로 쓰러졌다. 아버지의 육중한 몸의 무게가 안겨오는 듯 순간적으로 나는 중심을 잃고 휘청거렸다. 홀연히 어머니의 자살소동 후 아버지와 같이 갔던 바닷가에서의 일이 떠올랐다.

앰뷸런스가 어머니를 병원으로 싣고 간 뒤 아버지는 텐트장비를 챙겨 나를 차에 태웠다. 바닷가의 야영장이었다. 아버지는 포구의 횟집에서 소주를 마셨고 나를 위해 조개와 새우 소금구이를 주문해 주었다. 횟집 앞의 고무통에 담아놓은 조개들이 건드릴 때마다 재빨리 껍질을 오므리는 것을 바라보는 동안 어느새 붉은 구름이 하늘을 온통 뒤덮고 있었다. 아버지의 얼굴과 눈자위도 점점 붉어졌다. 어두워져서야 아버지는 야영장의 해송 숲에 텐트를 쳤다. 나는 곧 잠이 들었던 것 같았다. 한밤중에 소변이 마려워 눈을 떴을 때 텐트 밖은 캄캄했다. 아버지는 어디에도 보이지 않았다. 파도가 몰려와 해변 가의 바위들에 부딪칠 때마다 굉음과 함께 하얀 포말이 치솟았다. 노란 초승달의 날카로운 양쪽 모서리도 어딘지 섬뜩하게 보였다. 사방을 두리번거리며 울먹이다 나는 가슴까지 오는 바닷물 속에 서 있는 아버지를 발견했다. 파도가 아버지를 집어삼킬 듯 덮쳐오는데도 아버지는 꼼짝도 하지 않고 있었다. 아빠에게 뛰어가며 나는 소리 내어 울기 시작했다. 아버지는 물을 헤치면서 걸어 나오더니 나를 와락 끌어안았다. 마치 울음을 토해내는 사람처럼 숨을 몰아쉬며 희연아, 아빠 너뿐이다, 너뿐이야, 라고 말했다. 쿵쿵거리던 심장박동이 차츰차츰 잦아지는 아버지의 팔에 안겨 나는 다시 잠이 든 것 같았다.

난파선의 뱃전에서 사납게 흔들리는 사람처럼 벤치에 엎드려 울고 있는 아버지의 모습을 나는 한동안 바라보았다. 아버지에게 밧줄을 던져 줄 사람은 나뿐이었지만 내 삶 속에 끌려 들어올 무게가 두려웠다. 한 남자가 내 삶을 꽉 채우고 있었고, 그가 하는 말, 눈빛, 사소한 동작까지 내 눈에 깊이깊이 새겨 넣고 싶었다. 내 손이 아버지의 어깨에 닿는 순간, 아버지의 전 생애가 무거운 돌덩어리처럼 나에게 덮쳐 올 것 같았다. 나는 아버지를 외면하고 집으로 향했다.

3.

어머니는 이혼 후, 평생하지 못한 일을 한꺼번에 하려는 사람처럼 L. A에 살고 있는 이모네며 터키로 떠나는 크루즈 여행을 연달아 했다. 한동안은 박물관 대학에 다니며 강의를 듣기도 하고 국학연구소에서 떠나는 답사여행에 매번 참석했다. 어머니의 표정이 생생하게 살아나고 자주 소리 내어 웃었다.

아버지가 알코올 의존증 치료를 전문으로 하는 병원에서 퇴원하는 날, 담당 의사가 말했다.

- 앞으로도 단주 프로그램에는 참여하셔야 합니다. 지속적으로 술을 마시면 유두체, 시상 등 뇌 기관들이 괴사해 기억장애 증후군에 걸릴 수 있습니다. 아버님은 지금 증상이 완화되셨지만 가족의 따뜻한 보살핌이 없으면 누구도 예측할 수 없어요. 퇴원하시면 아버님은 아드님 댁으로 가십니까?

- 아직 결정하지 않았어요.

아버지와 이혼 후 어머니는 오빠네 아파트 옆으로 이사를 했다. 겨우 10분 거리였다. 더욱이 올케는 임신 8개월이었다. 어린 시절부터 마마보이로 자란 오빠는 아버지와 데면데면하게 지냈다. 결혼하면서부터는 거의 남남이나 다름이 없었다. 나는 몇 번 낙방 끝에 여성잡지의 취재기자로 취직을 해서 고전 중에 있었다. 지방에 취재를 갈 때도 있었고 저녁 늦게까지 처리해야 할 일이 산더미 같았다.

- 알코올 의존도가 더 심해지면 폭력성향이 드러나 주변 사람에게 해를 끼칠 수 있습니다. 코르사코프 증후군으로 발전되면 알코올 치매와 비슷한 증상이 나타나기도 해요. 조심해서 살피셔야 합니다.

서울로 온 아버지는 작은 아파트로 이사했다. 오빠 내외는 아버지를 외면했고 나도 아버지를 모시기는 부담스러웠지만, 아버지 자신도 우리의 손길을 거절했다. 나는 이 주일에 한 번은 아버지의 집을 찾으려고 노력했다. 반찬가게에서 반찬을 사고 생선회 한 접시를 떠서 다녀오곤 했다. 그즈음의 어느 날, 취재한 곳이 아버지의 아파트 부근이어서 나는 아버지를 찾아갔다. 현관문은 잠겨 있고 아버지는 휴대폰을 받지 않았다. 수위 말로는 일주일째 집을 비웠다고 했다.

아버지는 자식들에게 부담을 주는 것을 꺼렸고 자신의 괴로움을 말하는 사람이 아니었다. 아버지가 속내를 잘 드러내지는 않았지만 정 깊은 사람이어서 가끔 오랜 친구들과 어울려 술자리를 같이하는 것 같았다. 하루 이틀도 아니고 일주일이나 집을 비운 것은 뜻밖이었다.

나는 밤늦게까지 아버지를 기다리다가 돌아왔다. 이튿날 저녁에야 아버지는 전화를 받았다. 서둘러 퇴근준비를 하고 아버지와 식당에 마주 앉았다. 등심고기를 구워 아버지의 앞 접시에 놓아주며 나는 어디를 가셨냐고 물었다. 얼이 빠진 듯 무언가를 골똘히 생각하던 아버지가 화들짝 놀라는 얼굴로 아니다, 누굴 찾으려고 했는데 찾을 수가 없구나, 라고 말했다. 누구를 찾는데요? 하고 묻자 아버지는 그냥, 옛 친구지, 라고 말꼬리를 흐렸다. 아버지는 소주 한 병을 더 시켰다. 아버지는 빠르게 술잔을 비웠고 나는 아버지가 마시는 양을 줄이고 싶어 두 잔을 마셨다. 아버지가 그동안 혹시 술을 마신 것은 아닌가 싶어 나는 슬그머니 물어보았다.

- 아버지, 병원에서 단주프로그램에 참여하라고 우편물이 왔어요. 안 가 보시겠어요?

- 많이는 마시지 않을 테니 걱정하지 마라, 내가 술 마시는 낙도 없으면 어떻게 살겠니?

말문이 막혔다. 아버지가 자신의 아픔을 발설한 것은 처음이었다. 그만큼 절박한 상황이라는 짐작이 들었다.

- 아버지, 그림을 그리시면 어때요? 소일거리도 되고요.

아버지는 그림솜씨가 좋았다. 오래전 아버지가 사막이나 중동 지역의 거리풍경들을 그려주었을 때, 나는 우와, 아빠. 화가를 해도 되겠어요, 라고 탄성을 질렀다. 아버지는 열적은 미소를 띠며 말했다. 화가가 되고 싶었는데 그냥 접었다. 집이 어려웠거든. 60년대 후반에는 토목과가 유망했어. 도로나 건축 붐이 한창이었으니까.

- 내게 그런 열정이 남아 있지 않구나. 젊었을 땐 누가 등을 떠민 것도 아닌데 떠나고 싶었고 무작정 달리고 싶었고 내 안에 있는 불덩이를 다 태우고 싶었다.

- 무슨 불덩이를 말인가요.

아버지는 무심코 내뱉은 말에 스스로 놀란 듯 황급히 변명을 했다.

- 누구든지 뭐 가슴 속에 불덩이 하나쯤은 갖고 살지 않겠냐? 자신이 결코 가 닿을 수 없는 곳을 가슴에 품고 살 듯이 말이다.

나는 그것이 무엇인지 알 수 없었다. 아버지의 내면에 숨어있는 예술가적 기질을 말하는 것인지, 어머니와의 냉랭한 결혼생활이 주는 삭막함인지를.

아버지는 길게 한숨을 내 쉬며 혼잣말처럼 낮은 목소리로 말했다.

- 평생 달려 닿은 곳이 바로 단애斷崖 앞이었구나.

아버지의 목소리에는 깊은 회한이 서려 있었다. 아버지는 소주병에 남은 술을 잔에 다 따랐다. 아버지는 소주 한 병을 더 주문했다. 얼굴의 주름마다 외로움이 스며있어 나는 감히 아버지의 술자리를 막아설 수가 없었다. 내 얼굴을 물끄러미 건너다보던 아버지가 술잔을 내밀었다.

- 한잔 더 받으려무나, 오늘은 술 마신다고 나무라지 마라. 내일부터는 마시지 않을 테니 말이다.

집에 돌아와서도 쓸쓸함이 가득 밴 아버지의 모습이 눈에 어른거렸다. 되도록 아버지와 식사를 자주 해야 되겠다고 생각했다.

다음 날, 승우가 약속시간이 다 되어 휴대폰이 왔다. 열이 나고 머리가 아파 약속을 미루자고 했다. 걱정이 되어 저녁을 먹고 그의 집 앞으로 갔다. 잠깐 나오라고 문자메시지를 보내려는데 대문이 열리면서 그와 여자가 밖으로 나왔다. 여자를 배웅하며 그는 여자에게 긴 입맞춤을 했다.

그날, 그는 나에게 맞은 뺨을 쓰다듬으며 말했다. 사랑의 감정이 사라진 것에 조목조목 이유를 대라는 거야? 그건 속임수를 쓰라는 것과 마찬가지야. 자기감정을 억압당하고 강요당하고 사는 것이 죽음보다 더 나을 게 뭐가 있니? 나는 생생하게 살아 있다는 느낌을 가지고 살고 싶을 뿐이야. 난 그냥 육체의 부름에 따랐을 뿐이라고. 내가 궤변 늘어놓지 마, 나쁜 놈, 하며 그를 때리기 위해 다시 쳐든 팔목을 잡으며 그가 낮은 목소리로 말했다. 인생에서 오직 한 번 만인 사랑은 없어. 넌 중세적인 사고방식을 깨트릴 필요가 있어. 네 스스로 상처받지 않으려면 말이야.

하루하루를 보내는 것이 죽는 것보다 괴로웠고 내과와 정신과를 드나들며 수면제를 처방받아 밤이 되기를 기다렸다. 새벽이 되도록 수면제가 든 병을 꺼내 타원형의 알약을 손바닥에 다 부어서 들여다보았다. 분노와 원한에 차서 그의 얼굴을 떠올리며 생각했다. 내가 죽었다는 것을 알고 난 그가 벽에 머리를 얼마나 세게 짓찧는지, 신음소리를 내지르며 어떻게 방바닥을 딩구는지, 두 팔로 무릎을 감싸 안고 눈물을 쏟아내는 그의 모습을.

사람이 죽으면 무화無化되는 것이 아니라 영혼은 남아서 산 사람의 곁에 맴돌다가 일정기간이 지나면 영혼의 세계로 간다고 하는 책들을 찾아 읽기도 하고, 임사체험자들이 어두운 터널을 빠져나가면 찬란한 빛을 본다는 체험담에 귀가 솔깃해지기도 했다. 그런데도 밤마다 새까맣고 질척한 늪 속에서 끝없이 밑으로 빨려 들어가는 꿈을 꾸다 진땀을 흘리며 깨어났다. 나는 알고 싶었다. 모든 종교에서 금기시하는 자살을 해도 그 환한 빛을 볼 수 있을까, 하는 것을.

밑반찬을 가져다주며 내 기색을 살피던 어머니가 밤늦게 찾아왔다. 어머니는 물을 한 컵 떠와서 내 책상 앞에 놓으며 말했다. 지금 약을 입에다 다 털어 넣어라. 내가 즉시 병원과 그 남자네 집에 전화를 하마. 남자란 목숨을 걸고 자신을 사랑한다는 여자를 결국 버리지 못하게 되어 있다. 그렇지만 너는 그 남자와 평생 살면서 네가 겪을 수모와 굴욕감을 이겨낼 수 있겠니? 네 간과 쓸개를 모두 빼버릴 만큼 그 애를 사랑한다면 이것이 유일한 방법이다. 그것이 어머니 자신의 이야기라는 것을 직감했다. 송곳처럼 내 눈을 찌르는 차가운 눈빛이나 단호한 말씨의 어딘가에서 난 위선과 책략보다는 어머니의 비애를 느꼈다. 칼을 들고 스스로를 자해한 엄마의 물리적인 폭력보다 평생 마음의 빗장을 지른 아버지의 싸늘한 침묵과 무관심이야말로 더 잔인한 폭력이라는 느낌이 들었다. 나는 그것을 견딜 자신도, 그렇게 살고 싶지도 않았다. 나는 손에 들고 있던 한 무더기의 약을 어머니에게 내밀었다. 어머니는 이마를 찌푸린 채 내 손바닥에 있는 약을 쓰레기통에 쏟아붓고는 방을 나갔다.

이튿날 나는 책상에 쌓아 두었던 정신과 의사들이 쓴 임사체험의 기록이나 죽음 뒤의 삶을 다룬 책들을 모두 묶어 파지를 줍는 노인의 손수레 위에 올려놓았다. 회사 책상서랍 속에 써 두었던 사표도 찢어버린 후, 다시 아버지를 찾은 것은 보름이 지나서였다.

늦은 오후인데도 현관 밖에 신문이 그냥 놓여 있었다. 아버지는 여행을 가신 걸까, 생각하며 나는 열쇠를 돌렸다. 거실에 들어서자 화장실 문이 열려있고 아버지가 숨을 씨근덕거리며 거울

속을 노려보고 있었다. 두 주먹을 꽉 쥐고 눈을 부릅뜬 채로. 내가 다가서서 조심스레 아버지를 부르려는 순간, 아버지가 주먹으로 거울 한복판을 쳤다. 요란한 소리를 내며 유리 파편들이 화장실 바닥에 쏟아져 내렸다. 내가 비명을 지른 것과 아버지가 나를 돌아본 것은 동시였다. 이마에 맺힌 땀방울, 관자놀이에서 튀는 퍼런 힘줄, 충혈된 눈을 망연히 바라보는 나를 향해 아버지는 숨을 헐떡이며 말했다.

- 저놈이 말이다. 저 흉측한 놈이 뒤에서 자꾸 나를 껴안으려고 하는구나. 내가 화를 내도 끄떡도 하지 않고 오히려 '내 말을 듣지 않더니 드디어 빈껍데기만 남았군, 딱하게도 이제 죽을 일만 남았어, 아니 벌써 반은 죽어있군그래' 하며 나를 조롱하는구나. 도대체 이 사람의 정체가 뭐냐?

아버지는 안타까운 듯 물었다. 아버지의 무의식에 숨어 있던 그림자 적인 요소가 검은 너울처럼 아버지의 의식을 점점 점령해 들어간다는 느낌이 왔지만 나는 전문적인 지식이 없었다. 그렇다고 정신과 상담을 해보자고는 차마 말할 수 없었다. 회사 일을 하면서도 아버지의 일이 계속 불안했다.

그날로부터 보름 후, 아버지가 어머니의 가슴과 어깨를 과도로 찌르는 사건이 발생했다. 상처는 급소를 피해갔고 과도의 길이가 15cm가량이어서 치명적인 것은 아니었다. 병원에서 의식을 회복한 어머니의 이야기와 정신병원에 수감된 아버지가 띄엄 띄엄 들려준 이야기는 다음과 같았다.

  그날 아버지는 친구들과 북한산 산행을 마치고 평창동에서 저
녁을 먹고 집으로 가던 길이었다. 오빠네 식구들과 아기를 안은
어머니가 레스토랑으로 들어가는 것을 보았다. 이혼할 무렵 임
신 중이던 올케가 아이를 낳았다는 것이 반가워 아버지는 곧장
따라 들어갔다.

  오빠 내외의 뒤를 바싹 따라가고 있는데 무언가의 기척을 느
끼고 무심코 돌아보던 어머니의 얼굴이 돌연히 싸늘하게 굳어졌
다. 앞서가던 오빠를 부르며 어머니가 말했다. 이 집 분위기가
마음에 안 드는구나, 다른 집으로 옮기자. 오빠가 어머니의 어깨
를 안으며 어머니 이 집 요리는 미식가들 사이에도 정평이 나 있
어요. 예약도 했고요, 라고 했다. 순간 아버지는 무의식중으로
화분 뒤로 몸을 숨겼다.

  자리를 잡은 아들이 아내 앞으로 몸을 기울이며 메뉴판의 음
식을 설명하는 듯했고, 아내는 웃음을 지으며 고개를 끄덕였다.
나비넥타이를 맨 웨이터가 와서 아버지에게 혼자 왔느냐고 물었
다. 아버지는 엉겁결에 딸을 기다린다고 했다. 오빠 가족이 음식
을 먹는 동안 구석진 테이블에 앉아 아버지는 그들의 모습을 지
켜보았다. 레스토랑 안의 음악과 모든 소리가 멀리 사라지고, 오
직 조명이 비치는 무대 위처럼 그들이 이야기를 나누고, 웃고, 미

소 지으며 아기를 어르고 있는 모습만 들어왔다. 갓난아기의 향긋한 냄새가 코끝을 스치는 것 같은 환각을 느꼈다. 아기를 안고 그 따뜻하고 여린 뺨에 얼굴을 부비고 싶은 생각이 간절했다.

이윽고 식탁에 음식들이 놓이기 시작했다. 어머니가 포크를 들어 샐러드를 입속으로 가져가는 것이 보이고 아들이 어머니의 접시를 가져와 스테이크를 잘게 썰어 다시 어머니 앞에 놓는 것을 보았다. 어머니는 흐뭇한 미소를 지으며 스테이크를 먹기 시작했다. 그 모습을 뚫어지게 바라보던 아버지는 자신도 모르게 테이블에 세팅된 포크를 집어 들었다. 그 포크를 들어 아내의 입속으로 깊이깊이 찔러놓고 싶은 욕망에 몸이 부르르 떨렸다. 포크를 들고 테이블에서 일어나자 나비넥타이를 맨 종업원이 와서 아버지를 제지했다. 아버지는 끌려 나오다시피 레스토랑 밖으로 나왔다.

집에 돌아와 술을 마시던 아버지의 눈에는 레스토랑 안의 풍경이 어른거렸다. 소주 한 병을 마시는 동안 아버지의 눈에는 끊임없이 포크로 음식을 먹는 어머니의 모습만이 보였다. 다시 한 병을 땄을 때 아버지의 눈에는 어머니가 자신을 비웃으며 웃고 있는 얼굴이, 자신의 가슴을 향해 있던 칼끝을 돌려 아버지에게 겨누며 노려보는 얼굴이, 스테이크에서 흘러나온 핏물이 어머니의 입가를 흘러내리는 모습이, 어머니의 얼굴이 괴물처럼 변해가는 무시무시한 영상이 덮쳤다.

아버지는 싱크대 서랍에서 과도를 꺼내 달렸다. 어머니의 아파트 앞에서 기다리던 아버지는 차에서 내려 현관으로 걸어가는 어머니를 향해 다가섰다. 아버지는 '사악한 년' 하고 부르짖으며 어머니의 등을 찔렀다.

아버지는 정신감정을 받았고 결과는 베르니케 증후군이었다. 알코올 의존도가 심해서 우울증, 충동조절 장애로 분노를 참지 못했고 기억력 상실, 말초신경장애, 의식장애가 나타난 것이라고 했다. 빨리 치료하지 않으면 더 증상이 심화된 코르사코프 증후군으로 발전한다고 했다.

사건은 아버지가 정신병원의 폐쇄 병동에 수용되는 것으로 일단락되었다. 아버지는 한정치산자 선고를 받았다. 오빠의 동의 없이 아버지는 퇴원할 수가 없었다. 다음날 나는 아버지에게 면회를 갔다. 폐쇄 병동은 유리감시창 앞에서 벨을 누르고 창구 너머로 간호사가 신원을 확인한 후 들어갈 수가 있었다. 소지품을 사물함에 넣고 슬리퍼로 갈아 신었다. 데스크에 앉아 있던 간호사가 차트를 들고 독방으로 안내했다. 독방 침대에 누워 있는 아버지는 대기업의 중견간부와 가장으로서 살아온 삶은 모두 빠져나가고 마치 우리에 갇힌 짐승이 거친 숨을 몰아쉬고 있는 모습과도 같았다. 얼굴도 부석부석하게 부어 있고 약물에 마비된 듯 몽롱한 눈빛을 하고 있었다.

내 손을 꽉 움켜쥔 아버지는 앞뒤가 맞지 않는 이야기를 두서

없이 늘어놓다가도 무엇에 짓눌린 듯, 한 시간 동안 입을 꾹 다물고 있기도 했다.

면회시간이 끝나고 찰칵 자동장치로 문이 잠겨지는 소리가 들리자 눈물이 쏟아지기 시작했다. 아버지, 죄송해요. 정말 너무너무 미안해요. 나는 복도의 벽에 기대서서 울었다. 아버지의 고통을 알면서도 외면했던 것을, 그 무게를 나누어 가지기를 거부했던 것을, 자신의 아픔과 절망에만 빠져서 아버지를 위로해 주지 못한 것을 나는 깊이깊이 후회했다.

4.

아버지는 육 개월 후에 개방 병동으로 옮겼다. 담당 의사는 아버지에게 그림과 글쓰기 치료를 시작했다는 것을 알려 주었다.

- 아버님께서는 조금씩 호전되어 가십니다. 내용이 없는 글이지만 몇 줄 쓰기도 하고 단어만 나열할 때도 있습니다. 그런데 일주일 전부터는 점점 기억이 되살아나서 어휘구사나 문장구성이 아주 정상적입니다.

아버지는 생기를 되찾기 시작했다. 약물 투여량이 줄고 보호자가 있으면 병원 뜰이나 옥상의 벤치에도 나올 수 있게 되었다. 내가 준비해 간 음식이나 과일도 맛있게 드셨다.

그 무렵의 어느 날, 나는 싱싱한 석화를 사고 어린 쑥에 모시

조개를 넣어 끓인 된장국을 보온병에 넣은 뒤 면회를 갔다. 병원 뜰의 벤치에 앉아 석화를 먹던 아버지가 '굴 향기가 아주 좋구나, 남해에 가면 갓 따온 석화를 주는 집이 있었는데…' 라며 말꼬리를 흐렸다. 아버지는 한참 동안 입을 꾹 다물고 무언가 골똘히 생각하는 듯했다. 그런 모습일 때가 가끔 있었기 때문에 나는 보온병을 들어 아버지 앞에 놓인 그릇에 국물을 더 따랐다. 보온병을 바닥에 놓는 순간 아버지가 석화를 집으려고 손을 내밀던 팔에 부딪쳐 보온병이 쓰러졌다. 내가 입은 베이지색 원피스에 국물이 쏟아졌다. 아버지 천천히 드시고 계세요, 하며 나는 병원건물 안 화장실로 뛰어갔다. 수돗물을 틀어 얼룩을 지우고 손수건으로 물기를 대강 닦고 나오자 아버지가 보이지 않았다. 10분 사이에 아버지가 사라진 것이다.

병원직원들과 함께 병원 주변의 큰 도로와 골목을 헤맸지만 아버지는 보이지 않았다. 환자복을 입은 아버지가 도대체 어디까지 갈 수 있단 말인가. 입술이 바싹 마르고 심장이 쿵쿵 울렸다. 눈앞에는 아버지가 휘적휘적 걸어가고 있는 환영이 떠올랐다. 자동차들이 아버지를 피하려고 급하게 브레이크를 밟고, 사람들이 넋을 잃고 사방을 두리번거리는 아버지의 어깨에 부딪치고는 얼굴을 찌푸리며, 누군가 아버지에게 다가가 옷자락을 잡아당기거나 욕설을 퍼붓는 모습도 보였다.

경과가 좋아져 아버지의 기록이 제법 내용이 있다는 담당 의사의 말을 듣고 반가웠던 일이 불과 일주일 전이었다. 석화를 먹다가 아버지는 왜 갑자기 침묵했을까? 석화를 연상하는 그 무엇이 왜 아버지의 머릿속을 점령했던 것일까?

열흘이 지나도록 아버지를 찾지 못했다. 골치 아픈 일을 만났다는 듯한 기색을 숨기지 않던 오빠 내외와 어머니에게 초비상이 걸렸다. 어머니는 오빠네로 가서 외출을 하지 않았고 오빠는 올케의 친정이 호주로 이민 갈 때 같이 가지 않은 것을 후회하는 기색이 역력했다.

담당 의사는 아버지의 상태가 우울증과 베르니케 증후군의 증상은 있지만 인지장애나 말초신경장애, 보행실조까지는 발전되지 않았고, 가벼운 의식장애는 있지만 치명적인 사고는 없을 것 같다고 말했다. 그러나 다시 알코올을 섭취한다면 상태가 급격히 나빠질 것이라고 했다. 아버지가 쓴 글이나 그림을 보여줄 수 있느냐고 물었다. 그는 그림을 그리는 것에 유난히 저항이 심해 겨우 한 장이 있다고 했다. 그는 복사한 노트와 구깃구깃하게 꾸겨진 도화지를 주었다. 두 사람이 서 있는 인물화였다. 앞사람은 눈을 부라린 채 오로지 앞의 한 지점을 뚫어지게 바라보고 있었다. 위쪽 사람은 앞사람의 어깨 뒤에 바짝 붙어서 앞사람의 숨소리 하나라도 놓치지 않으려는 듯 눈을 가늘게 뜨고 음흉한 미소를 짓고 있었다. 아버지가 거울을 주먹으로 칠 때 말하던 사내가 분명했다. 그런 데다 사내의 손은 어깨에 매달린 검은 망토의 옷자락을 움켜쥐고 있었다. 앞사람의 경계심이 허물어지는 순간을 노려 뒤집어씌울 태세였다. 뒤에 있는 남자의 정체는 무엇일까. 아버지의 무의식에 숨겨진 그 무엇이 표출된 것일까? 가슴이 답답해서 한숨을 내쉬며 나는 노트를 펼쳤다.

첫 부분은 낙서처럼 글씨도 삐뚤삐뚤했고 어휘구사나 문장도 제대로 이어지지 않았다. 중간쯤부터는 문장의 뜻이 전달되었다.

- 내가 미쳤거나 치매에 걸렸다고 한다. 어림없는 소리다. 내 정신은 온전하다. 내가 갖고 있던 본래의 감정에 충실하면 그것이 미친것일까. 평생 뒤집어쓰고 있던 탈바가지를 벗어던지고 나니 아주 홀가분하다. 탈을 쓰고 평생 추던 춤이 결국 어릿광대이거나 병신춤이었구나.

- 남해를 다 헤매도 인희의 흔적을 찾을 수가 없다. 그녀가 교편을 잡던 초등학교는 폐교가 되어 젊은 화가의 작업실이 되어 있었다. 하릴없이 바닷가에 서 있다가 보리암을 올라갔다. 이곳 법당에서 인희가 무릎을 꿇고 엎드려 두 손을 머리 위로 올리며 무언가를 간구하듯 절을 하던 모습이 떠올랐다. 수협장을 지내던 인희의 숙부를 찾고 싶은데 이름이 아무리해도 생각나지 않는다. 인희의 성과 같으면 박씨가 분명한데 수협직원은 박씨 성

을 가졌던 수협장은 모른다고 했다. 하기야 벌써 이십여 년이 다 되어가지 않는가. 종적을 감춘 인희를 찾으려고 그를 찾아갔을 때 술잔을 기울이며 '정념처럼 무서운 것이 없다네. 그만 내려놓게나' 하던 말이 생각난다. 그때 나는 대답하지 못했다. 내려놓지 못한 열망들은 양쪽 갈비뼈 사이에서 묵직한 추처럼 흔들렸다.

인희! 눈이 번쩍 뜨였다. 아버지가 일주일이나 집을 비웠을 때 아버지는 남해에서 그녀를 찾고 있었다. 무언가 실마리가 잡히는 듯해 가슴이 떨려왔다. 그렇다면 아버지의 무의식에 숨겨진 것은 인희라는 여인에 대한 열정이 아닐까? 그런데 아버지가 원했던 열망이 왜 그토록 어두운 모습으로 나타난 것일까. 나는 다음 기록을 읽기 시작했다.

- 마석에 있는 시환의 묘지를 찾았다. 풀이 마구 자라 봉분을 덮고 있는 것이 을씨년스러웠다. 이번에도 낫을 가져오지 못했다. 선산에 갈 때는 늘 챙기던 낫을 이곳에 올 때는 매번 잊어버리곤 한다. 살아있는 동안에도, 사십을 채우지 못하고 죽은 뒤에도 시환은 내 가슴을 후회와 고통으로 무너지게 한다. 하루가 다르게 죽음 속으로 빠져들어 가는 시환을 지켜보면서도 나는 인희에 대한 사랑을 누를 수가 없었다. 장님이 된 시환이 내 표정

을 살필 수 없을 텐데도 병실을 찾을 때마다 나는 수치심으로 얼굴이 벌겋게 달아올랐다. 시환이 혼수상태에 빠지기 전날 밤에도 잠든 얼굴을 바라보다 그냥 돌아왔다. 나는 두려웠다. 그가 내 마음을 꿰뚫게 되는 것이. 그날, 인희를 만나지 않았다면 나는 잠든 그를 흔들어 깨워서라도 이야기를 나누었을 것이다. 소년시절, 입술이 새파랗게 되어 모래투성이의 알몸으로 젖은 옷을 말리던 노을 무렵의 바다풍경을, 사우디의 사막에서 나란히 앉아 바라보던 그 광활한 밤하늘을.

시환이라는 이 남자는 누구일까? 아버지의 그림자가 흉측한 모습으로 나타난 것은 이 사람과도 관계가 있는 것은 아닐까? 그런 생각을 담당 의사에게 물어보았다.

그는 고개를 끄덕이며 말했다 억압된 감정에 대한 도덕적 검열이 강할수록 부정적인 모습으로 나타날 수 있습니다. 어머니의 자해사건에서 받은 충격이나 인희라는 여성과의 관계에서 오는 죄책감도 컸을 테니까요. 그런 데다 어린 시절의 친구에게도 무언가 죄의식을 가지고 있었던 것 같습니다.

- 오늘 아침 일찍부터 희연이 다니는 회사 앞 나무그늘에 앉아 하루를 보냈다. 오늘은 취재를 하러 가지 않는지 점심나절까지 나타나지 않았다. 지난번처럼 동료들과 같이 우르르 나와 어디

론가 간 것은 아닌가, 하는 생각이 들어 눈을 부릅떴다. 눈이 부시고 아물아물했다. 오늘은 희연이가 점심을 안에서 먹는 모양이다. 회사 식당이 맛이 없어 밖에서 사 먹는다고 했는데… 휴대폰을 꺼내 1번을 누르려다 겨우 참았다. 그 애의 웃는 얼굴이, 나에게 뛰어오는 모습이 눈에 어른거렸다. 눈물이 흘렀던가, 얼굴이 선뜻했다. 낙원 상가 아래의 골목에서 설렁탕 한 그릇을 사 먹고 돌아왔다.

목이 메었다. 아버지는 보이지 않는 곳에서 날 소리쳐 부르고 있었다. 아버지가 사라진 것이 인희라는 여자를 찾으러 갔을 것이란 짐작이 들어 버스 터미널과 서울역 주변을 샅샅이 훑어보았다.

서울역과 남대문 방향으로 가는 길을 잇는 지하도를 훑어보던 날 밤이었다. 노숙인들은 종이박스를 여러 겹 겹쳐놓고 그 위에 신문지로 얼굴을 가리고 길게 드러누워 있었다. 지나갈 때마다 지린내와 음식이 썩는 듯한 악취가 풍겨 나왔다. 키가 크고 마른 아버지와 비슷한 체형을 가진 사람은 보이지 않았다. 계단 옆 한 켠의 벽에 바싹 붙어 등을 보이고 드러누워 있는 사람이 아버지와 비슷한 체형을 가지고 있는 듯했다. 신문지 사이로 보이는 여위고 주름진 목을 보자 와락 신문지를 들춰보고 싶었다. 아버지가 아니라면… 이 사람은 어떤 반응을 보일까. 손이 머뭇거리고 가슴이 떨려오기 시작했다. 사방을 두리번거려도 지나가는 사람이 없었다.

나는 휴대폰을 꺼냈다. 자신도 모르게 승우의, 이미 헤어진 사람의 휴대폰 번호를 누르고 있었다. 그의 목소리가 들렸다. 참을수 없이 눈물이 솟구쳤다.

- 여기 서울역이야, 좀 와 줄 수 없어?

아, 하는 낮은 탄성이 들렸다. 그가 잔뜩 긴장한 목소리로 물었다.

- 서울역! 어디 여행 가려고?

- 아니, 누구를 찾으려다…….

나는 말을 멈추었다. 휴대폰 저쪽에서 그는 아무 말도, 숨소리조차 내지 않았다. 문득 해후를 다시 시작하기 위해 내가 핑계를 대는 것으로 오해할지도 모른다는 생각이 스쳤다. 그가 싸늘하게 식은 목소리로 말했다.

- 무슨 일인지 모르지만, 나, 좀 바쁜 일이 있어. 미안해.

- 알았어, 끊을게.

심장 깊숙이 날카로운 쇠붙이가 뚫고 들어오는 것 같았다. 그에게 받은 굴욕감과 아버지를 찾아야 한다는 절박감이 용기를 주었다. 나는 길게 드러누운 노숙자에게 다가가 살그머니 신문지를 벗겨냈다. 순간 기다렸다는 듯 충혈된 눈을 흡뜨고 그가 나를 노려보았다. 아버지는 아니었다. 그가 내 손목을 확 낚아채며 말했다.

- 남 잠도 못 자게 뭐하는 짓이야?

나는 그의 손을 뿌리치려고 애를 쓰며 말했다.

- 죄송합니다. 아버지를 찾고 있어서요. 아버지가 실종되어서
요. 정말 죄송합니다.

흡뜬 눈에서 뿜어져 나오던 흉포한 기운이 차츰 스러져갔다.
그가 내 손을 놓으며 말했다.

- 오죽했으면 집을 나가? 그러니 있을 때 잘하란 말이야. 젊은
것들이 하늘에서 떨어진 줄 알고 나부대는 게야, 나부대길.

여기저기서 사람들이 부스럭거리며 신문지와 박스를 들치고
일어나는 소리가 들렸다. 나는 있는 힘을 다해 계단을 뛰어 올라
갔다.

5.

경찰청을 출입하는 신문사 선배로부터 온 정보는 이름이 박익
선 이라는 수협장이 벌써 10여 년 전에 죽었다고 했다. 조카 되
는 박인희라는 여자는 초등학교에서 교편을 잡다가 그만두고 지
금은 남해에서 '재능국어'라는 학습지 교사와 동네 아이들에게
과외지도를 하고 있다는 것이었다. 그리고 열일곱 살 난 딸이 있
다고 했다.

다음 날 아침, 나는 선배로부터 받은 주소를 들고 남해를 찾았다. 박인희의 집은 3층으로 된 낡은 연립주택인데 화단처럼 꾸며진 곳에는 봉숭아와 분꽃 몇 그루와 상추, 가지, 열무, 고추 같은 채소가 심어져 있었다.

그녀의 집 현관은 반쯤 열려 있고 운동화 서너 켤레가 놓여 있는 것이 보였다. 나는 계단을 걸어 나와 연립주택 앞의 작은 공터에서 보이는 바다를 내려다보며 아이들이 돌아가기를 기다렸다. 이윽고 와자지껄한 소리에 이어 우르르 아이들이 몰려나왔다.

계단을 올라가려는데 40대 중반으로 보이는 여자가 나왔다. 병색이 엿보일 만큼 얼굴이 창백하고 가녀린 몸피의 여자가 직감적으로 박인희라는 느낌이 왔다. 내가 말을 걸려고 머뭇거리는 동안 그녀는 빠른 걸음으로 내 앞을 지나쳐 걸어갔다. 그녀는 골목길을 벗어나서 대로변을 지나 바다로 걸어가고 있었다. 그녀의 발걸음이 느려진 것은 작은 포구를 지나 긴 백사장이 널려진 바닷가에 도착해서였다. 그녀는 모래톱 가까이에 서서 한동안 바다를 바라보았다. 긴 머리를 뒤로 묶은 그녀의 뒷모습이 너무 고적해 보여 말을 붙이기가 쉽지 않았다. 그녀를 바라보는 동안 눈부시게 새파랗던 하늘에 붉은 기운이 어리고 마침내 하늘이 온통 석양빛으로 타오르기 시작했다. 날개를 쭉 편 갈매기 떼가 하늘을 가로질러 날아갔다. 갈매기들의 군무群舞를 보는 동안 그녀가 바다를 등지고 걸어 나오는 것이 보였다. 가까이 다가서

자 그제야 그녀는 고개를 들고 나를 바라보았다. 맑고 서늘한 눈빛이었다.

- 제 아버님 성함이 한근후씨 입니다.

순간 그녀의 얼굴이 하얗게 질렸다. 그녀의 내리뜬 눈꺼풀이 떨리는 듯했다. 한동안 침묵하던 그녀가 이윽고 길게 숨을 내쉬며 말했다.

- 무슨 일인가요?

아버지는 아직 그녀를 찾지 못하고 있구나, 그럴 것이라고 생각은 했지만 실망과 불안이 다시 엄습했다.

- 아버지가 좀 편찮으세요.

나는 아버지가 그녀를 찾기 위해 정신병원을 탈출해 종적을 찾을 수 없다는 것을 말하지 못했다. 그녀와 나는 바다를 향해 앉았다.

- 얼마나 견디기 힘드셨는지 짐작이 갑니다. 아버지를 대신해서 죄송하다는 말씀을 드려도 될는지요?

머뭇거리며 그렇게 말했을 때 그녀의 눈에 언뜻 차가운 냉소가 지나가는 것 같았다. 그녀는 한동안 말이 없다. 석양이 서서히 보랏빛으로 사위어가고 있는 것을 바라보던 그녀의 눈에 서서히 물기가 어리기 시작했다.

- 괜찮아요. 바다가 있었으니까요. 바다를 볼 수 없다면 견딜 수 없었을 거예요.

그녀의 동공에 비친 내 얼굴이 화르르 흔들렸다. 나는 눈길을 돌렸다. 문득 아버지가 중동근무를 끝내고 본사로 돌아와 할머니가 있는 요양원으로 갔던 기억이 떠올랐다. 요양원에서 걸어서 이십 분 거리에 한적한 바다가 있었는데 나도 가끔 동행했었다. 바지를 장딴지 위로 걷어 올리고 파도가 칠 때마다 스텝을 밟듯이 몸을 재빨리 움직이던 아버지가 내가 앉아 있는 모래톱으로 와 앉으며 말했다. 바다를 보고 있으니 말이다. 나도 쉴 새 없이 살아 움직이고 있다는 느낌이 느껴지는구나. 사막에서는 내가 모래더미나 돌무더기처럼 무감각했었거든. 이곳에 와서 내 몸도 마음도 일정한 속도와 깊이를 가지고 끊임없이 물결치고 있더란 거지. 이렇게 신기하고 감격스러울 수가 없구나.

- 석양 무렵의 바다는 그냥 자연이 아니라, 생생하게 살아있는 존재라는 느낌이 들어요.

내가 나지막하게 말했다. 한동안 침묵하던 그녀는 아버지와 처음 만났던 이야기를 쉬엄쉬엄 들려주었다.

아버지를 만나기 몇 달 전, 그녀는 교통사고로 부모님을 한꺼번에 잃고 심한 불면증을 앓고 있었다고 했다. 내 할머니와 같은 요양원에 있던 그녀의 큰 이모를 면회 간 날도 잠이 오지 않아 바닷가로 산책을 나섰다고 했다. 바닷가를 거닐다가 할머니에 대한 죄책감으로 괴로워하고 있는 아버지를 만나게 되었다고 했다.

나는 혼자 고개를 끄덕였다. 아버지가 바다를 그토록 경이로울 정도로 생생하게 느끼게 된 것은 열사의 사막에서 오래 있었기 때문이 아니라 그녀를 사랑했기 때문이라는 것을. 나는 그녀의 옆얼굴을 자세히 바라보았다. 긴 속눈썹이 드리워진 눈시울, 선이 고운 턱선을 가진 옆얼굴은 섬세하고 아름다웠다.

　바닷가에서 놀던 아이들이 돌아가고 포구 쪽에 불빛이 환해졌다. 밤이 되자 거의 만월로 부풀어 오른 달이 떴다. 파도 소리뿐 바다는 적막에 싸여갔다. 아버지를 한 번이라도 만나 달라는 부탁을 하러 왔다는 내 말에 그녀는 고개를 저었다.

　– 무엇이 달라질까요? 그나마 기대고 살았던 기억까지 사라지면 난 무엇으로 사나요? 난 지금 이대로 조용히 살고 싶어요. 그만 돌아가 주셨으면 해요.

　목소리에는 무언가 애틋하고 미련이 있는 듯 느껴졌는데도 그녀는 몸을 일으켰다. 그녀를 따라 일어서며 나는 단도직입적으로 물었다.

　– 따님이 있다고 들었습니다. 열일 곱 살이라고요?

　바다를 등지고 걸어가려던 그녀가 걸음을 멈추었다. 푸르스름하게 비치는 달빛 속에서 그녀의 창백한 얼굴은 굳어 있었다.

　– 그 애는 댁의 아버님과 아무 상관이 없어요. 내 딸에게는 손끝 하나도, 한 마디의 아픈 말도 난 참을 수 없어요. 그 애는 내 유일한 희망이고 내가 사는 이유예요. 조금이라도 그 애를 괴롭

게 하는 일이 생긴다면 용서하지 않을 거예요.

그녀는 차갑고 단단한 목소리로 말했다. 눈동자가 바닷물에 젖은 검은 돌처럼 번쩍거렸다. 그녀의 서슬에 나는 그 소녀에게 아버지를 만나는 일이 괴로운 일만은 아니지 않겠느냐고, 감히 말하지 못했다. 아버지에게 두 모녀를 만나게 하는 것은 새로운 삶의 시작이고 선물일 수 있지만 두 사람에게는 평온한 삶에 돌을 던지는 것일 수도 있겠다는 생각이 들어서였다. 그녀는 등을 보이고 꼿꼿하게 걸어갔다. 비집고 들어갈 틈이 없었다. 나는 다시 털썩 모래톱에 주저 않았다. 그녀를 만나면 아버지의 행방을 찾을 수 있을지도 모른다는 실낱같은 희망도 사라졌고 아버지의 핏줄일지도 모르는 소녀와의 만남도 쉽지 않을 것 같았다.

포구의 식당에서 저녁을 먹고 터미널로 걸어가고 있을 때였다. 교복을 입은 여학생 둘이 장난스럽게 서로의 어깨를 치고 깔깔거리며 걸어가고 있는 것이 보였다. 그녀의 딸은 어떻게 생겼을까. 만일 아버지의 핏줄이라면 보는 순간 어떤 강한 느낌이 올까. 그녀들이 서로 손을 흔들며 헤어지는 광경을 물끄러미 바라보다 나는 결심했다. 한 번 더 그녀를 찾아보리라고. 마침 일요일이니 소녀를 볼 수 있는 기회가 있을지도 몰랐다.

이튿날, 그녀의 집 초인종을 눌렀다. 서너 번을 연거푸 눌러도 안에서는 기척이 없었다. 옆집에서 앞치마를 두른 아주머니가 나와서 말했다. 아주머니의 말은 딸이 서울 수유리에 있는 음악을 가르치는 맹아학교에 다닌다는 것과 토, 일요일은 여인이 기숙사에 있는 딸을 보러 간다고 했다. '맹아'라는 단어가 입속을 맴돌았다. 내일 교육청에 전화를 하면 정확한 사실을 알 수 있을 것이다. 서울로 올라가는 버스를 타려고 하는데 휴대폰이 울렸다. 아버지의 실종신고를 접수한 경찰서의 담당 형사였다.

- 아버님으로 보이는 분이 안성 부근의 무연고자 요양소에 있는데, 의식이 왔다 갔다 한답니다. 빨리 와서 신원을 확인해 보십시오.

나는 왜 병원으로 옮기지 않느냐고 소리를 높였다.

- 보호자가 와야 될 것 아닙니까? 병원에서 행려병자를 다 입원시키고 치료해 주는 줄 아십니까?

경찰관이 볼멘소리를 했다. 나는 오빠에게 알리고 오빠차로 안성까지 가자고 휴대폰을 했다. 반갑게 전화를 받던 오빠의 목소리가 움츠러들었다.

- 회사에서 중요한 회의가 있는데 내가 브리핑을 하게 돼서 갈 수는 없다. 네가 앰뷸런스를 타고 S 병원으로 오는 게 어떠니? 선배가 정형외과에 있어. 전화를 해 놓을 테니까 일단 응급실로 가라. 응급실에 바로 가서 침대에 눕혀야지 입원수속이 빠르다. 미안하다. 그럼 수고해라.

6.

병원 응급실로 옮긴 아버지는 밤이 되어서야 눈을 떴지만 나를 알아보지 못했다. 흐릿한 눈빛은 아무런 물체도 망막에 맺히지 않는 듯 몽롱했다. 마른 나뭇가지에 누런 가죽을 씌워 놓은 듯한 몸은 아무것도 걸치지 않고 죽음 앞에선 벌거숭이의 육체 그대로의 모습이었다.

아버지는 MRI 검사를 하고 나서 바로 중환자실로 옮겨졌다. 담당 의사의 말은 알코올 중독이 이미 코르사코프 증후군으로 발전되어 대뇌 위축이 일어나고 있을 뿐만 아니라 뉴런이 손실되어 있다는 것이다. 전해질 수치도 워낙 떨어져 있어 의식이 돌아온다 해도 정상의식을 되찾기는 어렵다고 했다. 그런 데다 신장과 폐의 부종이 시작된 것이 가장 큰 문제라고 했다. 노인성질환은 신장 이외에도 심장과 폐 기능저하로 오는 것이 가장 치명적으로 작용한다고 의사는 말했다.

오빠는 이틀이 지나서야 저녁 면회 시간에 다녀갔다. 병원 커피숍으로 자리를 옮겼다.

- 담당 의사를 만나고 왔다. 생명에는 지장이 없다니까, 아무래도 장기입원을 해야 되는데, 걱정이다. 간병인에게 드는 돈도 만만치 않겠고. 애들 둘 키우는 게 장난이 아니다. 정말 빠듯하게 산다. 음, 그런데 희연아, 아버지 아파트를 팔아야 되지 않겠

니? 의식을 회복하지 못하면 평생 식물인간이 될 거고 아버지 나이가 있으니까 나중에는 결국 연명치료적인 방법으로 갈 텐데 말이다.

- 그건 나중에 생각해도 되잖아. 지금 금방 팔아야 될 이유도 없는데. 나도 병원비를 좀 보탤게.

- 사실 엄마하고도 의논을 했는데 내가 빚이 좀 있어. 아파트 살 때 융자받은 게 이자가 좀 많아. 너도 알겠지만 아파트값이 많이 떨어져서 팔 수도 없고. 아버지는 지난번에 한정치산 선고를 받았으니, 너만 동의해 주면 서류상으로는 문제가 없어.

머릿속으로 열기가 치솟았다. 의식이 없이 중환자실에 누워 있는 아버지를 보고 나와서 할 수 있는 말이 아니었다. 더욱이 엄마와 의논할 이유가 뭐란 말인가. 이것은 분명히 어머니의 생각이다. 아버지의 실종을 알릴 때만 해도 어머니는 냉랭한 목소리로 말했다. 그런 일로 전화하지 마라. 너는 회사일은 어떡하고 그러고 다니냐? 네가 애쓴다고 찾을 수 있는 것은 아니잖니? 신고를 받았으니 찾으면 경찰서에서 알아서 전화를 할 게 아니냐? 마음 산란하게 하지 말고 끊자.

오빠가 흠흠 하고 마른기침을 했다. 남매간에 친밀한 관계를 가지고 있지는 않았지만 결혼하고 사이가 더 멀어졌다. 어린 시절부터 오빠는 늘 엄마에게 살뜰한 보살핌을 받았고 오빠 스스로도 당연히 받아들였다. 오빠는 과외를 했지만, 나는 학원을 다

넜고 해외 연수도 오빠만 보냈다. 오빠가 지망한 대학에 떨어졌
을 때 엄마는 고액과외를 시키지 못한 것을 억울해했고 무능력
한 탓인 것처럼 아버지를 원망했다.

 - 오빠, 아버지 의식이 돌아오실 수도 있어. 그 문제는 나중에
했으면 좋겠어.

 오빠는 떨떠름한 표정을 지으며 말했다.

 - 그러자 그럼. 어머니 동인전이 다음 주 금요일에 오픈인 것
알지? 잊지 말고 와라.

 - 알았어, 그럴게.

 중환자실에서 사흘을 보낸 후 아버지는 의식을 회복했다. 입
구에서 가운을 입고 머리에 비닐 캡을 쓰고 중환자실로 들어가
자 아버지는 환자복을 입고 수염까지 말끔히 면도되어 있었다.
누워서 나를 올려다보던 아버지의 희뿌옇게 흐려진 눈에 희미한
광채가 어리기 시작했다. 아버지가 팔을 내밀었다. 아주 천천히
입을 움직였다. 마치 한 음절 음절의 발음을 연습하며 사물의 모
습을 기억하는 어린아이처럼.

 - 희. 연. 아!

 나는 아버지를 와락 끌어안았다. 내가 딸인 것을 기억했지만
현재로부터 가까운 기억이 사라져 어머니를 죽이려고 했던 사건
들을 기억하지 못하는 것뿐 아니라 자신이 여인을 찾아 정신병
원에서 도망친 것도 기억하지 못했다. 아버지의 기억은 우리가

비교적 행복했던 시기, 거의 이십 년 전의 기억 속을 헤매고 있었고 그 기억도 실제 하지 않았던 일을 사실인 것처럼 왜곡해서 기억했다.

내가 면회 갈 때마다 아버지는 집에 가고 싶다고 졸랐다. 어머니도 애타게 찾았다. 한 번도 어머니를 애타게 찾은 적이 없던 아버지가.

– 왜 내가 여기 있냐? 나 여기 싫다. 마치 감옥 같구나. 날 좀 집에 데려다 다오. 네 엄마는 왜 안 오냐? 어디 먼데 갔니? 네 할머니가 계신 요양원에도 가 봐야 하는데, 희연아 이번 일요일에는 네가 좀 할머니를 찾아보면 안 되겠니?

나는 어머니가 호주에 있는 외삼촌 댁에 여행을 갔다고 하고 할머니도 건강하다고 거짓말을 했다. 아버지는 의심스런 눈빛으로 날 바라보다 체념한 듯 고개를 끄덕거렸다.

7.

어머니로부터 휴대폰이 왔다. 동인들끼리 모여 하는 수채화 전시회에 꼭 오라는 것이었다. 평소에 차분하던 어머니의 목소리가 살짝 떠 있었다.

– 희연아, 이번 전시회에 박 국장 부인이 온다는구나. 아무래도 널 마음에 두고 있는 모양이더라. 오프닝 때 네가 오는지 은근

히 묻지 않겠니? 좀 차리고 와라, 알았지.

픽 웃음이 났다. 외무부 국장을 그만둔 지가 십 년이 지나도 아직 그 부인은 박 국장 부인으로 불리는 모양이다. 부인은 캐나다로 이민 간 외삼촌이 외무부에 근무할 때 직속상관이었는데 어머니와 같이 박물관 대학을 다니고 있었다. 어머니와 인사동에서 전시회를 볼 때 만나서 같이 점심을 먹은 적이 있었다. 부인은 헤어지면서 말했다. 따님이 예쁘네요. 어머니를 닮아 기품이 있고요. 좋은 집안에서 자란 신붓감은 다르다니까요.

어머니는 아직 이혼녀가 아니다. 대기업 중견간부로 퇴직한 아버지의 현재 아내이다. 아버지의 칼부림 사건이 조용히 마무리된 것도 그런 이유였다. 내가 결혼하는 그때까지만 비밀로 해야 한다는 것이 엄마의 생각이다. 어머니는 아버지의 완전한 죽음을 원하고 있는지도 몰랐다.

5시에 있는 전시회 오프닝 시간이 가까워졌다. 어머니의 눈총이 신경이 쓰여 가볍게 화장을 하고 전시장으로 발걸음을 옮긴다.

어머니가 문화센터에서 수채화를 배우기 시작한 것은 아버지와 이혼하기 전부터였다. 어머니는 그림들을 보여주며 말했다.

- 내가 이런 감각이 있는 줄 몰랐구나. 장 화백도 내 예술적 감각이 뛰어나다고 하더라. 네 아버지처럼 삭막하고 재미없는 사람하고 살다 보니 너무 많은 것을 잃고 산 것을 이제야 깨달았지

뭐냐.

- 지금이라도 열심히 하시면 되지 뭐. 장 화백님이 위로 차원에서 어머니를 띄워 주는 건 아니우?

어머니의 눈이 샐쭉해졌다.

- 넌 늘 어깃장 놓는데 소질이 있어. 다른 사람들은 딸이 있어 좋겠다고 날 부러워하더라만. 난 한 번도 딸 키우는 재미를 느끼지 못하고 살았지 뭐냐. 희준이가 딸 노릇을 대신했지. 그런 데다 네 아버지는 희준이에게 눈 한 번 바로 뜨지 않고 너에게만 정을 주었지. 꼭 데려온 자식처럼 말이다. 그 뚝뚝한 사람이 늦게 들어와도 꼭 네 방에 가서 잠든 걸 보고 와서 잤으니까. 하긴 네 얼굴도 할머니를 쏙 빼다 담긴 했지만 말이다.

경인미술관 제1전시실 입구는 화환이 죽 늘어서 있었다. 오빠 이름의 화환도 보였다. 어머니는 베이지색 투피스에 복숭아색의 긴 스카프를 두른 럭셔리한 옷차림이었다. 너 옷차림이 그게 뭐냐? 하는 듯한 표정을 짓던 어머니는 곧 부드러운 웃음을 머금고 나를 지인들에게 소개했다. 박 국장 부인이 꽃다발과 와인을 나에게 내밀며 미소를 지었다. 그녀는 어머니가 출품한 꽃그림과 풍경화들을 꼼꼼히 살펴보며 말했다.

- 김 여사가 이런 고상한 취향을 갖고 계신 줄은 몰랐어요. 정말 부럽네요.

- 소일거리로 시작했는데 의외로 제가 깊이 빠져 버리게 됐답

니다. 스스로를 재발견했다고나 할까요. 우리 딸이 작품 할 때 조언을 많이 해 준답니다. 감각이 남다르니까요.

어머니가 부드러운 말씨로 대답하며 그녀에게 다과를 권하라고 은근히 눈짓을 했다. 나는 천천히 전시회장을 둘러본다. 모두 그만그만한 소품들이고 두서너 명의 것은 아마추어라고 감안하더라도 아주 조잡한 것들이었다. 자기만족을 위해 만들어진 작품들이 은은한 조명에 빛을 내고 있었다. 화관과 꽃바구니가 들어선 전시장에는 웃음과 사진을 찍는 모습들로 분주하기만 했다. 어머니와 같이 저녁을 먹자고 오빠가 휴대폰을 했지만 약속이 있다는 핑계를 대고 밖으로 나왔다. 낙원상가 옆 골목을 나와 운현궁 돌담을 지나 감사원이 있는 거리로 접어들었다. 멀리 레스토랑이 보였다. 창밖으로 흘러나오는 불빛에 〈리스본〉이라는 간판이 보였다. 홀연히 아버지가 병원에서 쓴 노트에 '장님이 된 시환이'라는 구절이 뇌리를 스쳤다. 아버지가 병원에서 도망 나간 후, 시환이라는 친구의 묘지를 찾아간 일을 나는 잊고 있었다. 〈리스본〉에서 아버지가 들려주었던 친구는 시환이라는 사람이 분명해 보였다.

대학에 들어가던 해 봄, 저녁을 같이 먹을 시간이 되느냐고 아버지에게서 전화가 왔다. 나는 환호했다. 미팅이 줄지어 있었고 1년 선배인 승우에게 관심 이상의 감정으로 들떠있었다. 아버지가 어머니 몰래 용돈을 넉넉히 줄 때가 있었으므로 나는 기대에 부풀었다. 정장양복을 입고 넥타이를 맨 아버지는 세련되고 활기찬 신사처럼 보였다. 나는 기분이 좋아져서 아버지의 팔짱을 척 끼었다. 아버지가 소리 내어 웃었다. 그때 아빠가 데려간 곳이 〈리스본〉이었다.

식당 벽에는 불빛이 이슬람사원을 은은히 비춘 아름다운 밤 풍경, 기둥만 남은 신전의 폐허, 석양 무렵의 사막을 낙타를 타고 가는 무리들을 찍은 사진들이 붙여져 있고, 그 위에 밝은 조명등을 켜 놓고 있었다. 굵은 면 종류를 싫어하는 것을 아는 아버지가 파스타 중에서 가장 작은 종류라고 하며 '쿠스쿠스'를 시켜주었다.

― 내가 사우디에 근무할 때 대학동기가 '알제 힐튼호텔' 짓는 현장 일을 하느라고 알제리에 있었지. 그 친구를 찾아가서 가끔 양고기를 넣은 '쿠스쿠스'를 먹었는데 생각보다 맛이 괜찮았다.

― 생각나요, 아빠. 그때 '카스바'의 시장에서 투아레그족의 민속의상을 사 보내 주셨어. 그걸 사다가 시장의 미로 속을 헤매느라 혼났다고 했잖아요. 그때 아빠가 '티파사의 고대 로마 유적지'를 찍은 사진을 보내 주셨어요.

아버지는 먼저 나온 샐러드를 포크로 집으면서 고개를 끄덕이다가 갑자기 동작을 멈추었다.

― 으음, 그랬지.

어딘지 목소리가 침울했다. 미소를 띠고 있던 표정도 굳어졌다. 샐러드를 다 먹고도 한동안 아무 말이 없다. 분위기를 돌리려고 나는 신전처럼 보이는 건물이 무너져 굵은 기둥만 서 있는 사진을 보며 말했다.

- 아빠, 저 사진도 티파사예요?

무언가 골똘히 생각에 잠겨 있던 아버지가 깜짝 놀란 듯 눈을 크게 뜨고 사진을 바라보다 말했다.

- 저건 아마 제밀라의 유적지 같구나. 알제에서 가까운 곳이지. 알제리에서는 관광객들이 오랑이나 티파사를 많이 찾더구나.

- 왜 그곳을 찾아요?

굳어 있던 아버지의 표정이 풀어지면서 말했다.

- 넌 까뮈를 잘 모르는 모양이구나. '페스트'의 무대가 오랑이었고 '결혼 여름'이라는 산문집의 첫머리에 티파사에서 다시 생명력을 되찾는 까뮈의 고백이 나오지 않더냐? 까뮈가 젊은 시절 폐결핵에 걸렸을 때 말이다.

- 제목은 알지만 내용을 꼼꼼히 읽어 본 적은 없어요. 아빠는 까뮈의 전기라도 읽었우? 뜻밖이네. 우리 아빠도 꽤나 고급영혼인데.

- 너 아빠를 아주 우습게 보는구나.

아버지가 빙긋 웃었지만 무언가 석연치 않은 그늘진 구석이 엿보였다. 집에서 보던 무표정한 얼굴이 아니라 마음의 결이 그

대로 얼굴에 드러나는 섬세한 얼굴이었다. 아빠도 젊은 시절에는 호감 가는 남자였겠다는 생각이 들어 나는 장난스럽게 물었다.

- 혹시 아빠 첫사랑이 까뮈를 좋아한 것 아니우?

- 글쎄다. 오래전 알던 여자가 까뮈를 좋아해서 가끔 까뮈의 산문 한 구절을 외워 주곤 했지.

낮고 쓸쓸한 말투였다.

- 그럼 옛사랑이라고 해야겠네. 그런데 까뮈의 어떤 구절을 읽어 주었어요?

당황한 듯 계면쩍은 표정을 하던 아버지가 잘 기억하는지 모르겠다며 자신 없는 표정을 짓더니, 와인 잔을 마저 비우고는 나직한 목소리로 중얼거리듯 말했다.

- 봄철에 티파사에는 신들이 내려와 산다. 태양 속에서, 은빛으로 철갑을 두른 바다며 야생의 푸른 하늘, 꽃들로 뒤덮인 폐허, 돌무더기 속에 굵은 거품을 부글거리며 끓는 빛 속에서 신들은 말을 한다.

아버지는 말을 멈추었다. 목소리에는 어떤 감회가 서려 있어 나는 아버지의 다음 말을 조심스레 기다렸다.

- 티파사는 밤이 되면 아주 적막한 곳이란다. 고대 번성했던 도시가 폐허가 되었으니 말이다. 태양이 작열하던 사막도 밤이 되면 영하 3도까지 내려가지. 빛과 어둠이 빚어내는 모습이 그토

록 선명해. 인간처럼 복잡하지도 위선적이지도 않아. 사막에서 모닥불을 피우고 앉아 궁륭처럼 펼쳐진 푸른 하늘을 바라보고 있으면 인간도 명료해지지. 마치 다른 사람의 그림자를 보듯이 인정하고 싶지 않은 자기존재의 어둠이 드러나거든. 이룰 수 없는 열정이 얼마나 부질없는 것인지, 세상에 등을 돌리고 선 자신이 얼마나 비겁하고 초라한지를 말이다.

아버지가 하는 말의 뜻이 분명히 이해되지도 않는 데다 목소리에 깃든 침울한 느낌이 싫어 나는 짐짓 명랑한 톤을 지어내 말했다.

- 아빠, 사막에 해가 뜰 때는 얼마나 아름다울까. 그야말로 환상적일 거예요.

- 그렇지만도 않아. 물론 아름답기는 하지. 그렇지만 태양의 고도에 따라 사구砂丘와 괴석들의 빛깔이 달라지는 것이 더 장관이었다. 태양의 그림자가 모래 위에 신기한 무늬를 그려주는 것도 아주 깊은 인상을 주더구나. 그 모양이 마치 어떤 불가사의한, 해독할 수 없는 깊은 의미를 담고 있는 것 같았지. 마치 운명의 징표처럼 말이다. 그 의미를 풀면 현실의 삶도 다르게 살 수 있을 것 같은 기분이 들었는데 난 결국 풀지 못하고 말았구나.

- 아빠는 어떻게 살고 싶었는데?

난감한 표정으로 날 한참이나 바라보던 아버지의 눈빛이 먼 곳을 바라보는 듯 아득해졌다.

- 알제로 내가 찾아가던 사람은 바닷가 마을에서 어린 시절을 같이 보낸 친구였지. 대학 다닐 때 학생운동을 주동하다 구속되었는데 고문에 못 이겨 조직의 일을 자백했던 과거를 가지고 있었어. 그게 족쇄가 되어 평생 그 친구를 괴롭혔지.

아버지가 와인 병을 기울여 잔을 채우고 나서 말했다.

- 그때 젊은이들은 너나 할 것 없이 변혁을 꿈꾸었지. 우리들의 피와 열정으로 혁명을 이룰 수 있다고 생각할 만큼 순진했으니까.

혁명! 나는 자유와 평등이라는 혁명정신의 교과서적인 이해보다는 어딘지 죽음보다 어둡고 불길처럼 뜨거운 그 낱말을 되뇌어 보았다.

- 그 친구가 학생운동의 선두에 있을 때 나는 장학금을 받고 입주가정교사를 하며 대학시절을 보냈는데 그 친구를 볼 때마다 늘 마음이 불편했어. 무리의 한 가운데 우뚝 서서 열띤 눈빛과 명석한 논리로 좌중을 압도하는 그 친구를 볼 때마다 열패감을 느꼈거든. 폭력에 저항하고 싶으면서도 군청의 말단 직원인 아버지의 장남이라는 것 때문에 무리 속에서 혼자 빠져나온 자의 비참함 같은 것이 견딜 수 없었던 거지. 그런 데다 그들에게서 같은 가치를 지향하는 사람들끼리의 강한 유대감을 느낄 때마다 가슴이 쓰라렸어. 동지애라는 것은 오래 사귀어 생기는 우정과는 전혀 다른 것이었거든. 그 친구는 사 년 동안 감옥살이를 하고 나

와서도 거의 폐인처럼 살았어. 그런 친구를 볼 때마다 가슴이 아팠다. 동지를 배반했다는 죄의식, 그들과의 강한 결속감, 그것을 잃어버렸을 때의 죽음보다 더 깊은 절망을 짐작하고도 남았으니까.

아버지는 길게 한숨을 내쉬고 말을 이어갔다.

- 내가 사우디에 있을 때 부두에서 일을 하고 있던 그 친구를 불러 관리직을 맡겼는데 그것도 거절하고 중동지역을 떠돌아다니면서 거의 막노동을 했어. 그런데 이 친구가 사막에서 떠오르는 태양을 똑바로 바라보았지, 맨눈으로 말이야.

- 세상에, 미치지 않았어요?

- 바라본 것이 아니라 자신의 전 존재를 걸고 노려보았겠지, 자살까지 생각했던 친구니까 말이다.

- 죄책감이나 절망감이 자살까지 생각할 정도로 심했나 봐요?

- 글쎄다. 단순히 그런 감정만은 아닌 것 같더구나. 내 짐작이다만 고문을 받는 과정에서 인간으로서의 존엄을 지키지 못하고 굴복해 버린, 스스로에 대한 모멸감 때문이 아닐까 싶다. 폐쇄된 공간에서 시간의 흐름도 잊은 채 계속 고문을 받는다는 것은 그 사람의 온전한 넋을 빼앗겨 명철한 의식이 마비되고 고문자에게 짐승처럼 굴종의 상태로 빠져들게 되는 것이니 말이다. 그런 자신이 더 견딜 수 없어 태양에 맞서는 것으로 자기 자신을 되찾으려 했을 것이다. 실명한 후에 그러더구나. 처음에 태양에 자신

이 빨려 들어가는 듯했는데 점점 자신과 태양이 하나가 되는 황홀한 느낌이 차올랐다고. 마치 종교가들이 말하는 신비체험처럼 말이다.

아버지의 목이 잠겨들었다. 나는 와인 잔을 쥔 아버지의 손을 가볍게 쓰다듬으며 낮은 목소리로 물었다.

- 그 친구분은 어떻게 되었어요?

- 세상과 연을 끊고 살다가 폐암으로 세상을 떴지. 그 친구를 생각하면 가슴이 미어지듯 아프구나. 한편 부럽기도 하고.

- 그 사람의 무엇이 부럽다는 건데요, 아빠.

아버지의 눈에 언뜻 괴로운 기색이 스쳐 갔다. 아버지는 와인 잔을 쥐고 무엇이라도 찾는 것처럼 그 안을 한참 동안 들여다보더니 혼잣말처럼 말했다.

- 자신의 전 존재를 던질 수 있는 그 친구의 용기 같은 것이. 난 한 번도 내 가슴이 원하는 대로 살지 못했거든.

나는 아버지의 독백 같은 말을 이해하려고 했다. 목숨과 바꿀 만할 신념이 과연 존재할 수 있을까? 한 인간을 그토록 파멸로 이끌고 간 죄책감도, 대학시절에 아버지가 느낀 자괴감이나 친구에 대한 동경과 부채의식도 공감이 가지 않기는 마찬가지였다. 맛있는 음식과 비싼 와인이 놓인 식탁 위로 검은 그늘이 드리워진 것이 은근히 못마땅하기까지 했다. 내 눈빛을 읽었는지 아버지는 아차, 하는 표정을 지으면서 말했다.

- 공연한 말을 했구나. 가슴 속 깊이 묻은 줄 알았는데 가끔 이
렇게 느닷없이 찾아오는구나. 그나저나 우리 희연이가 기다리는
게 있지? 요즈음 미팅하느라 바쁘다며 음?

양복저고리 안쪽에서 검은 가죽지갑을 꺼내며 아버지가 싱긋
웃었다. 기다리던 순간이었다. 나는 가볍게 휘파람을 불었다. 지
갑을 열던 아버지가 너털웃음을 웃었다.

- 친구에게 배웠어요. 휘파람을 아주 잘 불거든요.

두툼한 봉투를 받아 가방에 넣으며 말했다. 아버지가 미간을
찌푸리며 말했다.

- 휘파람 잘 불고 말 잘하는 녀석들이 대개는 속이 얕고 진실
하지 못하다는 것을 잊지 마라. 좋아하는 사람이 생기면 아빠에
게도 보여 주렴. 우리 귀한 딸을 웃게 할 사람인지 울게 할 사람
인지 단번에 알아볼 테니, 알았지?

나는 보도 한 가운데 서서 건너편 레스토랑의 불빛을 망연히
바라보았다. 아버지의 미소 띤 얼굴과 그 장면들이 어제 겪은 일
인 듯 생생하게 떠올랐다.

죽음의 문턱에 한 발 걸치고 있는 아버지의 모습이, 자기 스스
로의 운명을 비웃는 듯 냉소를 띤 그녀의 얼굴이 차례로 스쳐 갔
다. 혹시 아버지의 핏줄일지도 모르는 그녀의 딸은 어떻게 생겼
을까. 만일 내 동생이라면⋯⋯.

8.

한빛재단이 수유리에 설립한 한빛맹아학교는 곧 찾을 수 있었다. 시설이 좋고 환경도 조용해서 열악한 장애아들을 수용하는 기관이 아니라 작은 단과대학처럼 보이는 곳이었다.

남해의 주소와 어머니의 이름이 박인희라고 말하자 교무직원이 '아 박혜주'라고 고개를 끄덕였다. 혜주의 지도교사는 나를 오랫동안 살피면서 조심스럽게 말을 건넸다.

- 무슨 일로 찾아오셨는지 여쭤봐도 되겠습니까? 장애가 있는 사람은 보통사람보다 더 예민하고 상처받기 쉽습니다. 여기는 기숙사 시설이 있고 개인적으로는 외출도 할 수 없습니다. 음악회 발표를 앞두고 있어서 더 신경이 쓰입니다. 오신 목적에 따라 개인면담이 이루어지지 않을 수도 있습니다.

나는 비로소 박인희에게 허락도 받지 않고 찾아온 것을 깨달았다. 혜주에게 무슨 이야기를 할 것인가? 혜주가 받을 충격이 비로소 느껴졌다.

- 혜주의 어머니에게 허락을 받고 다시 오겠습니다. 혹시 얼굴이라도 볼 수 없을까요? 그냥 말없이 보기만 하겠습니다.

그는 복도를 지나 '소강당'이라는 팻말이 걸린 문을 밀고 들어갔다. '비제의 아를르의 여인' 전주곡이 연주되고 있었다. 눈을 감은 젊은 여자의 피아노 반주에 맞추어 소녀가 플루트를 연주하고 있었다. 창문으로 들어온 햇빛이 그들의 발치에서 일렁거렸다. 긴 머리를 늘어트리고 키가 자그마한 소녀를 바라보는 순간, 그 소녀가 혜주라는 느낌이 왔다. 혜주는 눈을 뜬 맹아였다. 내 시선이 혜주에게 붙박여 있는 것을 보던 교사가 '여기서 보시다가 가십시오' 하고 의자를 가리키며 고개를 잠깐 끄덕였다. 아마도 이야기를 걸지 말라는 뜻 같았다.

연주는 아직 하모니를 이루지 못하고 있었다. 연주는 서툴렀지만 그럼에도 불구하고 순수한 열정이 깃들어 있는 음악은 아름다웠다. 눈을 감고 귀를 기울이자 마음이 서서히 플루트 소리를 따라 흘렀다. 혜주가 숨을 모아 플루트의 관에 넣을 때의 숨소리, 빠른 멜로디를 연주할 때 어깨가 부드럽게 오르내리는 포즈, 흰 손가락의 섬세한 움직임을 보는 동안 그 애의 영혼이 나에게로 다가오는 것을 느꼈다. 가까이서 혜주를 보고 싶은 욕망을 누를 수가 없었다. 나는 발자국 소리를 죽이며 조심스레 다가갔다. 흰 이마에 내려온 긴 머리카락 사이로 푸른 기가 도는 눈자위 한가운데 검은 눈동자가 허공을 향해 있었다. 홍채 속에 그어져 있는 수없이 많은 빗살이 둘러싸고 있는 동공 속에 내 얼굴이 부표처럼 떠 나를 되비추고 있었다. 나는 혜주의 영혼에 가 닿고 싶은 걷잡을 수 없는 욕구를 느꼈다. 연주가 끝나고 혜주가 사라진 뒤에도 나는 그곳에 앉아 있다 돌아왔다.

아버지의 증상은 서서히 나빠지고 있었다. 이뇨제와 항생제를 써서 진행을 늦추고 있을 뿐이었다. 전해질 수치는 평균 수치로 돌아왔지만 신장 기능도 급격히 약해져 온몸이 부었다. 발도 모세혈관이 터져 발등에는 붉은 점이 덮였고 발뒤꿈치에서는 검은 피가 몰린 부분이 시트자락에 스치면 살갗이 터져 진물이 흘렀다. 진물을 닦아내고 소독할 때마다 아버지는 아픔을 호소했다.

회진한 의사는 '폐 기능이 아주 약해져 있습니다. 벌써 폐의 부종이 점점 심해지십니다. 아버님 연세는 아직 연명치료로 들어갈 연세는 아닌데, 걱정스럽습니다. 머지않아 패혈증이 오면 그땐 걷잡을 수 없습니다. 마음의 준비를 해야 될 것 같습니다'라고 최후통첩을 했다.

토마토를 요구르트와 갈아 콧줄에 연결된 호스에 넣고 있는데 올케가 왔다. 딸기가 든 종이박스와 제과점 백을 아버지의 발치에 놓았다.

- 간호사들 데스크에는 따로 주고 왔어요. 진이 아빠가 일찍 퇴근해서 같이 저녁 먹자고 하는데 괜찮지요?

- 네. 그러죠.

샤브샤브를 하는 음식점은 한산했다. 돌냄비에서 야채가 끓자 올케가 얇게 저민 쇠고기를 넣어 내 앞 접시에 놓아주었다. 몇 차례 고기를 건져 먹는 도중 올케는 '이 잣소스가 더 맛있는데요' 하며 접시가 비지 않았는데도 고기를 계속 놓아주었다. 백세주

병을 들어 내 술잔에 따라주며 오빠가 말문을 열었다.

- 아무래도 우리가 준비를 해야 되지 않니? 내 선배 말로는 폐에 부종이 생기면 패혈증으로 가기는 시간문제라고 하더라. 곧 산소 호흡기를 부착해야 할 거고 말이야. 언제 시간 내서 아버지 영정사진도 골라 주면 좋겠다. 진아 엄마가 아이들 때문에 꼼짝을 못하니 말이다.

- 알았어.

- 그리고 아버지 아파트 말인데 아버지가 돌아가시고 나면 상속세가 엄청날 것 아니냐? 그래서 아파트를 내놓았다. 한 이 삼천 내리면 팔릴 것 같더라.

오빠는 의논이 아니라 통고를 하고 있었다. 법적으로 내가 어느 정도의 권리가 있는지 알 수 없었다. 올케가 저녁을 먹자고 할 때부터 짐작이 가던 일이었다. 박인희의 기미가 낀 얼굴이, 허공을 향해 떠진 혜주의 맑은 눈이 떠올랐다. 아버지의 아파트는 혜주의 몫일 수도 있었다.

남해로 다시 그녀를 찾아갔다. 학교에서 알려준 전화번호를 눌렀다. 그녀는 해 질 녘에 지난번에 만났던 장소에서 보자고 했다. 횟집이 몰려있는 포구를 지나 지난번에 왔던 지점에서 멈춰 섰다. 하얀 포말을 날리며 모래 기슭을 핥고 다시 물러가는 파도를 지켜보며 생각했다. 그녀는 내 제안을 받아들일까. 그녀와 혜주를 본다면 아버지는 기억을 되찾을 수 있을까.

그녀가 온 것은 붉은 구름이 하늘을 온통 뒤덮기 시작해서였다. 검은 비닐봉지를 들고 서 있는 그녀는 지난번보다 얼굴이 더수척해 보이고 광대뼈 언저리에 엷은 기미까지 끼어 있었다. 엷은 술 냄새가 났다.

- 혜주 학교에서 전화를 받았어요. 옆집에서도 이야기를 들었고요. 난 아무 도움도 받고 싶지 않아요. 그럴 생각이었으면 벌써 아버님을 찾아갔겠지요. 그리고 혜주에게 자신이 사생아란사실을 알려 주고 싶지 않아요.

그녀는 격앙된 어조로 말했다. 나는 아버지의 정신병원 탈출과 병세를 자세히 이야기하기 시작했다. 내 말을 다 듣고 난 그녀가 먼바다에 시선을 둔 채 담담하게 말했다.

- 혜주는 오 년 전만 해도 직업훈련으로 안마를 배웠어요. 제가 죽고 나서도 그 앤 살아야 하니까요. 피곤에 지쳐 잠든 혜주를바라보다 앉아서 잠이 들곤 했는데 어느 날 혜주가 우는 기척에잠이 깨었어요. 혜주는 울면서 '엄마가 없어졌어요. 사람들이 엄마가 죽었다고 했어요, 라고 하면서 내 얼굴을 쓰다듬었지요. 그러면서 엄마가 돌아가실 때 나도 같이 죽을 수 있도록 해달라고하느님에게 기도를 했다'고 하더군요.

숨을 몰아쉬던 그녀가 말을 멈추었다. 가슴이 죄어들어 나는아무 말도 할 수 없었다.

- 어릴 때는 늘 물었지요. 바다는 어떻게 물결치나요? 모기는

날아가서 어떻게 사람을 물어요? 내 친구들이 나를 놀리고 때릴 때는 얼굴이 어떻게 변하나요? 새가 하늘을 날아가는 모습은 얼마나 예쁜가요? 무언가에 대해서 질문하는 것 자체가 저에게 고통이 된다는 것을 알 나이가 되고부터는 자폐적인 증상을 보였어요. 그때 혜주를 업고 바닷가에 가서 어두워지기를 기다려 바닷속으로 걸어 들어간 적도 있었어요. 죽을 때까지 암흑 속에 있어야 된다는 것이 어떤 것인지 느낄 수 있겠어요?

마치 스스로에게 묻는 듯한 어조였다. 석양빛에 물든 그녀의 옆얼굴을 바라보며 나는 그녀에게 말없이 대답했다. 승우과 결별하고 죽으려고 했을 그 당시 겪은 캄캄한 어둠이란 건 결국 검은 커튼에 불과하다는 것을 이제는 알아요. 그러나 난 죽을 때까지 한 오라기의 빛도 없는 암흑 속에 갇혀 사는 삶이란…….

침묵이 내려앉았다. 끊임없이 밀려오는 파도의 물굽이를 바라보다 그녀에게 물었다.

- 의료기술이 점점 발달되니까 혹시 새로운 치료방법이 있지 않을까요?

- 매년 알아보고 있지만 혜주는 선천적이어서 더욱더 불가능하답니다. 그때 아버님과 헤어지고 나서 죽을 생각을 했었어요. 임신한 줄 모르고 약을 먹었는데 나중에… 알게 되었어요. 알았다면 약 같은 건 먹지 않았을 텐데.

그것은 그녀의 입술에서 나오는 것이 아닌 내가 느낄 수 없는 세월의 저편에서 들려오는 비통한 울음소리 같았다. 그녀는 더 말을 잇지 못했다. 그녀의 고통을 조금이라도 위로하고 싶어 나는 아버지와 나누었던 대화를 들려주었다. 까뮈를 좋아하던 그녀를 사랑했다는 이야기며, 산문집 『결혼, 여름』의 첫 소절을 들려주었던 것들을. 그녀는 쓸쓸하게 웃었다.

- 아버님과 만날 때는 까뮈처럼 나도 신이 도처에게 나를 향해 미소 짓는 것 같았어요. 그러나 곧 깨달았지요. 내 삶이 운명으로 에워싸인 감옥이며 나는 그 속에 갇혀있는 수인囚人이라는 것을요. 혜주를 낳고 나서 성당에 가 앉으면, 페스트가 만연한 오랑에서 의사 리유가 파늘루 신부에게 '어린애들마저 주리를 틀도록 창조해 놓은 세상이라면 나는 죽어도 거부하겠습니다'라고 항변했던 것이 떠오르곤 했어요. 자신도 모르게 '신이 계신다면 왜 저에게 이런 고통을 주시나요? 죄 없는 어린것에게 왜 이토록 가혹한 벌을 주십니까?' 하고 울부짖곤 했지요. 그런데 혜주가 플루트를 하고 난 후부터는 무릎을 꿇고 간구하게 되더군요.

그녀는 나를 향해 엷은 미소를 띠었다. 부드럽고 따뜻한 미소였다. 아마도 그녀는 성상聖像 앞에 앉아 자신이 오래오래 혜주의 눈이 될 수 있도록 기도를 했으리라.

- 가끔 잠들기 전에 세어보아요. 내가 칠십이면 혜주가 몇 살인지, 또 팔십이면 몇 살이 되는지… 혜주를 언제까지 지켜 줄 수 있는지를.

금빛으로 타오르던 해가 수평선에 가까워지면서 바다 위에 붉은 빛기둥이 섰다. 오직 캄캄한 어둠뿐인 혜주의 눈을 바라보며 저 아름다운 노을빛을 어떤 방법으로도 설명할 수 없는 그녀의 마음이 손에 잡힐 듯 느껴졌다. 그녀의 고통도 혜주의 존재도 제대로 인지하지 못할 정도로 손상된 아버지의 뇌 속도 어둡기는 마찬가지일 것이다.

　- 아버지를 만나실 생각은 왜 한 번도 안 하셨나요?

　- 어머니께서 제가 다니던 학교로 찾아오셨어요. 열 살 쯤 된 아들을 데리고 오셨는데, 저를 한참 노려보시더니 두 아이와 자신의 목숨을 평생 등에 지고 살 자신이 있냐고 물으시더군요. 제가 망설이자 어머니의 손을 잡고 있던 아들이 '아줌마 때문에 우리 엄마가 죽으려고 했단 말이에요. 의사 선생님이 겨우 살려 냈어요'라고 말하며 원망이 가득한 눈으로 나를 바라보았어요. 그런데 그 눈에 눈물이 그렁그렁해지면서 두 뺨으로 흘러내렸어요. 아버님에게 가는 발걸음을 막은 것은 바로 그 눈이었어요.

　보지 않아도 뚜렷이 그 장면이 떠올랐다. 그녀가 발치에 둔 까만 비닐봉지에서 소주와 종이컵 두 개를 꺼냈다. 나는 소주병을 따서 그녀의 종이컵에 술을 따랐다. 술을 입으로 가져가던 그녀가 어색한 듯 내 얼굴을 슬쩍 바라보았다. 저도 한잔 주세요. 아버지와 같이 가끔 소주에 맥주를 섞어서 같이 마시곤 했어요. 술이 한 모금 들어가자 점심도 먹지 않은 빈속에 불이 붙는 것 같았다.

- 혜주의 고통을 나누려고 검은 안대로 눈을 가리기도 하고 나무숲이나 바다가 있는 곳은 가지도 않고 죽지 않을 만큼 먹었던 적이 있었어요. 그런 자학이 혜주에게 해가 된다는 걸 깨달았지요. 혜주는 자폐증상을 보이면서 학교에도 가지 않으려고 했어요. 한동안 울에 갇힌 짐승처럼 둘이 방 안에서만 살았지요. 그때 클래식 FM을 틀어놓고 있었는데 혜주가 그 멜로디를 그대로 따라 하더군요. 그제야 혜주의 음감이 특별하다는 것을 알았어요. 부산의 전문기관에 가서 절대음감을 가지고 있다는 것을 알았지요. 그래서 한빛맹학교에 연결이 된 것이고요. 좀 더 빨리 알았더라면 안마학교에 보내 그토록 고생을 시키지도 않았을 텐데요.

술이 오른 그녀가 난 죄인이에요, 하며 머리를 감싸 쥐었다. 그녀는 어쩌면 밤늦게까지 혼자 술을 마시는 버릇이 있는 것은 아닐까. 눈자위에 붉은 실핏줄이 돋은 그녀가 나를 한동안 건너다보더니 말했다.

- 어머니는 아버님을 잘 보살펴 주시나요?

가슴이 뜨끔했다. 차마 이혼했다고는 말할 수 없어 나는 조그맣게 말했다.

- 두 분 원래 정이 깊은 사이는 아니어서요.

머리를 감싸 쥐고 있던 손을 내려 술병을 잡으면서 그녀가 피식 웃음을 흘렸다.

- 헤어지지 않으면 죽겠다고 했으면서… 잘 안 살면 어떡해. 그러면 안 돼, 안 돼요. 혜주는 지금 음악이 전부예요. 씩씩하게 새 삶을 살고 있는데 충격을 받는다면 제가 어떻게 견딜 수 있겠어요. 부끄럽지만 말할게요. 책임질 수 없다며 한사코 저를 밀어내는 아버님을 계속 쫓아다닌 건 저였어요. 제가 분별없이 행동하지 않았으면 그분이 사막의 모래바람 속에서 그토록 오랫동안 계시지 않았을 거예요. 아마 가족과 평온하게 살았겠지요. 난 이렇게 그 죄를 받고 있는 거고요. 아버님에게 이런 모습 보여주고 싶지 않아. 우리 그만 돌아가요.

말은 그렇게 하면서도 그녀는 일어서지 않았다. 술에 취한 그녀의 흐트러진 모습을 바라보며 나는 생각했다. 그녀는 나에게 말하는 것이 아니라 아버지에게 말을 건네고 있는 것이라고.

만월이 흰 달무리를 이끌고 구름을 벗어나고 있는 것이 보였다. 둥글게 부풀어 오른 달 속에 어두운 얼룩이 희미하게 일렁거렸다. 짙은 얼룩은 수많은 분화구와 험준한 산맥일 것이고 엷게 일렁이는 부분은 폭풍이 일고 있는 모래바다일 것이다. 캄캄한 달 속을 휘몰아치는 모래폭풍… 생각을 더듬어 가던 나는 눈을 꾹 감았다. 어머니는 아버지와 그녀에게 덮쳐오는 모래폭풍이었을까. 아니면 그녀의 존재가 어머니에게 모래폭풍이었을까.

희고 아름다운 달 속에 감추어진 얼룩처럼 평온한 듯한 삶 속에도 어머니의 마음은 모래바람처럼 소용돌이치고 있었을까. 아버지의 고통을 그토록 외면할 수 있다는 것은 진정한 사랑이 아니고 집착일 것이다. 한 번도 누군가를 진심으로 사랑해 본 적이 없는 어머니의 삭막한 삶이 나는 안타까웠다.

9.

아버지의 혈액검사결과 헤모글로빈 수치가 지나치게 낮다는 결과가 나왔다. 담당 의사가 수혈을 권했다. 한나절에 걸쳐 수혈을 하고 난 후, 아버지의 상태가 눈에 띄게 좋아졌다. 혈색이 돌아오고 눈에도 생기가 돌았다. 내가 기뻐하자 수간호사가 말했다. 수혈을 하시면 대개 며칠에서 일주일 정도는 놀랄 만큼 좋아지세요. 아버지는 나를 볼 때마다 어머니가 왜 오지 않느냐고 채근했다. 호주에 이민 간 외삼촌 댁에 갔다고 이야기를 해도 잊고 다시 묻곤 했다. 퇴근한 후에 아버지에게 즙을 내주려고 바나나와 키위를 샀다.

나를 반겨하던 아버지는 허공으로 팔을 뻗어 무언가를 쥐는 시늉을 하더니 중지와 검지를 붙인 손을 입으로 가져갔다. 숨을 깊게 들여 마시다가 후 길게 숨을 토해내며 말했다.

- 아, 좋구나. 이 담배 향기 좀 맡아봐라.

눈을 스르르 감았다가 떠 나를 바라보는 아버지의 눈에 황홀한 빛이 어렸다. 내가 아버지의 눈꺼풀과 눈 밑의 살갗이 경련하고 눈동자가 미세하게 떨리는 것을 바라보는 동안 그 얼굴은 순식간에 시무룩해졌다. 한동안 고개를 숙이고 있던 아버지가 불현듯 내 손을 꽉 움켜쥐면서 말했다.

- 네가 지난밤에 사 온 술은 어디다 감춰 놓았니? 네 엄마는 한 번도 술병을 감춘 적이 없는데, 넌 왜 그렇게 고약하게 구냐? 네 엄만 음식솜씨도 좋지만 술 빚는 솜씨도 그만이었는데. 그래, 오월이면 늘 송화주松花酒를 술을 담았지. 이 세상에 술 익는 냄새처럼 마음을 훈훈하게 덥혀주는 건 없다.

아버지는 흐뭇한 표정으로 고개를 주억거렸다. 어머니는 송화주나 다른 과실주도 담근 적이 없었다. 젊은 시절부터 아버지는 어머니가 술을 담가 주기를 은근히 바라고 있었던 것일까? 아니면 할머니가 송화주를 담그신 것을 착각하고 있는 것일까.

- 할머니가 술 담그는 솜씨가 좋으셨던가 봐요?

아버지가 두어 번 눈을 끔벅거리더니 고개를 저으면서 말했다.

- 네 엄마가 솜씨가 좋았다니까, 그러는구나. 이맘때면 솔숲에 송홧가루가 뿌옇게 떨어졌단다. 그때 송화를 따야 향기가 맑은 술이 되지. 꽃을 따고 나서 소나무 순으로도 술을 담그는데 연초록의 어린잎을 따야지 소나무 송진의 맛과 향기가 아주 진하단다. 선연히 보이는구나, 네 엄마 머리에 눈썹에 앉은 송화를 떼어

줄 때면 네 엄마가 꼭 눈을 감았지. 그 모습이 참 고왔어. 지금도 곱지만 말이다.

코르사코프 증후군환자들이 작화증作話症을 보인다고는 하지만 왜 아버지가 있지도 않은 어머니와의 행복한 한때를 상상하는지 이해할 수가 없었다. 행복을 바라는 욕구가 그렇게 표현된 것일까. 박인희에 대한 그리움은 어디로 사라진 것일까. 손상된 뇌는 깊은 무의식까지도 마구 헝클어 버리는 모양이다.

아버지는 다정한 눈길로 어머니의 머리에 앉은 송화를 떼어주는 시늉을 하는 것처럼 오른쪽 팔을 위로 올렸다. 링거액과 연결된 주삿바늘을 꽂은 손은 허공을 위아래로 오르내리다가 이불 위로 툭 떨어졌다. 환자복 밖으로 비어져 나온 누렇게 부은 손등은 짙은 보라색과 퍼런 멍이 군데군데 들어 있었다. 주사를 놓을 때마다 혈관을 찾지 못해 바늘을 여러 번 찌른 탓이었다. 아버지는 목소리를 한껏 낮춰 속삭이듯 말했다.

— 송화주 말이다, 딱 두 잔이면 되는데. 입술만 적시면 안 되겠냐?

애원하듯 아버지는 내 손을 꽉 움켜쥐었다. 고개를 젓자 손을 쥔 아버지의 손이 스르르 풀어졌다.

혜주의 어머니에게 아버지의 상태를 알리는 편지와 기록을 우편으로 보냈다. 아버지의 삶이 끝나려고 한다는 것을. 아버지의 상태가 좋을 때 박인희와 혜주를 보게 하고 싶었다. 그녀의 말대로 혜주가 받을 충격이 걱정스럽기도 했지만 혜주에게 아버지의 존재를 알리고 법적인 권리를 찾게 해주어야 한다는 생각이었다.

아버지는 왼쪽 옆구리에 생긴 욕창을 치료할 때마다 고통스러워했다. 두 시간마다 자세를 바꾸는데도 욕창이 생겨 벌겋게 곪았다. 아버지의 고통을 들어주려고 나는 아버지의 가슴과 팔을 천천히 쓰다듬으며 작은 목소리로 '비제의 아를르의 여인' 전주곡의 서주부분을 허밍했다. 내가 예고 가는 것을 포기하고 피아노를 그만두자 아버지는 네 피아노 소리를 듣고 있으면 말이다. 바닷가에 서 있는 것 같이 청량한 기분이 들었는데, 라며 아쉬워했다. 어머니는 피아노 레슨비를 줄 때마다 말했다. 이 돈이면 네 오빠 두 달 과외비보다 많다. 네 아버지 월급으로 어떻게 네 뒷바라지를 하겠니. 예고를 가더라도 유학 이야기는 꺼내지도 마라. 아버지는 일찍 퇴근할 때면 가끔 내 방 앞을 서성이며 피아노를 치는 것을 바라는 눈치였지만, 학과 공부에 밀려 피아노를 칠 여유가 없었다.

박인희로부터 전화가 온 것은 사흘 후, 퉁퉁 부어오른 아버지의 다리를 주물러 살갗 속에 고인 물을 천천히 내리고 있을 때였다.

- 혜주에게 이야기를 했어요. 아버지를 만나겠다고 했습니다. 그리고 저는 서울에서 혜주를 만나고 집으로 내려가는 길에요.

잠시 침묵하던 그녀가 낮은 목소리로 말을 이었다.

- 지금 병원 앞에 와 있어요. 아무래도 뵙고 가야 할 것 같아서
요.

나는 부리나케 현관 앞 로비로 뛰어갔다. 그녀는 의자에 고개
를 숙이고 앉아 있었다. 얼굴빛이 창백한데도 열이 있는 듯 눈도
충혈되어 있었다. 그녀의 괴로움이 짐작되었지만 나는 차분하게
말했다.

- 아버지는 온전한 의식이 아닙니다. 기억을 못 하실 수도 있
어요. 올케도 가끔 처음 보는 사람처럼 대하니까요.

그녀는 고개를 끄덕였다. 병실 문을 열자 아버지가 문 쪽을 바
라보았다. 누워 있던 아버지가 몸을 버둥대며 일어나려고 했다.
나는 허리에 손을 넣어 일으켜 앉히고 등에 쿠션을 넣어주었다.
간병인을 데리고 나가려는 순간 아버지가 말했다.

- 당신 어디 갔다 오는 거요. 내가 얼마나 당신을 기다렸는지
알아? 나 여기 싫소. 내 집에 가서 편안히 있고 싶어.

정신이 아찔했다. 그녀를 어머니로 착각하다니. 얼굴이 새파
랗게 질린 그녀는 넋을 잃고 서 있었다. 순간 그녀의 몸이 침대
위로 쓰러졌다. 그녀는 어깨를 들썩이며 오열했다. 그녀의 전 생
애가, 고통스러웠던 삶이 거친 물굽이처럼 휩쓸고 가는 듯했다.
그녀에 대한 죄스러움과 후회로 가슴이 죄어들었다.

아버지의 눈이 휘둥그레 떠졌다.

- 왜 우는 거요? 내가 죽을병이 걸린 것도 아닌데. 당신이 끓여 준 북엇국을 홀홀 먹고 나면 기운이 날 것 같아. 뜨거운 국물에 밥을 말아서, 국물이 아주 개운했지.

아버지는 마른 침을 삼키며 손을 뻗어 그녀의 등을 토닥거렸다. 나는 아버지의 귓가에 입을 가까이 대고 '박인희, 박인희'라고 속삭여 주었다. 아버지의 무의식 어딘가에 갈무리 되어 있을 그녀를 애타게 부르던 열망이 깨어나기를 바라면서. 그러나 아버지는 어리둥절한 표정으로 그녀와 나를 번갈아 바라볼 뿐이었다.

그녀의 울음이 서서히 잦아들었다. 그녀는 고개를 들어 아버지의 얼굴을 바라보았다. 눈물에 뒤범벅이 된 눈에는 말할 수 없는 안타까움과 슬픔이 가득 차 있었다. 그녀는 천천히 손을 내밀어 아버지의 손을 더듬어 쥐었다. 나는 슬그머니 병실 밖으로 나왔다. 면회시간이 끝나고 병실을 나온 그녀는 탈진한 사람처럼 복도의 나무의자에 풀썩 주저앉았다. 그녀를 배웅하면서 말했다.

- 너무 죄송해서 무슨 말씀을 드려야 할지 모르겠어요. 혜주를 만나는 것은 보류하면 좋을 것 같아요.

그녀는 침묵했다. 잠시 말이 끊긴 침묵 속에서 나는 그녀가 아직도 아버지를 깊이 사랑하고 있다는 것을 느꼈다.

- 시간이 얼마 남지 않은 것 같아요. 혜주에게 미리 증상을 자

세히 이야기해 두겠어요. 혜주를 만나세요. 아버지의 노트를 혜주에게 읽어 주었어요.

그녀는 아득한 눈빛으로 길게 숨을 내쉬며 말했다.

- 인간에게 오는 운명은 거역할 수도 바꿀 수도 없어요. 혜주의 눈도 아버지의 병도 그렇고. 불행이고 재앙이라고 생각하면 하루도 못 살아요. 이 모든 것이 다 이유가 있어서 내게 온 것이려니 생각했어요. 옛 어른들이 전생에 지은 죄를 이승에서 갚는다고 했지요. 전생에 나는, 아버님과 혜주에게 무슨 죄를 지었을까요?

10.

혜주는 내 손을 쓰다듬어보았다. 그리고 얼굴과 턱과 눈, 코, 입을 차례로 만져보는 동안 나는 눈을 감고 있었다. 부드러운 손이 피부에 닿아 조금씩 옮겨질 때마다 나는 혜주의 정신의 한 부분이 나에게로 접지하는 것을 느꼈다. 한 집안에서 크는 동안 자매가 경험했을 온갖 감정, 소근 거리는 이야기, 터질 듯한 웃음을 참느라고 킥킥거리는 소리, 사춘기 소녀들이 겪는 고민거리와 설렘, 충족되지 않는 꿈, 이성에의 동경, 부모에 대한 애증과 갈등들, 나른한 행복감이 소리 없이 흘러들어왔다. 짧은 순간, 십칠 년의 세월이 악기들의 화음이 어울리듯 부드럽게 섞여드는 것을 느꼈다. 깊고 정밀한 시간이 이어졌다. 내 이마를 만지던 혜주가 입을 열었다. 앳띤 목소리는 맑았다.

- 언니는 마르고 턱이 갸름하고 속눈썹이 길어요. 이마는 반듯하고 약간 둥글어요. 예쁜 얼굴이에요.

- 혜주 얼굴이 더 예뻐. 만나줘서 고맙고 행복해.

혜주 얼굴에 홍조가 떠올랐다. 허공을 향해 떠진 눈꺼풀이 떨리고 입술이 벌어지면서 미소가 떠올랐다. 환하고 수줍은 미소였다.

- 어젯밤에 한잠도 못 잤어요. 어떤 분일까, 하고 생각하느라고요. 이 세상에서 나와 피를 나눈 사람들이 있다는 것이 도저히 믿을 수가 없었어요.

휴게실을 들락거리는 학생들이 내는 떠들썩한 소리 때문에 우리는 이야기를 멈추었다. 혜주가 내 손목을 끌며 말했다.

- 제 방으로 가요. 같이 방을 쓰는 친구에게 한 시간만 언니와 이야기를 하겠다고 했거든요.

기숙사 시설은 쾌적해 보였다. 방 양옆으로 침대가 있고 침대 옆에 책상이 붙어있었다. 책상 위에는 보랏빛 들꽃이 유리컵에 꽂혀 있었다. 혜주가 더듬거리며 꽃이 핀 유리컵을 내 얼굴에 대어 주었다.

- 선물이에요. 뒷산에 많이 피었어요.

- 꽃향기가 좋네. 고마워.

혜주가 꽃을 꺾어 오느라고 겪었을 어려움이 손에 집힐 듯 느껴졌다. 무엇인가 선물을 하고 싶은 혜주에게 나는 선물이 아니라 준비된 충격과 불행을 가지고 온 것은 아닐까. 마음이 무거워져 오는 것을 떨치려고 침대 위에 붙여 놓은 글귀를 읽어 보았다. 점자로 읽을 수 있도록 책상 위에도 놓여 있었다.

음악은 도덕적 법이다.
그것은 우주에 영혼을 주고, 마음에 날개를 주며, 상상력에 비상의 힘을 준다.
슬픔에는 마력을 주고, 주위의 모든 것에는 명랑함과 기쁨을 준다.
- 플 라 톤-

- 좋은 글이야. 그러니까 음악이란 아름답고 불멸하는 것에 가닿을 수 있는 영혼의 울림이라고 할 수 있겠네. 연주자는 그 다리를 놓는 역할을 하는 거고.

혜주가 희고 가지런한 이를 드러내며 활짝 웃었다.

- 아직은 아니에요. 그렇지만 언젠가는 좋은 연주가가 되어서 다른 사람의 병든 몸과 마음을 치료하는 데 도움을 주고 싶어요. 우리 몸의 모든 기관과 뼈, 살 등은 건강할 때 그들만의 주파수를 갖고 있답니다.

혜주는 점자책을 읽듯이 또박또박 말을 이었다.

- 그런데 질병이 발생하게 되면 그 부위의 주파수가 바뀌게 된

다고 합니다. 그 부위의 건강한 공명주파수 소리를 듣는 것으로
도 그 부위의 건강을 되찾을 수가 있다고 해요. 예를 들면 '도' 음
은 정화의 에너지를 가지고 있으며, '레' 음은 약동하는 에너지
를, '미' 음은 조화와 치료의 에너지를, '파' 음은 형성의 에너지
를, '솔' 음은 감사의 에너지를 갖고 있다고 해요. 그리고 '라' 음
은 절대적이고, 무차별적인 통일의 에너지를 갖고 있으며, '시'
음은 동식물 차원의 낮은 에너지를 갖고 있다고 해요.

혜주의 암기력은 대단했다. 아마도 청각이 발달되어 있는 것
처럼 기억을 관장하는 뇌의 기관도 발달 되어 있는 모양이었다.

- 와, 혜주의 기억력이 대단하네. 어떻게 그 모든 것을 기억할
수가 있지?

- 저는 다른 학생들처럼 많은 공부를 하지 못해요. 그래서 아
는 것이 아주 한정되어 있어요. 기억력이 좋은 것이 아니라 같은
내용을 반복하다 보면 자연히 기억이 될 수밖에 없답니다.

혜주의 목소리가 낮아지고 얼굴빛이 흐려졌다.

- 음악이 치유에너지를 가지고 있다고 믿는 사람들은 흔치 않
아. 언젠가 혜주의 음악이 사람들의 마음을 정화시키고 평화롭
게 해 줄 수 있을 거야.

그날, 혜주를 데리고 나와 아버지와 같이 갔던 레스토랑 〈리
스본〉에서 파스타를 먹었다. 혜주는 깨끗하게 음식을 먹었다.
아주 맛있어요, 하며 먹는 혜주의 모습이 사랑스러웠다. 아버지

가 맑은 의식으로 저 모습을 볼 수 있다면 몸속의 모든 기관들이 조화로워지고 건강해질 수 있을 것 같았다.

아버지는 며칠 동안 계속 설사를 했다. 항문이 짓물러 가루약을 뿌려 주어야 했다. 복수가 차오르고 팔과 다리의 부종이 전신으로 퍼져갔다. 등가죽과 뼈 사이에도 물이 고여 아버지의 몸은 이스트를 넣은 밀가루 반죽처럼 부풀어갔다. 몸을 돌려 눕힐 때마다 간병인과 내가 힘을 합쳐야 했다. 몸의 위치를 두 시간에 한 번은 바꿔 주어야 하는 일도 점점 어려워졌다. 욕창이 생겨 벌겋게 곪기 시작했다. 간병인을 더 쓸 수도 없고 내가 병실에 있는 시간을 늘릴 수도 없었다. 아버지의 담당 수간호사가 노인 전문요양병원으로 옮기는 것이 어떠냐고 넌지시 물어왔다. 어차피 아버지의 치료는 연명치료이기 때문에 효과적으로는 큰 병원이나 요양병원이나 큰 차이가 없다고 했다. 그런 데다 아버지의 증세로 보아 중환자실로 옮기면 하루에 두 번 있는 면회시간 이외에는 볼 수가 없게 되어 임종을 놓칠 수도 있다고 했다. 요양병원의 중환자실은 면회가 비교적 자유롭고 간병인들이 어울려서 돌보기 때문에 더 편리하다고 했다.

오빠와 의논해서 시설과 의료진이 좋은 요양병원으로 아버지를 옮겼다. 오전에 한 시간 삼십 분, 오후에 두 시간의 면회가 허용되었다. 콧줄로 영양식을 하거나 의식이 혼미한 환자들, 산소

호흡기를 단 환자들처럼 증상이 심한 중환자실은 간병인들 네 사람이 환자 한 명을 돌보았다. 아버지는 임파선 부종으로 말하는 것을 점점 힘들어했고 잠자는 시간이 늘어갔다. 증상이 조금이라도 좋아져서 혜주가 받을 충격과 실망감이 줄어들기를 바랐지만 더 기다릴 수 없었다. 혜주에게 아버지가 코르사코프증후군의 증상이 있기 때문에 현실을 제대로 인지하지 못할뿐더러 가까운 기억을 못 한다고 알려주었다. 혜주를 보는 순간만이라도 아버지의 정신이 맑기를, 박인희를 애타게 찾아다녔던 기억을 되찾기를 바랄 뿐이었다.

토요일 오후 나는 혜주를 데리고 아버지에게로 갔다. 혜주는 긴장했는지 내 손을 잡은 손바닥에 땀이 베어났다.

아버지는 잠들어 있었다. 나는 혜주의 손을 아버지의 얼굴에 대어 주었다. 혜주의 가늘고 흰 손이 더듬더듬 아버지의 얼굴을 쓰다듬었다. 입가에 깊게 패인 주름, 코와 뺨을, 그리고 광대뼈와 눈언저리를 쓰다듬어 갔다. 혜주의 손이 아버지의 눈과 눈썹을 스쳐 갈 때였다. 무거운 듯 내리 덮인 아버지의 눈꺼풀이 움직이더니 서서히 열렸다. 아버지의 눈이 떠지고 무슨 말을 하려는지 입술이 움찔움찔했다. 혜주의 손이 민첩하게 아버지의 입술을 더듬었다. 혜주가 낮고 부드러운 목소리로 말을 했다.

- 아버지, 아무 말씀 안 하셔도 알아듣고 있어요. 심장의 박동, 숨소리, 살갗의 작은 움직임, 눈꺼풀의 떨림, 목소리의 울림도 느

낄 수 있습니다.

혜주의 맑고 검은 눈동자에 물기가 고여 들기 시작했다. 꼼짝도 하지 않고 혜주의 얼굴을 바라보던 아버지의 눈에서 희미한 빛이 돋아나기 시작했다. 아버지의 입술이 떨렸다. 인. 희. 인. 희. 먼 기억을 불러올리듯 아버지의 입에서 네 음절이 울려 나왔다. 가슴 속에서 목울대를 올라와 입 밖으로 나오는 그 순간순간이 아버지가 맞이했던 수많은 기쁨과 고통과 슬픔을 담고 있는 듯 가슴이 저려왔다.

인. 희. 인. 희. 목이 부은 아버지의 목소리는 동굴 속에서 울리는 것처럼 웅웅 거렸다. 아버지는 일어나려고 안간힘을 썼다. 침대 롤러를 올려 아버지의 상반신이 올라오게 하자마자 아버지는 두 팔을 뻗어 혜주를 부둥켜안았다. 아버지의 팔이 혜주를 바짝 조이고 있어 혜주가 숨이 막혀 했다. 팔을 떼어 놓으려고 하자 아버지가 우후, 하는 울음소리를 토해내며 혜주의 이마에 입술을 비볐다. 검버섯이 핀 아버지의 뺨 위로 끊임없이 눈물이 흘러내렸다.

나는 아버지에게 고개를 숙이고 말했다.

- 아빠, 혜주는 아빠… 딸…….

내가 미처 말을 잇기 전에 혜주가 내 팔을 살며시 잡으며 고개를 흔들었다. 나는 말을 멈추었다. 그랬다. 아버지에게는 인희, 라는 이름이 주는 기억 속에 사로잡혀 있는 편이 더 행복할지도 몰랐다.

혜주가 가방에서 그레고리안 찬트 CD를 꺼냈다. 1990년대 초에 스페인의 베네딕트 수도사들에 의해 녹음된 것이라고 했다. 아버지에게 들려주고 싶어서 가져왔다고 했다. 나는 MP3에 연결된 리시버를 아버지의 귀에 넣어주었다. 아버지는 고개를 끄덕였다. 아버지의 얼굴에 미소가 어리기 시작했다. 혜주가 목소리를 낮추어서 말했다.

- 언니, 찬트는 신성한 노래예요. 찬트는 뇌에서 엔돌핀이나 세로토닌 같은 호르몬의 분비를 자극하고 심장과 호흡이 조화를 이루어 깊은 휴식과 마음의 평화를 가져오는데 도움을 준다고 해요. 더 중요한 것은 신의 축복을 받는 것이에요.

혜주가 다녀간 뒤 아버지는 점점 맑은 의식이 돌아오기 시작했다. 내가 가면 아버지의 시선이 내 뒤편을 살펴보는 것을 느꼈다. 가을에 있을 연주회 준비로 시간이 빠듯했지만 혜주는 내가 퇴근할 무렵이면 언니, 저 데려다주실 수 있으세요, 하고 전화를 했다. 혜주가 병실을 찾을 때마다 아버지는 따뜻한 기쁨이 스며든 눈빛으로 혜주를 바라보곤 했다.

간병인이 미소를 지으며 말했다. 아버님이 작은 따님이 온 뒤로 눈에 뜨이게 좋아 지시네요. 매일 목욕을 해 달라고 조르시고 거울도 보시고요. 내가 황급히 무슨 말씀은 안 하셨어요? 라고 말하자, 간병인은 웃음을 머금은 얼굴로 말했다. 거울을 한참 동안 들여다보시더니 혼잣말처럼 '내가 그 사내인지, 저 사내가 나인지 모르겠구나. 그를 만나고 싶구나, 왜 자꾸 따라다니는지 묻고 싶다'라고 하시더라고요.

침대시트 간 것을 들고 가려다가 간병인이 망설이며 낮은 목소리로 말했다. 제 경험으로는 환자분들은 돌아가시기 전에 반짝 경과가 좋아지시더라고요. 아마 하느님이 마지막 준비할 시간을 주시나 봐요.

담당주치의를 찾아갔다. 진료 차트를 훑어보던 의사가 부드러운 목소리로 말했다.

- 말씀하신 것처럼 그런 상태가 계속된다면 다행한 일입니다만, 너무 기대하지는 마십시오. 잠깐 좋아질 수도 있지요. 그러나 진행이 멈추어지지는 않습니다. 곧 패혈증으로 발전될 가능성이 아주 많습니다.

나는 오빠를 만나러 회사 아래의 커피숍으로 찾아갔다. 혜주를 아버지의 호적에 입적시켰으면 좋겠다고 했다. 오빠는 긴장된 표정을 감추지 않았다.

- 그 애가 아버지 자식인 걸 어떻게 믿냐? 젊은 여자가 혼자 지냈을 리가 없지 않니?

- 그런 사람 아냐.

오빠의 얼굴이 굳어졌다. 미간을 찌푸린 오빠가 말했다.

- 그 애가 아빠 딸이라고 해도 지금 와서 어쩌자는 거니? 곧 돌아가실 양반인데.

- 혜주도 자식으로서 아빠의 유품이나 재산을 나눠 받을 권리가 있어.

오빠의 얼굴이 확 붉어졌다.

- 넌 그 여자 때문에 어머니가 얼마나 고통을 겪었는지 몰라? 죽으려고 하셨단 말이야. 그런데 뭐, 권리가 있어?

오빠가 커피잔을 받침접시 위에 소리 나게 놓았다.

- 오빠도 혜주를 한번 만나 봐요, 동생이라는 걸 인정하게 될 거야.

- 넌 도대체 어머니 생각을 조금이라도 하는 애냐? 난 더 듣고 싶지도 않다.

회사에서 퇴근하고 찾아간 변호사의 말로는, 가족이 동의하지 않을 경우 DNA 검사를 해서 친자확인 소송을 하는 방법밖에 없다는 것이었다.

망설이다 밤이 되어서야 그녀에게 전화를 했다. 내 말을 다 듣고 난 그녀는 잠시 침묵하더니 입을 열었다.

- 소송까지 하고 싶지 않아요. 혜주가 아버지를 만날 수 있는 것만도 다행한 일이라고 생각하고 있어요. 혜주가 언니를 참 좋아해요. 그것만으로도 충분합니다.

- 혜주를 위해서예요. 다시 생각해보세요. 검사만 하면 다음

일은 제가 알아서 할게요.

- 그런 방식으로 살려고 했으면 일찌감치 아버님을 찾아갔겠
지요. 혜주도 태어나지도 않았을 거고요.

어머니에게서 만나자는 전화가 왔다. 내가 망설이자 어머니는
참았던 화를 쏟아 냈다.

- 내가 널 열 달이나 배 아파서 난 자식 맞니? 어떻게 그런 생
각을 다 할 수 있니? 가슴을 앓으며 산 세월이 얼만데 그년 좋으
라고 입적을 시켜? 그런 시껍잖은 동정이랑 그만두고 혼자 사는
네 엄마에게 얼굴이라도 보여주렴. 다시는 그 일은 입에 올리지
도 마라.

어머니는 내 대답도 기다리지 않고 전화를 끊었다. 어렸을 때
부터 어머니는 늘 이렇게 해야 된다, 고 방향을 제시했다. 내 마
음의 동향이나 내 요구는 모자란 생각으로 치부했고 반기를 드
는 것은 싸늘한 냉대와 불이익을 감수해야 했다. 생일날 친구들
을 초대해주지 않는다거나 영화를 보러 간다는 것을 묵살하거나
오빠만 데리고 나가 외식을 하고 옷을 사준다거나 하는 일들이
었다.

11.

아버지의 아파트를 부동산에 내놓았다고 오빠가 말했다. 오빠

가 상속세를 물지 않고 세금을 줄이는 방법을 자세히 설명했지만 나는 귀담아듣지 않았다. 나는 오빠가 내민 동의서에 사인을 하지 않았다. 올케가 내민 메모지에 병원비, 장례식 비용과 납골당 매입, 수의 장만 등 대략 예산을 잡은 명세서를 보았다. 아파트를 팔면 받을 금액의 15분의 1 정도였다. 지금 당장 아파트를 팔지 않아도 해결할 수 있는 금액이었다. 내 오피스텔을 담보로 융자를 받아도 충분한 금액이었다.

내가 해야 할 일은 아버지가 진통제와 항생제에 절어 의식이 혼미하기 전에 가족과 같이 아버지의 임종을 평화스럽게 맞이하게 하는 일이었다. 아버지의 노트에 기록된 것처럼 조카들을 품에 안아보는 일이고 가족들 곁에서 며칠이라도 지나게 하고 싶었다.

케이크와 꽃을 사서 오빠네로 갔다. 진이가 와 케이크다, 하며 내 팔에 착 안겼다. 가은이가 펄쩍펄쩍 뛰면서 안아달라고 양팔을 내밀었다. 식탁에 앉아 올케가 내온 와인을 잔에 따르는 오빠의 얼굴이 부드러웠다.

- 자 마시자. 네가 와서 같이 저녁을 먹으니 좋다. 당신도 앉아.

실내 자동차를 타고 거실마루를 돌아다니던 진이가 케이크 접시를 보고 의자 위로 올라오려고 하다가 '고모, 안아 줘' 하며 품에 안겼다. 아버지가 쓴 병원기록에 '진이를 안아 볼 수 있다면 무슨 일이라도 하련만' 이라고 쓴 구절이 뇌리를 스쳐 갔다. 나는 진이를 안아 케이크를 먹여주었다.

올케가 아이들을 씻기고 재우는 동안 오빠와 마주 앉았다. 오빠의 눈빛이 긴장하고 있는 것이 느껴졌다.

- 오빠도 알지만 병원에서 임종을 맞는 환자 중에서 맑은 의식을 갖고 세상을 떠나는 사람은 없어. 모두 항생제와 진통제의 과다투여로 목숨이 연장될 뿐이야. 외국에서는 임종을 집에서 맞이하게 하는 운동이 벌어지고 있대. 임종시간이 다행히 낮이면 햇빛이 비치는 창가에 침대를 붙이고 창문을 열어 바람이 들어오게 하고, 밤이면 달과 별빛이 빚어내는 또 다른 풍경이 있겠지. 우리야 아파트에 사니까 그럴 수는 없지만 우리 모두가 보는 앞에서 아버지가 눈을 감는다면 아버지도 편안히 가실 것 같아. 오빠, 임종을 홀로 맞을 때의 공포와 뼈저린 아픔을 생각해 봤으면 해. 지금은 아버지 의식이 있지만 패혈증이 오면 보름을 버티기 힘든다고 했어. 부탁이야.

- 죽어가는 환자를 집에 어떻게 모신다는 거야? 그게 말이나 되니? 우선 콧줄로 영양식과 약을 넣어야 하는데, 퇴원하는 환자를 의사가 처방을 해 주겠니? 대 소변은 또 어떡하고?

오빠는 울화가 치미는 것을 참을 수 없는지 벌떡 일어나 베란다의 창문을 열어젖혔다. 나는 오빠에게 다가갔다.

- 그건 간병인을 쓰면 되고 항생제와 진통제는 끊어야 해. 고

통을 연장하는 것밖에 안 되는 치료를 왜 계속해야 해. 약에 취해 의식만 혼미해지는 건데. 마지막으로 가은이와 진이도 아빠 가슴에 한번 안겨드리면 안 될까? 오빠도 아빠 병원기록을 읽었잖아.

- 이성적으로는 네 말이 옳아. 그건 평화스러운 죽음의 모습을 그린 영화의 한 장면 같은 거야. 현실문제는 달라. 병세가 급격하게 나빠지면 어떤 일이 벌어질지 어떻게 아니? 산송장이나 다름없는 할아버지의 모습을 어린애들에게 보여준다고? 아이들의 정서에 어떤 악영향을 미칠지 한 번 생각해 봤니? 네 올케가 얼마나 예민하고 연약한 사람이냐? 아마 기절을 할 거다. 난 싫다.

- 그럼, 내 오피스텔로 모실게. 어차피 엄만 안 오실 테니, 혜주네 모녀를 오라고 해도 괜찮겠지?

- 안 돼. 아버지의 법적 보호자는 나야. 내 동의 없이는 퇴원할 수 없다.

문을 열어 놓고 아이 방에서 듣고 있었든지 올케가 나왔다. 올케는 와인과 유리잔이 놓인 쟁반을 탁자 위에 놓고 내 손목을 끌어 소파에 앉혔다. 올케가 잔에 와인을 따라 내밀며 말했다.

- 아가씨 마음 잘 알아요. 그런 임종방법은 외국에나 있지 아직 우리 정서와는 맞지 않아요. 더욱이 어머니도 안 계시잖아요. 어머니 입장을 생각해서라도 그럴 수는 없어요. 제발 우리 가족 모두 마음 편히 보내도록 해요. 모든 사람들이 다 병원영안실을

이용하잖아요. 저도 감당할 자신이 없어요. 정말 미안해요, 아가씨.

더는 말을 붙일 수가 없었다. 우리 가족 속에 왜 아버지가 빠져야 하는지, 우리 가족이 흩어진 것이 어머니의 이기심과 복수심 때문인지, 박인희를 사랑한 아버지 때문인지 알 수 없었다. 분명한 것은 평생 사막의 모래 위에 도로를 놓고 육지와 바다를 연결하는 다리를 놓는 작업을 해 왔지만 정작 아버지의 삶은 누구와도 연결되지 못하고 있었다.

12.

아버지의 증세가 막바지로 치닫고 있었다. 의식이 가물가물해지고 눈에 초점이 흐려져 아버지의 어깨나 가슴을 두드리며 큰목소리로 말해야 하고 가래가 많이 껴서 목에 관을 꼽고 석션을해 주어야 했다. 석션을 할 때마다 아버지의 얼굴은 벌겋게 상기되고 가래를 뽑아 올릴 때마다 몸이 침대 위로 튀어 올랐다. 폐의부종이 패혈증으로 발전했다. 가장 위험한 환자로 분류되어 간호사들의 데스크 바로 앞으로 침대가 옮겨졌다. 오빠가 원무과에서 중간정산을 하고 병실에 들렀다. 오빠는 아파트를 사겠다는 사람이 있어 계약을 하겠다고 말했다. 나는 가져온 동의서에사인을 했다. 모든 비용을 빼고 남은 금액의 반은 네 통장에 넣어

줄게, 라고 오빠가 말했다. 오빠는 중요한 회의가 있다며 금방 일어섰다.

아버지는 오전에는 잠들어 있을 때가 많았다. 오후가 되면 뿌옇게 흐려졌던 눈도 초점이 살아났다. 가끔 희연아, 나 집에 언제 갈 수 있냐? 하고 힘없이 물어오기도 하고, 내가 살아서 다시 바다를 볼 수 있을까, 하고 아득한 눈빛으로 중얼거리곤 했다.

그즈음의 오후, 햇빛이 아버지의 침대 발치에 와 있을 때였다. 발뒤꿈치에 난 진물을 소독한 뒤에 거즈를 붙이고 콧줄에 연결된 호스에 딸기와 바나나를 묽은 쥬스로 만들어 넣고 있을 때였다.

- 희연아, 내가 머지않아 저세상으로 가려는가 보다. 시환이 꿈을 꾸었구나.

아버지는 숨이 차서 말을 멈추고 한동안 숨을 몰아쉬었다. 시환이라는 사람은 동지를 배반했다는 죄의식과 고문 과정에서 붕괴된 자아를 되찾으려고 사막의 태양을 맨눈으로 바라보다 실명을 한 후, 폐암으로 세상을 떠난 친구가 아닌가. 아버지는 무엇 때문에 그 친구의 꿈으로 죽음을 예감한다는 것일까? 나는 숨죽이며 다음 말을 기다렸다.

- 시환이와 바다에서 한참 동안 헤엄을 치고 있는데 파도가 점점 거칠어지더니 집채만 한 파도가 몰아치기 시작하더구나. 폭풍이 온다, 라고 외치며 죽을힘을 다해 헤엄을 쳐 모래톱에 드러

눕는데 장대처럼 큰 사람이 내 앞에 서서 손을 내밀었지. 그게 바로 시환이었어. 그를 찾을 생각도 못 하고 혼자 폭풍 속을 빠져나온 것이 죄스러워 주춤거리다 그 손을 잡았는데 얼음처럼 차가웠지. 그래서 소스라쳐 깨어났구나.

아버지는 손을 들어 가슴께를 지그시 눌렀다. 움푹 패인 눈시울에 거무스름한 기운이 더 짙어졌다. 그건 그 사람의 삶일 뿐인데 왜 아버지는 그토록 죄의식을 가지고 있는 걸까. 그처럼 투쟁하지도 고통을 당하지도 못하고 세상을 등진 죄책감이 죽음에 이르러서까지 아버지의 가슴에 무거운 짐처럼 얹혀 있었던 것일까. 그 시대에는 체제나 이념이 목숨보다 더 소중한 가치였을까.

어린 시절을 보낸 바다를 그토록 그리워했으면서도 굳이 사막에서 반평생을 보낸 것은 스스로 선택한 유형流刑의 길이었을까.

나는 아버지의 가슴께를 손으로 쓰다듬으며 아버지의 이마에 내 뺨을 대어주었다. 마르고 따끈한 감촉이 전해졌다. 아버지의 귀에 이어폰을 끼우고 혜주가 가져온 그레고리안 성가를 들려주었다. 십 분도 채 지나지 않아 아버지는 잠이 들었다.

다음 날부터 아버지는 오후가 되면 열이 오르기 시작했다. 해열제가 투여되면 잠이 들었고 영양식이 공급될 시간이 되면 흔들어 깨워야 했다. 점심시간을 이용해 병원에 가더라도 아버지가 깨어 있는 시간에 맞추기 힘들어졌다. 아버지의 얼굴빛은 핏기 하나 없고 눈은 초점이 없이 허공을 향해 뜨여 있다.

혜주가 플루트를 가지고 왔다. 데스크의 수간호원에게 혜주가 연주를 해도 되느냐고 묻자 그럼요, 좋은 일이죠, 하고 반겼다.

나는 아버지를 앉히고 어깨 뒤에 쿠션을 두 개 넣어 기대게 했다. 혜주가 케이스에서 플루트를 꺼내 심호흡을 했다. 눈을 감고 관에다 숨을 가늘게 몰아넣었다. 느린 곡조의 아름다운 선율이 울려 퍼졌다. 간호사들과 간병인들이 한 둘씩 하던 일을 멈추고 아버지의 침대 가까이로 왔다. 빠른 비브라토 주법으로 연주하는 혜주의 손가락이 가볍게 움직이는 모습을 바라보자 눈시울이 뜨거워졌다. 점자 악보를 손가락으로 하나씩 짚어가며 암보를 했을 혜주의 어려움이 느껴져서였다.

아버지의 얼굴에도 홍조가 떠올랐다. 역시 수혈한 것이 효과가 있는 모양이었다. 아버지가 흐뭇한 미소를 띠고 혜주를 사랑스런 눈길로 바라보았다.

혜주가 부는 플루트 소리는 이 십여 명이 수용되어 있는 중환자실의 넓은 공간을 메우며 은은히 퍼져갔다. 식물인간처럼 의식이 깨어 있지 못하거나 산소마스크를 쓰고 있는 환자들을 빼고는 모두 혜주를 보고 있었다. 사방을 두리번거리다 혜주의 모습에 초점이 맞추어진 환자들이 침대의 스프링롤러를 올려달라고 해서 등 위에 쿠션을 대고 앉아 있었다.

혜주는 서서히 연주에 몰입해 가는 것 같았다. 빠른 알레그로의 곡조를 연주할 때마다 혜주의 이마 위에 내려온 머리칼이 나부꼈다. 문득 혜주가 아버지의 부어오른 몸을 경락마사지를 해 줄 때가 떠올랐다. 손을 날렵하게 움직이는 그 모습에서 안마학 원에 다닐 때의 고생과 절망감이 느껴져 한숨을 내쉬자 혜주는 내 마음을 바로 짚어냈다. 언니, 나는 지금 너무 행복해요. 아버 지 몸도 만져드릴 수 있고 언니도 생기고, 또 음악이 있잖아요. 음악은 제게 생명의 빛이에요.

혜주의 내리뜬 눈꺼풀 위의 가느다란 푸른 정맥이, 볼그스름 해진 뺨과 희고 긴 눈시울에 어린 빛이 아름답기 그지없다.

혜주가 연주를 끝내고 돌아간 뒤 이틀 후, 아버지는 혼수상태 에 빠졌다. 눈을 떠도 아버지의 망막에는 아무런 물체도 비쳐지 지 않는 것 같았다. 귀에 대고 큰소리로 불러야만 힘없이 눈을 떴 다가 이내 다시 스르르 감기곤 했다.

올케가 수의壽衣를 고르고 경기도 파주에 있는 납골당을 계약 했다고 했다. 아버지는 혜주가 와도 알아보지 못했다. 자신을 어 머니로 착각하는 아버지가 혼란스러울 것이 염려되어 혜주와 같 이 머물지 못하던 박인희도 와서 침대 곁을 지켰다.

혜주는 환자가 혼수상태에 빠지거나 죽음의 확인절차를 거쳐 도 24시간까지 듣는 기능은 멈추어지지 않는다고 했다며 아버지 의 귓가에 대고 나지막한 소리로 노래를 부르기 시작했다. 맑고 투명한 챤트가 부드럽게 흘러나왔다.

노래가 아버지의 잠자던 의식을 일깨웠을까. 아버지의 눈이 힘없이 뜨였다. 나는 혜주의 귀에 대고 속삭였다. 아버지가 눈을 뜨셨어. 혜주의 손이 아버지의 눈언저리를 더듬어갔다. 아버지의 입술이 움직였다. 나는 아버지의 귀에 얼굴을 바짝 갖다 대었다.

- 거. 울. 좀 다오.

임파선 부종으로 아버지의 목소리는 깊은 동굴에서 울려 나오듯 웅웅 거렸다.

- 거울이요?

내가 묻자 아버지가 고개를 끄덕였다. 따뜻한 물에 적신 타월로 아버지의 얼굴을 닦아냈다. 간병인과 같이 아버지의 환자복을 벗기고 집에서 입던 잠옷을 입혔다. 아버지의 코에 연결된 호스 줄을 떼고 침대 스프링 롤러를 돌려 머리 쪽을 올렸다. 아버지의 상체가 천천히 들렸다. 등허리에 쿠션을 넣자 아버지가 만족하다는 듯이 고개를 끄덕였다. 서랍에서 거울을 꺼내 아버지의 얼굴 앞에 세웠다. 거울을 골똘히 바라보던 아버지의 눈에 초점이 모아졌다. 아버지는 뚫어질 듯 거울을 응시했다. 입술이 천천히 움직였다.

- 누. 구. 요? 당신 누구요?

동굴 속을 울리는 듯한 웅웅 거리는 그 목소리가 다시 새어 나왔다. 그 소리는 마치 아버지의 생애 저쪽에서 들려오는 듯했다. 아버지의 크게 떠진 눈에는 형언할 수 없는 공포가 가득 차 있다.

나는 아버지의 손에서 거울을 내리고 아버지의 얼굴을 가슴에 끌어안았다.

단 한 번도 가슴이 원하는 대로 살지 못하고 삶의 심연 속으로 침몰해 버린 아버지가 가여워 견딜 수가 없었다. 할머니가 있던 요양원 앞의 바닷가에서 춤을 추듯 스텝을 밟던 아버지의 행복한 모습이, 죽음이 가까운 친구의 잠든 얼굴을 바라보다 병실 문을 나서던 아버지의 무참한 얼굴이, 사막의 밤하늘을 바라보는 아버지의 고독한 모습이, 벼린 칼날 같은 어머니의 눈빛에 짓눌린 아버지의 굳은 얼굴이, 사랑하는 여인을 찾아 남해를 헤매던 늙고 병든 아버지의 모습이, 죽음의 문턱에서조차 젊어 세상을 버린 친구에 대한 죄책감에 짓눌린 아버지의 모습이 차례로 눈앞에 어른거렸다.

몇 시간 동안 풀무처럼 숨을 헐떡이던 아버지의 숨소리가 점점 잦아들기 시작했다. 나는 아버지의 침대 밑에 무릎을 꿇고 아버지의 뺨에 얼굴을 대었다. 나는 아무런 물체도, 아무런 소리도 감지할 수 없었다. 오직 아버지의 꺼져가는 듯 희미한 숨소리가 나의 내부로 조금씩 흘러들어 올 뿐이었다. 아버지는 삶과 죽음에 한 발씩을 담그고 위태롭게 흔들리고 있었다.

새벽 네 시 십분 아버지는 숨을 거두었다. 오빠가 아버지의 눈시울을 아래로 쓸어내렸다. 아버지의 얼굴은 평안한 빛도 고통의 흔적도 남아 있지 않았다.

의사가 포켓램프로 아버지의 망막을 검사하고 임종을 확인했다. 시신 위로 흰 시트가 덮혔다. 차가운 흰빛이 눈을 찔렀는지 눈이 감기는 순간 나는 언뜻 아버지가 보던 거울이 떠오르고, 그 속에서 두 인물을 본 것 같았다. 눈을 부릅뜨고 오로지 앞의 한 곳을 응시하고 있는 남자를, 그리고 뒤쪽에서 앞사람의 음울하고 고통스런 표정의 남자를 조롱하듯 안타까운 듯 바라보는 또 다른 남자를.

나는 알 수 없었다. 두 남자의 영혼 사이의 경계가 단단한 벽인지를, 아니면 한 자락의 천처럼 얇디얇은 막인지를. 나는 눈을 떴다. 거울은 텅 비어 있었다.

나는 아버지의 얼굴이 하나라는 것을 확인이라도 하듯 시트를 약간 들추었다. 그리고 고개를 깊이 숙이고 아버지의 이마에 입술을 대었다. 아버지의 이마는 아직 온기가 남아 있었다.

해설

시대와의 불화, 그 기억의 문신

- 김문주 소설집 『세상의 모든 잠』

김성달·소설가

1.

어떠한 일이나 사건이 시대성을 획득하게 되는 것은 계속해서 기억하려는 노력에서 비롯된다. 사건을 정확히 보고 옳고 그름을 따져 결국은 그 사건이 있었던 시간을 안고 어떤 삶을 살아갈 것인가를 고민하는 사람들의 기억 때문에, 시대를 이루는 개개인의 사건은 잊히지 않고 역사의 기억 속에 남아있을 수 있다.

김문주의 소설집 『세상의 모든 잠』은 지나온 시대를 직시하고 기억하여 마침내 기록의 의지까지 나아간 총체적인 산물이다. 그것은 이 소설집에서 나타나고 있는 개인이 그 개인의 속성이기보다는 그 개인이 살아왔던 시대의 시간을 끌어안고 있는 존재이기 때문이다. 소설 속의 인물들은 자신 혹은 타인과의 기억을 환기시키면서 그것이 안고 있는 시대의 시간성까지도 자연스럽게 끌고 온다. 이 과정에서 아주 사소하고 미미해 보이는 기억까지도 매개물로 작용한다. 기억은 과거의 시간에 대한 해석이다. 이러한 기억을 매개로 그 형상의 문신을 바늘로 아프게 새겨놓은 것이『세상의 모든 잠』이다. 인물들이 가진 기억의 문신, 그 생생함이 독자들에게 뼈를 깎은 것 같은 고통으로 전이된다.

김문주의 소설집『세상의 모든 잠』을 읽어가다가 그 끝 모를 고통의 심연에서 몇 번이나 쉬어가면서도 오랜만에 인간의 진실은 무엇이고, 그걸 소설 속에서 읽고 느끼는 것이 왜 우리에게는 그렇게 절실하고 소중한 것인가를 생각했다. 소설을 읽으면서 시대를 배회하는 망령들과 싸우거나 망령들을 다독이고 있는 자신을 발견했다. 이상한 것은 그 망령들은 죽지 않았으며 죽을 수 없는 무엇을 포함하고 있다는 것이었다. 그것은 이 소설집이 '죽음 사자의 서'이기 때문이다. 소설 속의 인물들은 개별적이고 각자적인 죽음과 맞서는 죽음을 구축하고 있으면서도, 죽음을 넘어서 끝없이 나를 소멸하는 너를 찾아가고 있다. 이런 점에서 김문주의 소설은 죽음이 육체이며 언어이다. 죽음이 개별적인 기억의 문신으로 휘발하는 감응이 독특한 김문주의 언어로 나타나는데, 그것이 바로『세상의 모든 잠』이다.

김문주 소설집『세상의 모든 잠』은 곳곳에서 '죽음'과 비극적인 사건들을 호명하고 있으며, 그 죽음이 정말 개별적이고 각자

적일까 하는 의문들을 가지게 한다. 또한 일상으로 보아왔고, 시대에서 반복되었지만 그럼에도 모두가 마비되어 보지 못했거나 보지 않으려는 것을, 말하지 않거나 말할 수 없는 것들을 작가는 고통스럽게 증언하고 있다. 회피와 묵인과 무관심은 언제나 도사리고 있는 현실의 우려이면서도 삶이 뿌리를 내리고 살아가는 실재적인 공간이다. 그래서 소설 속의 인물들은 일상의 인간적인 모습을 한 비인간의 형상으로 도처에서 묘사되고 있다. 그런 힘들고 고통스러운 형상은 너의 모습이자 바로 나의 모습이기도 하다. 그곳에서 바로 소설이 전하는 진실의 모순이나 역설의 성찰과 반영의 거울이 생겨난다. 진실이라는 것은 인간과 시대의 기억 안에서 작동하기 마련이다.

2.

「깊은 그늘의 집」은 시대의 어둠이 그대로 투사된 작품인데 시대의 그림자가 연기같이 깔려있다. 여전히 고통스럽고, 사라졌다지만 아픈, 버리고 싶어도 버려지지 않은, 시대의 그늘이 음영 짙게 드러나고 있다.

고문기술자 배후인물로 지목된 아버지는 암으로 투병 중이다. 아버지 병간호를 하고 있는 여자가 '아버지의 몸을 갉아먹는 암세포가 시간이 흐를수록 기승을 부리듯이' 살고 있는 집은 '보이

지 않는 누군가의 손에 허물어져 가고 있다는 느낌을 지울 수가'
없지만 눈앞에 보이는 신축공사 현장의 건축물은 하루가 다르게
형체가 바뀐다. 아버지를 살인자로 부르짖으며 달려들던 노인
은 여자에게 살이 타는 냄새를 맡아본 적이 있느냐고 묻는다. 아
버지는 그런 노인을 보고도 덤덤하다. 아버지가 쑥뜸 뜨는 장면
을 보는 순간부터 여자는 노인의 그 말이 의식의 수면 위로 솟구
쳐 올라와 자신을 괴롭힌다. 사랑하는 남자 승우가 아버지를 향
해 '그런 인간 옆에서 어떻게 숨을 쉴 수' 있느냐며 결별을 선언
한 기억을 고스란히 가진 채 살고 있는 여자는 종종 '현관문이 삐
걱이고 창틀이 틀어지고 유리창들이 부서져 내리고 지붕이 주저
앉고 벽이 허물어'지는 환영에 시달린다. 딸에게 버림받는 것을
겁내는 병든 노인일 뿐인 아버지는 결국 과거의 삶의 얼룩진 문
신 때문에 고문조사위원회의 증인으로 채택된다.

> 한땀 한땀 죽을힘을 다해 봉합했다고 생각한 기억은 결국 자신의 등
> 판에 새겨 놓은 문신처럼 지울 수도 떼어낼 수도 없다. 바늘이 살갗을
> 찌를 때마다 고통에 이를 악문다. 바늘을 들고 모양을 새기는 사람의
> 지극한 몰입, 그리고 둘이 함께 나누는 한순간의 환희. 그는 알까? 문
> 신을 받은 사람만이 그 고통과 환희를 절대로 잊지 못한다는 것을.
> 「깊은 그늘의 집」 중에서

지우고 싶은 아버지의 기억에 닿아있는 딸의 현실이 그늘진

집이라는 유폐된 공간 속에서 부식작용을 일으키면서 풍겨나는 분위기와 무의식의 지층을 강하게 흔드는 심리 묘사가 뛰어나다. 허물어 내리는 집과 신축공사의 현장, 쑥뜸과 전기고문의 대비가 촘촘한 그물망으로 잘 기워진 소설이다. 오랫동안 닫혀 있던 컴컴하고 음습한 지하실로 우리를 다시 데려가는 것 같다. 서로 엉켜있어 생겨난 무정형과 같은 시대의 그림자가 여전히 생생한 현장성으로 다가오고 있는데 그것은 나와 너의 위치가 바뀌어버리는 전도현상 같은 것이 작품에서 일어나고 있기 때문이다. 즉, 가해자의 나와 피해자의 나, 모두가 시대의 그늘에서는 내가 나인지 네가 나인지 모르는 상태가 되어버린 것이다. 내 안에도 타자가 있다는 사실에 대한 정확한 인식이 이 소설을 여전히 현재형으로 읽히게 만들고 있다. 또한 존재 상실감의 내면화를 깊이 있게 밀고 나가서 대상과의 미적거리를 확보하고 있어 시종 긴장감을 유지하고 있다. 이 소설은 과거는 그것을 떠올리는 현재의 누군가가 있어야 비로소 존재한다는 것을 명확하게 환기시키고 있다. 기억을 인장으로 삼고 있는 작가는 과거에 일어난 일을 현재에 연결하여 필연으로 만드는데 그렇게 과거를 필연으로 만들면 반드시 문제가 생긴다. 그렇기에 아버지는 과거를 놓아버린다. 그래서 아버지의 시간은 영원히 미완성인 애도처럼 하염없이 현재를 맴돌고 있다. 그래서 아버지의 과거는 현재를 현재는 과거를 꽉 움켜잡고 있는 것이다.

「호도나무 숲으로 가는 두 갈래 길」은 남자와 여자의 교차 시점을 통해 인간 속에 무수한 얼굴로 숨어있는 심리를 집요하고도 섬세하게 파고든 작품이다. 익숙하게 내면화되어 있는 종양이나 고름처럼 느껴졌던 것이라도 함부로 굴착할 수 없는 존재의 일부라는 것을 선명하게 보여준다. 각자의 시간으로 분절되어 서로 외면하거나 매장시키거나 편리하게 수용 혹은 훼손했던 남자와 여자의 내면 의식은 호수로 연결된다. 이렇게 혼란스러운 남자와 여자의 내면을 호수의 풍경에 기대어 들여다보는 상징성이 뛰어나다.

아내의 실종이 길어지면서 남자는 호수에 빠져 죽었을 것이라는 생각을 한다. 아내의 아버지도 호수에서 실족사로 죽었다. '장인과 아내에게는 노을빛에 물든 호수와 하늘이 경계가 없듯이 삶과 죽음, 현실과 환상의 구분이 없었다.' 그것은 그들만의 삶의 방식이었다. 남자는 적막하고 음산한 기운이 내려앉은 호수의 수면이 마치 검고 끈끈한 흡반처럼 보인다. 죽음의 호수이다. 호수에서 건져 올린 시체가 아내가 아니라는 것을 확인한 남자는 운전을 하고 가다가 남의 차를 들이받아 그 차의 주인을 태워주면서 우연히 산중의 명상홀에 들어가 자신을 들여다본다.

숨결이 거칠어지고 눈 속이 뜨거워진다. 벚꽃나무의 꽃잎이 흩뿌려져

있던 호수의 기슭에서 아내와 아이가 물장난을 친다. 햇빛이 금빛 실
타래처럼 아른거리는 물속에 아내의 흰 발이 보인다. 그는 아내의 발
목을 둘러싼 분홍빛의 꽃잎들을 만져 보려고 손을 내민다. 순간 아내
의 발은 살점이 떨어져 나간 퍼렇고 뭉툭한 덩어리다. 그는 무릎에 고
개를 묻고 소리를 내지 않으려고 안간힘을 쓰며 눈물을 흘린다.
「호도나무 숲으로 가는 두 갈래 길」 중에서

  명상 중에 있던 남자는 '자신을 부르는 아내의 목소리가 희미
하게 들려오는 것 같아 그는 숨을 멈추고 귀를 기울인다. 누가 속
삭여 주는 것처럼 아내는 죽은 것이 아니라 자신처럼 조용히 혼
자 견디고 있는지도 모른다, 는 생각'에 그는 몸을 일으켜 밖으로
나온다. 딸아이를 교통사고로 잃은 후부터 여자는 넋이 나간 사
람처럼 모든 일에 무감각하다. 어릴 때부터 다니던 절에만 드나
들던 여자의 눈에 사람들의 몸이 썩어들어 가는 환영이 보이기
시작한다.

  그즈음의 어느 날, 퇴근한 남편이 그녀의 얼굴을 한동안 바라보다 눈
물이 고인 얼굴로 애원했다. 당신, 나를 위해 살아 줄 수는 없니? 그리
고 그가 나를 끌다시피 데리고 간 곳이 스파게티전문점이었다. 남편은
해물스파게티를 주문했고 그녀는 크림소스 스파게티를 먹었다. 반쯤
접시를 비우고 나서 무심코 사람들을 바라보았다. 순간 그들의 얼굴
이 모두 썩어들어 가고 있었다. 뺨에서 라면 발처럼 흘러내리는 살점
들, 코와 눈이, 눈썹과 입이 해체되는 모습이 보였다. 구더기가 들끓고
고름이 흘러내리는 손으로 장미꽃 무늬가 촘촘히 그려진 접시의 면을

포크로 감아올려 입으로 가져가는 기괴한 모습을 …….

「호도나무 숲으로 가는 두 갈래 길」 중에서

사람들의 몸이 썩어가는 환영에 견딜 수 없는 여자는 호수에 몸을 던지지만 살아남아 죽음을 향한 투쟁을 하다가 정신병원으로 옮겨진다. 의사는 '아이를 잃은 절망감과 호수에 뼈 한 줌 뿌리지 못한 것, 옛집을 잃어버린 것, 남편에 대한 분노 같은 현실 속에서 인정하지 못한 여러 심층적인 요인들이 사람이 썩어간다는 환영으로 나타난 것이라'며 더불어 살아가야 하는 것을 주문한다. 하지만 여자는 '내 전부였던 아이도, 옛집도 모두 잃었는데도 다른 사람들과 더불어 살아야 하는 것일까?'하는 회의에 잠기면서도 자폐증을 앓고 있는 소녀를 만나 차츰 안정을 찾는다. 퇴원을 하게 된 여자는 집으로 돌아가기 싫어서 정신병원 의사가 소개해준 명상 센터의 일을 거들어주기 위해 호두나무 길을 걸어서 찾아간다. 여자가 빠른 걸음으로 불빛을 향해 걷기 시작하는데 누군가 명상 센터의 불빛 속에서 걸어 나오는 것이 보인다.

은폐되지 않은 환부의 상처를 위해 스스로에 대한 질문을 멈추지 않고 있는 소설이다. 질식할 것 같은 자아의 혼탁한 액화 상태를 어슴푸레한 호수 빛으로 물들이고 있다. 벌어진 일은 구체적으로 증언하고 있지만 이미지들과 혼미한 의식은 호수의 달빛과 묘한 교감을 이룬다. 인간이 삶에 대한 앎을 조금씩 수정해가면서 인간과 세계를 이해하듯이 삶의 변수를 통해 마음속을 들여다보면서 타인에 무감했던 자신을 돌아본다. 그 과정에서 정도를 인식하고 용서가 무엇인지 자연스럽게 생각하게 만든다. 남자와 여자는 자신을 표현하는 방식이 개인마다 다르고 상황마다 다르며 충동 혹은 환경에 따라 달라진다. 그러나 그런 것들은 언어로 정리될 수 있는 것이 아니다. 언어로 정리할 수 없는 그 행간을 메워내는 작가의 죽음에 대한 사유가 값지고 귀하다. 감정의 호수에 들어가 온갖 상징을 행간에 숨겨둔 격조 높은 소설이다. 행간의 각기 다른 방식의 상징을 이용해, 그 행간을 채우는 사유의 언어가 언어에 머무르지 않는다. 상처에 가슴을 문지르고, 상실감을 마음에 묻고 새로운 길 찾기가 시작되는 마지막 장면은 많은 것을 시사하고 있다. 그것은 새로운 길이 되겠지만 떠나지 않으면 안 되는 새로운 길이었다.

「세상의 모든 잠」은 실존 상실감의 내면화를 독백의 닫힌 공간으로 퇴행하지 않고, 그 상실감의 근원을 자기 속으로 대상화하는 과정이 성숙되어 나타난 구도적 성격의 소설이다. 가해자의 심리적 착종을 통해 고통당한 존재의 근원을 찾아가는 소설적 전언의 의미가 큰 작품이다. 상처의 근거를 자기 자신에서 찾으려는 진정성이 피해자의 보편적인 상처를 향해 열려있기 때문이다. 꿈과 열망으로부터 버림받은 인물들의 현대적 일상의 미아, 시대의 미아 모습을 핍진하게 그리고 있다.

나는 30년 전에 나를 버리고 간 어머니가 중환자실에 있다는 소식을 듣고 찾아간다. 병원 문 앞에서 머뭇거리는 내 눈에 '쇠침대의 양쪽 모서리에 손발을 묶인 노파가 몸을 일으키려고 몸부림을 치고 있는 것이' 보인다. 그 노파가 나의 어머니이다. 나는 어머니를 만난 후부터 소년시절부터 겪어왔던 결핍감과 정신의 허기가 모두 어머니에게서 비롯되었다는 것을 느끼면서 아버지에게 이 이야기를 어떻게 알려야 할까 고민한다. 다른 남자의 품을 찾아 떠난 어머니 때문에 떠돌다가 소목장이 되어 나무 깎는 일을 하는 아버지는 소목장 일을 하면서 터득한 것은 '기다림'이라고 했다. 푸른 달빛을 등지고 어두운 숲길로 혼자 걸어가던 아버지의 뒷모습이 눈에 어른거린다. 아버지는 고통을 잊으려고 어머니의 목각상을 조각하지만 자꾸 악마의 모습으로 나타난다.

그즈음의 어느 날, 아버지가 잠깐 집을 비운 사이 살며시 공방 문을 열었다. 문갑, 반닫이, 서재 책상, 약장 등 낯익은 가구 한구석에 사람이 앉아 있는 형상을 한 나무기둥이 보였다. 무릎을 꿇고 벌을 서는 아이처럼 두 손을 위로 올리고 있는 조각상으로 바싹 다가서는 순간 비명이 터져 나왔다. 표독스럽게 찢어진 눈, 입꼬리를 슬쩍 치켜 올린 일그러진 입매, 소름 끼치게 무서운 눈으로 나를 흘겨보는 얼굴은 그림책에서 보았던 악마의 얼굴이었다.

「세상의 모든 잠」 중에서

아버지는 악마의 얼굴에서 벗어나지 못하는 어머니의 얼굴을 부서버린 후 찾아 간 절에서 만난 관음상을 조각하지만 그것도 자신을 속이는 것이라는 생각을 한다.

> 관음상을 완성하던 날, 나는 오래도록 관음상을 바라보았다. 어떻게 이토록 고요하고 평화스러운 얼굴인가. 관음보살은 그윽하고 자비로운 미소를 머금고 있었다. 그때였다. 나무가 건조되느라 뚝, 뻥 하는 소리가 났어. 그런데 그 소리가 마치 우렛소리같이 들리더구나. 홀연히 마음속에 팽팽하게 매여 있던 줄 하나가 툭 끊어지는 것 같았지. 관음상의 자비로운 모습을 새기는 것도 다 집착이고 나를 속이는 것이라는 생각이 들더구나.
>
> 「세상의 모든 잠」 중에서

오랫동안 어머니의 외도 현장을 보고도 나서지 못하고 수수방관한 자책감에 사로잡혀 살아온 아버지는 어머니 소식을 듣고 '다 끝난 일이다. 관여하기 싫다'고 하지만 결국 어머니를 찾아간다. 하지만 아버지가 어머니의 뒤쪽에 있는 의자에 앉아 있는 병실 안에는 불안한 정적이 내려 앉았고 두 사람은 모두 말이 없었다. 그 후 아버지는 도립병원으로 어머니를 데려간다는 소식을 전하며 퇴원하면 집에서 같이 살겠다는 말을 한다. 그것이 증오이든 연민이든 어머니는 아직도 아버지의 영혼을 움켜쥐고 있었다.

> 네 어머니를 찾기 전날, 네가 나를 침대에 누이고 내 손을 한동안 쥐고

있다 나가고 난 뒤였다. 새벽녘에 눈이 떠지더구나. 네 어머니를 빨리 찾아 나설 생각에 몸을 일으켰다. 몸이 천근같이 무거워 다시 쓰러져 누울 때였다. 홀연히 눈앞이 훤해지더니 암자에서 보았던 천수천안관 음보살이 그윽한 눈빛으로 나를 바라보고 있더구나. 나도 모르게 벌떡 일어나 무릎을 꿇었단다. 그 순간, 관음의 헤일 수도 없이 수많은 손이 원을 그리며 빙글빙글 돌기 시작했지. 마치 하늘에서 금빛 수레바퀴가 도는 것처럼 보였다. 나는 비로소 관음이 왜 천수천안이어야 하는지 깨닫게 되었단다.

「세상의 모든 잠」 중에서

　　현재를 살고 있는 아버지라는 인물이 자신의 시대문제를 회상하며 그 시대를 살았던 타인의 시간 위에 자신의 시간을 겹치게 만드는 소설적 장치가 뛰어난 작품이다. 특히 고통스러운 아버지의 과거를 현재로 연결시키는 고리를 아들로 두고 있는데 그 아들의 형상이 지나치거나 모자라지도 않게 묘사되어 먼지 속에 쌓여있던 아버지의 시대와 타인들을 현재로 불러내는 기억의 공간을 온전히 마련하고 있다. 그 기억의 대상인 타인들도 그 기억의 주체인 아버지도 그 시간을 현재적으로 내재화하고 있어 작품이 현재형으로 읽히는 수확이 값지다. 또한 기억이 불러오는 아버지의 시간들을 어떤 것도 대체 불가능한 개인 삶의 징표들로 승화시키고 있다. 이렇게 개인의 감각이나 시간을 기억하는 아버지의 행위 때문에 개인의 존재는 개인 이상의 의미를 획득하고 있다. 이런 의미 위에서 아버지의 기억은 언젠가는 만나야

하는 숙명 같은 것이다. 아버지가 겪는 지독한 자기모멸의 감정과 나무를 통해 만나는 다른 감정의 접점을 만들어가는 소설적 기교가 뛰어난 작품이다. 그랬기에 아버지가 누추하면서도 너덜너덜한 욕망의 기억과 정면으로 대면하면서 이미 살아버린, 혹은 지금 살고 있는 모멸의 자리를 성찰하는 경지로 끌어올린 것이다. 그 성찰의 자리에서 자신의 비루한 욕망뿐만 아니라 자신이 상처 입힌 세계 혹은 타자들의 상처에 대면하는 장면이 구도적인 아름다움으로 나타나고 있다.

「하늘 연못 속으로」는 권력 체제라는 잔혹성에 맞서 죽음이라는 최대한의 부정성 속으로 몸을 들이미는 적나라한 이야기이다. 죄의식에 모멸감을 느끼거나 저항하는 몸의 이야기이기도 하다. 또한 죽음이라는 무거운 주제를 안개 같은 속삭임으로 일관하는 경지를 보여주고 있다.

아내가 연못에 몸을 던져 죽었다는 소식에 나는 서둘러 정신병원으로 달려간다. 그녀와 어릴 때부터 한동네에 살던 나는 그녀를 사랑한다. 그녀는 독문과의 평범한 대학생이, 나는 혁명적 열기에 휩싸인 운동권 대학생이 된다. 절친했던 친구가 분신을 하고, 나는 익명으로 발표한 만장의 저자로 몰려 그녀의 집에 숨어들었다가 몸을 섞었지만 사흘 후 검거된다. 모진 고문에도 굳게 입을 다물고 있었지만 눈앞에서 그녀가 발가벗겨지고 무릎을 끓리는 모습에 결국 항복을 한다. 풀려난 뒤 나는 그들에게 짐승처럼 당해서 결혼할 수 없다는 그녀를 달래어 교회에서 혼례식을 올린다. 하지만 그녀의 임신 사실을 알고 난 후 지옥 같은 날을 보낸다. 누구의 아이일까? 내 의식은 다시 지하실로 돌아갔고 그녀 몸에 몸이 닿으면 소스라쳐 돌아누웠다.

이불 위에 앉아 나를 쏘아보는 그녀의 눈에 새파란 불길이 일었다. 나를 그렇게 견딜 수 없어? 난 … 아무 죄가 없어. 그런데 왜 죄인처럼 살아야 해? 백지장 같은 얼굴로 한동안 허공을 노려보던 그녀가 말했다. 난 저주받았어. 무서워, 무서워 견딜 수 없어. 내가 죽지 않는 한 … 저주에서 풀려나지 않을 거야.

「하늘 연못 속으로」 중에서

그럼에도 나는 그녀에게 아이를 지우라 했고 그때부터 자해 습관이 생겨 정신과 치료를 받은 그녀는 걸핏하면 베란다 위에 서 있다. '달이 보낸 사자를 기다린다며 그녀가 하늘을 향해 두 손을 활짝 펼친 모습과 그녀가 입고 있는 흰 잠옷 위로 푸르스름한 달빛이 부서져 내리는 모습이' 밤마다 선명했다. 나는 입대 후 그녀가 발작이 심해 정신병원에 입원했고 아이는 사산했다는 연락을 받았다. 제대 후 중소기업에 취직을 한 나는 9년 동안 주말이면 정신병원의 그녀를 찾아가다가 장인의 만류로 그만둔다. 시신을 확인한 나는 그녀의 유품으로 토우가 있다는 이야기를 들는다. 그녀가 영원한 사랑의 징표로 서로의 모습을 만들어 간직하자던 토우이다. 정신병원에서 그녀를 담당했던 간호사는 그녀가 그 '토우를 손에 꼭 쥐고 하루 종일 침대 밑에서 웅크리고 앉아 있고 숨을 거둘 때도 손에 움켜쥐고 있어서 내가 가까스로… 식어가는 손을 펴서 그걸 꺼냈다'고 들려준다.

> 나는 토우를 손에 쥐고 정원으로 걸어 나와 연못을 향했다. 물 위에 닿을 듯 길게 늘어뜨려 진 버드나무가 외등의 불빛에 흔들렸다. 어둠 속에서 푸른 리본이 달린 모자를 쓰고 걸어가던 어린 그녀가, 흰 팔이 건반 위를 나래 짓 하듯 움직이던 모습이 떠올랐다. 그녀를 만나기 위해 몸을 떨며 계림과 성벽들을 오르내리던 일이, 첫 밤을 보낸 다음 날, 눈을 떠 잠든 그녀를 보았을 때의 행복감이, 토우를 만들던 날의 숙명적인 느낌이 가슴으로 밀려왔다.
>
> 「하늘 연못 속으로」 중에서

우리를 둘러싸고 있는 허위의 위장막을 한꺼풀 벗기려는 작가의 몸부림이 강하다. 정치적으로 자신을 억압하고 유린했다고 생각하는 장소가 음습한 지하실 같은 특정한 공간이 아닌 바로 우리들의 몸이라는 것을 보여주는 작품이다. 내가 사랑하는 여자를 끝내 보듬지 못한 것은 그 무엇도 아닌 몸 때문이었다. 실체로써 모든 것을 감내해야 하는 몸의 자리, 특히 여성의 몸의 자리를 시대 상황을 통해 자연스럽게 녹여낸 솜씨가 뛰어난 수작이다. 몸은 모든 것을 기억하고 받아내고 살아내는 덩어리이며 체

계이다. 이 모든 것을 각인하는 장소이다. 존재의 상실감을 정신의 문제에 국한시키지 않고 몸에 대한 극한의 경지까지 끌고 가는 힘이 대단하다. 잔인한 시대를 겪은 남자의 뒤틀린 소통행위가 스스로의 기억 속으로 길을 열어가는 과정도 존재의 안타까운 형상으로 각인되어 깊은 울림을 준다. 남자의 기억은 늘 존재의 기억으로 자리 잡고 있는 여자의 기억으로 전이되고, 그 순간순간의 심연과 마주하는 장면은 작가의 농익은 솜씨와 깊은 시선을 들여다보기에 충분하다. 죽은 것들과 죽어가는 것들의 모습을 연속적으로 보여주면서 그들 사이에서 존재하는 분명한 경계를 무화시킨 덕분에 불안에 잠식당한 영혼의 상처 입은 삶에서 시작된 성찰을 담고 있다.

「흰 이마」는 무거운 주제임에도 불구하고 개인적인 이야기로 시대를 재사유화하는 장점이 녹아있는 작품이다. 또한 줄을 그으면서 읽어야 할 묵직한 문장이 많이 박혀 있다. 인물의 형상이 눈앞에 와 있는 것 같이 살아있는 이 소설은 비극이 지진처럼 모든 것을 흔들고 간 시간 위에서 살아가는 사람들의 내밀한 고백을 다루고 있다.

나와 아버지를 두고 머리 깎고 스님이 된 어머니가 폐암 선고를 받고 임종 무렵에 아버지의 농원에 찾아와 숨을 거둔다. 내 어두운 기억 속은 여덟 살 때 주사기를 들고 아버지의 서재 앞에 서 있는 어머니의 모습에서 벗어나지 못한다. 대학생이 되어서야 아버지는 나에게 어머니가 절에 있다고 말했지만 어머니를 외면 했다. 나는 '남자들과 사랑을 나누면서도 오래도록 쌓인 결핍감 과 버림받는 것에 대한 두려움은 사라지지' 않았다. 결혼하고 싶 었던 남자가 결별 통보를 했을 때 나는 임신 7주차였다. 아침부 터 눈발이 날리던 날 병원에서 아이를 지운 나는 어머니가 있다 는 절을 찾았다. 동안거 중인 스님들 중에서 찾아낸 어머니는 선 연히 아름다웠다. 결코 용서하지 않겠다며 돌아서며 마음속으로 어머니를 버린 나는 입관할 때도 화장 할 때에도 어머니를 보지 않는다. 어머니의 유품이라며 다구를 챙기라는 것도 거부한다. 어머니의 장례식 후에야 내가 어머니가 절에 들어간 이유를 묻 자 아버지는 작심을 하고 입을 연다. 아버지와 절친한 친구가 있 었는데 어머니를 사랑했다. 하지만 그 친구는 운동권으로 시위 를 주도하고 노동운동을 하다가 종적을 감추었고, 대기업에 취직 한 아버지는 어머니와 결혼을 해서 가정을 꾸렸다. 비극의 시작 은 친구가 아버지의 집으로 도피하면서 부터였다.

사람에게는 두 개의 영혼이 있더구나. 호시탐탐 서로를 엿보고 있다가 다른 한쪽의 경계를 훌쩍 뛰어넘어 그 사람의 온 정신을 장악해 버리 는 순간이 말이다. 오래전부터 재섭과 네 어머니 사이를 의심하고 질 투하던 나는 결국 재섭을 밀고해버리고 말았다.

「흰 이마」 중에서

그 친구는 결국 고문 후유증으로 숨을 거두었다. 그 충격과 죄책감으로 아버지는 알코올 중독자가 되어 밤마다 의심과 분노로 어머니를 매질하다가 결국 대문 밖으로 쫓아내고 말았다. 그 후 자신 속에 감추어진 친구에 대한 은밀한 질시의 그림자를 느낀 아버지는 그 죄책감에 시달려 늘 죽음의 유혹을 느낀다. 나는 어머니가 임종을 한 그 참나무 밑에서 어머니의 숨결처럼 들리는 나무의 이야기에 귀를 기울인다.

> 눈 속이 뜨거워졌다. 아버지의 얼굴도 벽난로의 불빛도 뿌옇게 출렁거렸다. 나는 눈을 감았다. 홀연히 어둠 속에서 촛불이 타오르고 어머니의 희고 아름다운 이마가 떠올랐다. 이마가 나를 향해 천천히 돌려지면서 내리뜬 눈시울이 열리고 어머니의 눈동자가 나를 그윽이 바라보았다. 나는 어머니의 눈을 오랫동안 마주 보다 몸을 일으켰다. 그리고 그 눈동자 속으로 걸어 들어갔다.
>
> 「흰 이마」 중에서

큰 이야기 속에 들어있는 작은 이야기는 작아 보이지만 결국 큰 이야기보다 더 큰 반응을 불러일으키는 겹구조의 소설인데 문장 떨림의 진폭이 크다. 이 작품에서 작가가 고통을 다루는 방식이 특이하다. 고통을 극복하거나 맞서 싸우기보다는 고통 속에 다른 기운이 스며들어 번지게 하는 것이 방식이다. 그 스며듦 위로 흘러가는 아버지의 목소리는 고통스러운 피해자들을 위무

하면서도 자신의 죄책감과 고통을 증언하는 두 목소리로 들려온
다. 소설의 끝은 그 참혹했던 시간은 모두 녹아버리고 참나무의
목소리만 남는다. 그 목소리는 상처와 사랑이 연결되어있는 세
계를 들려주고 있다. 삶의 길을 잃어버린 아버지가 찾는 것은 헤
매는 동안 길 위에 기억으로 남겨놓은 자기 상처의 문신이다. '내
가 어머니가 나무기둥에 기댄 채 숨겨 있었다는 아버지의 전화
를 받았을 때 눈앞에 떠오른 것은 신목처럼 잎이 무성한 아름드
리나무 밑에 어머니가 반듯이 앉아 있는 모습이었다'와 같은 문
장의 묘사가 돋보이면서도 존재에 관한 근본적인 화두를 던지고
있다.

　중편 「거울 뒤의 남자」는 가족사의 비극을 안고 있는 남자의
흔한 전형성을 구성의 힘으로 극복하면서 우뚝 솟아오른 작품이
다. 세상일을 늘 혼자 해결하면서 살아온 일종의 은둔형 단독자
인 아버지의 형상을 이렇게 부각시킨 작품도 드물다. 그런 아버
지에 관해 마지막까지 거리를 둔 담백한 딸의 모습도 오랫동안
가슴에 잔영으로 남는다.
　몇 시간 전 일을 기억하지 못하는 코르사코프 증후군에 걸린
아버지는 병원에 입원을 한다. 아버지가 사랑하는 여자 때문에
두 번이나 자살 소동을 벌인 어머니는 아버지가 정년퇴직을 하
자 기다렸다는 듯이 이혼을 통보한다. 나는 '우리 가족 속에 왜

아버지가 빠져야 하는지, 우리 가족이 흩어진 것이 어머니의 이기심과 복수심 때문인지, 박인희를 사랑한 아버지 때문인지 알 수 없었다. 분명한 것은 평생 사막의 모래 위에 도로를 놓고 육지와 바다를 연결하는 다리를 놓는 작업을 해 왔지만 정작 아버지의 삶은 누구와도 연결되지 못하고 있다는' 사실이 착잡하다. 어머니의 이혼소송에도 속수무책인 아버지는 거울을 볼 때 마다 등 뒤에 누가 엿보는 사람이 있다고 한다.

> 저놈이 말이다. 저 흉측한 놈이 뒤에서 자꾸 나를 껴안으려고 하는구나. 내가 화를 내도 끄떡도 하지 않고 오히려 '내 말을 듣지 않더니 드디어 빈껍데기만 남았군, 딱하게도 이제 죽을 일만 남았어, 아니 벌써 반은 죽어있군 그래' 하며 나를 조롱하는구나. 도대체 이 사람의 정체가 뭐냐?
>
> 「거울 뒤의 남자」 중에서

그런 아버지를 두고 나는 열애에 빠지지만 쓰라린 사랑의 배신을 당하고 그가 보란 듯이 약을 먹고 죽을 결심을 하지만 결국 약을 모두 버린다. 병원에서 사라졌다가 열흘 후에 발견되기도 한 아버지는 내가 대학생일 때 리스본이라는 식당에서 밥을 먹으면서 친구의 이야기를 들려준 적이 있다. 친한 친구인 그가 학생운동의 선봉에 있을 때 장학금을 받고, 입주가정 교사를 한 아버지는 그 친구를 볼 때 마다 마음이 불편하고 열패감이 컸다. 운동을 하다가 잡혀가 고문을 견디지 못하고 조직을 자백하고 폐인이 된 그 친구는 막노동으로 떠돌다가 사막에서 떠오르는 태양을 맨눈으로 똑바로 보았다고 한다.

> 폐쇄된 공간에서 시간의 흐름도 잊은 채 계속 고문을 받는다는 것은 그 사람의 온전한 넋을 빼앗겨 명철한 의식이 마비되고 고문자에게 짐승처럼 굴종의 상태로 빠져들게 되는 것이니 말이다. 그런 자신이 더 견딜 수 없어 태양에 맞서는 것으로 자기 자신을 되찾으려 했을 것이다.
>
> 「거울 뒤의 남자」 중에서

실명한 후에 폐암으로 세상을 떠난 그 친구에 대한 회한으로 착잡해하던 아버지의 얼굴을 나는 오랫동안 기억하고 있다. 그런 아버지가 사랑하는 여자를 만났지만 어머니의 집요한 방해로 헤어지고, 그 여자는 홀로 아버지의 딸을 낳아 키우는데 맹인이다. 나는 아버지와 그들을 만나게 해주고 싶었다. 거듭된 나의 요청에 결국 여자는 병원으로 아버지를 찾아왔고 딸에게도 아버지를 만나라고 한다. 맹인인 딸은 맨손으로 아버지의 얼굴을 만지고, 아버지는 그녀가 인희라고 착각 한 채 며칠 후에 돌아가신다. 돌아가시기 전 까지도 아버지는 거울을 보며 당신의 뒤에 서 있는 사람이 누구냐고 물었다.

눈이 감기는 순간 나는 언뜻 아버지가 보던 거울이 떠오르고, 그 속에서 두 인물을 본 것 같았다. 눈을 부릅뜨고 오로지 앞의 한 곳을 응시하고 있는 남자를, 그리고 뒤쪽에서 앞사람의 음울하고 고통스런 표정의 남자를 조롱하듯 안타까운 듯 바라보는 또 다른 남자를.

「거울 뒤의 남자」 중에서

이 소설에서 아버지는 사회에서 핍박받는 존재가 아니다. 또한 그 핍박에 저항하는 운동가도 아니다. 겉보기에는 안정적인 삶을 살아온 그저 사람인 아버지의 속내를 융숭 깊게 끌어올려 감동을 주고 있다. 가족 안에 적응하기 위해 애를 쓰면서 자신이 묶인 족쇄를 묵묵히 감당하는 모습으로 살아가는 그저 사람인 아버지의 모습을 구체적으로 형상화하고 있다. 희미하게 연결하기도 하고 속절없이 엇갈리기도 했던 아버지와 박인희 둘의 관계, 그 이면에는 현재의 아버지와 과거의 아버지를 이해하는 복선이 깔려있어 흥미롭다. 무기력과 회의의 모습 속에 또 다른 모습을 숨기고 살아가는 아버지의 거울 뒤 얼굴은 긴장을 불러일으키는 상징으로 성공하고 있다. 또한 존재의 흔들림과 기억의 망실 속에서 거울 뒤의 남자를 찾으면서 아버지가 겪고 있는 정체성의 상실과 자기 소외, 타자와의 소통 불능의 형상이 압권이다.

3.

위에서 살펴본 것처럼 소설집은 곳곳에서 '기억'이라는 단어를 떠올리게 만든다. 현실 연관속의 '기억'이 아니라 그 이전의 혹은 그것을 넘어서는 시대의 장으로서 기억이다. 그렇다고 한동안 우리 문단에 유행하던 후일담 소설과는 그 결이 다르다. 후일담이 지난 시대의 변혁과 꿈의 참담한 실패에 대한 자기변명적인 회한과 패배의식이 주를 이룬다면, 김문주의 기억은 그러한 회한과 의식을 일면 인정하면서도 끝내는 거스르는 상실을 부각하기 때문이다. 존재감 상실의 기억을 온 몸에 문신으로 새기고 있는 소설 속 인물들은 치유가 목적이 아니라 상처에 대한 자기대면 혹은 공생이라는 것에까지 가닿고 있다. 여기서 '기억'이라는 말이 환기되는 것은 그 기억의 진정성이 죽음과 아픔의 국면을 넘어 실존의 보편적 자리로 나아가고 있기 때문이다. 그러다 보니 자칫 현실성의 약화가 없는 것은 아니지만 그것을 감수하고서라도 자신의 시대를 수반하는 기억을 좀 더 넓은 소설의 지평 속 문신으로 새겨놓으려는 고투가 느껴진다. 이 고투에는 운명처럼 따라다니는 시대에 대한 속죄의식이 자리 잡고 있다.

시대 속에서 대립하는 개인의 시간, 그 기억의 산물로 탄생한 김문주 소설집 『세상의 모든 잠』을 읽는 것은 내내 고통을 수반하는 일이다. 그런데 그 고통의 근원은 이 소설에 공감하고 그 가치를 이끌어내는 역할을 한다. 또한 그렇게 고통스럽고 절망스러운 시간에 대한 기억을 온몸의 문신으로 간직하고 있는 작가의 시간이 겹쳐있다. 작가에게 고통의 근원을 자기 속에서 대상화하는 과정은 온몸의 지속적 사투를 통해 조금씩 얻어내는 일이다. 그 지속적인 사투가 결국은 자신의 이야기에 귀착되면서도 상상력에 위한 서사 변주의 가능성을 보여주면서 타자와의 열린 공간을 만들어내고 있는데 그것이 이 소설집이 이룬 큰 성과이다.

이 소설집에서 남편 혹은 아내와의 단절, 가족과의 불화, 자기 기만적인 소통 등에 사로잡힌 인간관계의 불구적인 상황에도 불구하고 작가의 시선은 현실을 철저하게 받아들이지만 그렇다고 고통스러운 기억의 치유 쪽으로는 고개를 돌리지 않는다. 인물들의 현재의 상황을 냉정하게 그려내려고 하는 것은 고통스러운 기억과의 대면을 위한 것이다. 물론 그 대면은 인물들 존재의 불구적 상황을 현실에서 개선시키지 못할 뿐만 아니라 새로운 삶의 국면을 제시하는 것도 아니다. 그러나 기억과의 대면이 그 자체로 하나의 열린 길이 될 수 있음을 작가는 일관되게 깊은 울림으로 환기시키고 있는데, 여기에 이번 소설집의 진정성이 있다.

고통스러운 시대의 기억을 그 자체로만 탐구할 때 김문주의 소설은 후일담의 미로에 갇힐 위험을 피하기 어려울 것이다. 하지만 그가 15년 동안 한땀 한땀 찍어 올린 기억의 문신은 그 자체로 길을 잃고 헤매고 있는 존재의 내면을 탐사하면서도 잊어버린 과거의 열망, 삶의 구체성을 향한 열정을 아로새긴 마음의 문신으로 독자들을 이끌고 있다. 이 마음의 문신이 소중한 것은 그곳에 시대적 상처에 대한 객관적 성찰의 공간이 깃들어 타인을 받아들이는 시선의 성숙으로 나타나기 때문이다. 문제는 그 시선이 소설 미학이나 서사적 설득력의 차원에서 내적 완결성과 소설의 진정성을 동시에 획득할 수 있는 긴장과 균형감각일 것이다.

그 두 차원의 긴장과 균형은 쉽지 않으며 모든 작가들이 추구해야할 과제이기도 하다. 그런 면에서 이제 좀 더 과감하게 상상력과 서사의 지평을 확대시킬 것을 작가에게 주문하고 싶다. 이 소설집에서 보여준 극적인 상상력은 현실의 연관과 싸워가는 의미의 틈에서 소설적 육체를 입혀나가고 있는데 성공하고 있다. 앞으로는 더욱 그런 극적인 상상력의 확대를 통한 소설의 풍성한 육체를 얻어내기를 바라며, 첫 번째 소설집 『세상의 모든 잠』 출간을 진심으로 축하드린다.

작가의 말

지난겨울 내내 집 건너편의 숲길을 걸었다. 떡갈나무, 참나무, 느릅나무, 상수리나무, 물푸레나무와 신갈나무 등이 어울린 잡목 숲이었다. 쉼터에 앉아 바닥을 드러낸 개울과 세찬 바람에 쓰러져 누운 검은 나무기둥이 푸른 이끼에 덮여 가는 것을 바라보다 돌아오곤 했다. 그런 어느 날, 떡갈나무의 마른 가지 위에 연둣빛이 어른거리는 것을 보았다. 쌀 한 톨만한 어린 새순이었다. 차가운 땅 속 깊은 곳에서 길어 올렸을 푸른 물의 길과 긴 노역의 시간이 느껴져 아릿했다. 어두워져가는 숲길을 내려오는데 누군가의 손이 내 심장을 톡톡 두드리는 것 같았다. 집에 돌아와 지난 겨울 초입에 쓰다가 만 원고를 다시 꺼냈다.

소설 쓰기를 시작할 때부터 역사의 긴 시간 속에서 단 한 마디 위로의 말도, 한 번의 시선도 받지 못하고 사라져간 사람들의 이야기를 쓰고 싶었다. 그러나 그들의 잃어버린 삶을 찬찬히 들여다보는 시간들은 늘 고통스러웠다. 작품 속에서나마 그들의 빼앗긴 시간들을 되찾아 주고 싶었지만 서툴고 모자란 탓에 내 작품 속에 가두어 두기만 했다. 내 글 속에서 생이 갇힌 그들도 답답했던 걸까. 깊은 밤이면 갇힌 혼들은 나를 나무라는 듯 지그시 쏘아보기도 하고, 때로는 안타까운 눈으로 바라보다 고개를 돌리기도 했다.

내게 글쓰기란 작품 속 인물들의 숨소리에 귀를 기울이지만 결코 그들의 고통과 하나가 될 수 없다는 뼈아픈 성찰에 이르는 길이었다.

15년 전의 등단작부터 겨울의 끝자락에 끝낸 작품들을 묶었다. 이 작업은 아직은 쓰지 못한 그들이 잃어버린 삶의 한 자락을 들추어내는 작은 몸짓이고 언젠가 그들에게 마음을 다해 헌사獻辭를 쓰게 될 날을 기약해 보는 일이기도 하다.

책이 나오기까지 도움을 주신 분들께 깊이 감사드린다. 그리고 무성해진 푸른 잎들을 떨며 나를 반기는 숲의 나무들, 내 곁을 맴돌며 나를 미소 짓게 해준 어린 산짐승에게도 고맙다는 말을 해주고 싶다. 생의 찬탄을 보여준 그들 덕분에 무거운 내 작품 속

인물들과 오랫동안 함께 기거할 수 있었다.

늘 걷는 숲길은 뭇 생명들의 떨림으로 가득했다. 나무기둥의 수피에 이마를 대고 메마른 땅 속을 헤집고 길어 올리는 푸른 물의 길을 더듬어 보았다. 숲길을 내려오는데 빗방울이 떨어지기 시작했다. 어쩌면 내일쯤, 비가 그친 숲길을 걸으면 나무기둥을 타고 오르는 싱그러운 수액의 소리를 어렴풋하게나마 들을 수 있지 않을까, 하는 간절함을 품어본다. 내가 죽은 혼들의 부름을 듣고 그들의 숨결과 하나가 되기를 바라는 것처럼. 그리하여 내게 있어 숲길을 걷는 것은 죽은 혼들의 부름을 찾아가는 길이기도 하다.

2017년 초여름
김문주